ゼロデイ
警視庁公安第五課

福田和代

幻冬舎文庫

ゼロデイ　警視庁公安第五課

サーバールームは、一年を通じて一定の室温に注意深く保たれている。

藤井《ふじい》はひんやりした部屋の中で、運用管理チームの長であることを示す、野球帽のような濃紺のキャップをかぶり直した。午後の勤務が始まったばかりで、昼食時に飲んだコーヒーが、まだ彼女の舌に残っている。

時計の針は午後二時半を指そうとしていた。

日本橋蛎殻町《にほんばしかきがらちょう》にある、国内有数のデータセンターの一室だ。民間のセンターだが、ここにはある特別なシステムが鎮座している。

――警視庁の各種犯罪情報管理システム――通称〈システム〉だ。

指紋やＤＮＡも収めた過去の犯罪者のデータベースや、Ｎシステム、街頭防犯カメラシステムなど、警視庁が保有する防犯と犯罪捜査のためのコンピュータシステムが、ほとんどここに格納され、日々運用されている。

広い部屋を埋め尽くすラックに納められた薄型のサーバー群が、東京の治安を支えているのだ。

これだけ大量のマシンがあっても、運用に携わる人間の数は、わずか数名だった。濃紺のジャンパーに、共布《ともぬの》のズボンを穿《は》いた運用オペレーターたちだ。彼らはそれぞれの席に着き、時おりコンピュータが上げる警告音に注意している。

——静かだ。

数千台にものぼるマシンの作動音は低い唸《うな》りとなり、通奏低音としていつも室内に満ちている。オペレーターはもはや意識すらしない。

ふと、監視端末の前にいるオペレーターのひとりが、画面に顔を近づけた。

「どうしたの」

「いや、今日はCPUの使用率が妙に高いので——」

こんな時刻に、使用率が突然上がる理由はない。近づくと、ピーピーと甲高い警告音が鳴り始めた。監視端末の画面に、警告メッセージのウインドウが次々に開いていく。

「——えっ、何だこれ！」

練達のオペレーターが途方にくれる勢いで、新たな警告メッセージが開き続ける。藤井は、恐ろしい速さで入れ替わる画面を、苦労して読み取った。数千台のサーバーがCPU使用率の異常を知らせる、悲鳴のような音だった。警告メッセージの色が、黄から赤に変わる。

こころなしか、室内にこもるサーバーの作動音が大きくなった。前面にあるＬＥＤのランプは、どのサーバーも赤が点滅し、異常発生を知らせていた。こんなことは、藤井がこの職場で働き始めてから初めてだ。

「室長、端末が操作を受け付けません！」

オペレーターが上ずる声で報告した。他の監視端末でも同じことが起きている。

――ハッカーだ。

背筋が冷たくなる感覚と共に、確信した。ハッカーが、このデータセンターを狙ったのだ。いや――狙われたのは、〈システム〉かもしれない。

部屋の奥で、激しい破裂音がした。

「今のは何？」

藤井の質問に答えられる者はいない。みんな恐ろしげに破裂音のした方向を見て、腰を浮かすだけだ。藤井はキャップのつばをぐっと下げ、音がしたほうに駆けだした。

焦げくさい。煙も出ている。何重もの通路を作るラックのひとつから、炎が上がっていた。

「火災発生！　全員、室外に退避！」

消防署に通報するようオペレーターに指示し、別の部下には館内を管理する部門に、緊急連絡を入れるよう命じた。こんな時のために、この部屋にはハロゲン化物消火設備が設置されている。

部屋から飛び出そうとする彼らを嘲笑《あざわら》うように、室内のあちこちで、破裂音が連続する。ボン、ボン、とはじけるような音がするたび、オレンジ色の炎がラックの向こうでちらついた。手の施しようがないほどの火災になりつつあった。熱気で顔が焼けそうだ。

「早く出て！」

コンピュータの外側を包むプラスチック類やケーブルが、燃えたり高熱で溶けだしたりし、悪臭と共に有害な物質が室内に充満し始めている。ハンカチで口と鼻を押さえても、気休めにすぎなかった。

全員が脱出したことを確認した時、藤井はセンターの管理者が駆けつけてくるのを見た。

「みんな無事か！」

「無事です。消火をお願いします」

壁面に設置されたハロゲン化物の消火設備に飛びつく。サーバールームの自動ドアには、内部が透けるすりガラスの窓があるが、その向こうでオレンジ色の炎がちらちらとうごめいている。

——誰がこんなことを。

乱舞する炎を呆然《ぼうぜん》と見つめた。

「室長、多摩センターのバックアップ機に、切り替えの指示を出さないと」

オペレーターのひとりが、いま気付いたように声を上げる。その通りだった。あまりの事態に衝撃を受け、手順を失念するところだった。

携帯端末から多摩センターの管理者を呼び出す。なかなか出なくて焦《じ》れていると、叫ぶように相手が応じた。

『藤井さん、多摩はそれどころじゃない！』

「それどころじゃない？」

『火事なんだ。センター火災だよ。突然、サーバーから出火した』

相手の言葉が理解できなくて、目を瞬《しばた》いた。蛎殻町のセンターと、バックアップの多摩センターが、同時刻に火災に遭ったというのか。

消火剤を放出するため、管理者が呻《うめ》きながら力ずくで重いハンドルを回している。

──たった今、東京都の警察機能は、終了した。

ビルの外に、警察力の死んだ世界が広がっている。その荒涼とした治安の砂漠を思い浮かべ、藤井は小刻みに身体《からだ》が震えるのを止められなかった。

1

書類の〈塔〉のてっぺんから、鹿島《かしま》係長の年老いた鯰《なまず》みたいな顔が覗いた。

「おい、寒川《さむかわ》さん。期待の新人が来たよ」

警視庁公安部、公安第五課一係の寒川誠《まこと》警部補は、〈塔〉の隙間から係長を見上げた。

室内には、コーヒーとシナモンと消毒薬の香りがかすかに漂っている。それ以外、何も匂わない。鼻につんと届く新聞のインクも、土埃《つちぼこり》にまみれて外を歩いてきた刑事たちの汗くさい体臭も、煙草の匂いもしない。

彼らはもう煙草を吸わないし、汗を拭きながら現場を歩き回ることもあまりない。紙に印刷した新聞も読まない。すべてデジタルだ。現場の様子すら、近頃はカメラ経由で送られてくる。

こんな時には、二十年ばかり昔の、〈刑事部屋〉という言葉がぎりぎり生き残っていた時代が懐かしくなる。「現場百回！」と号令をかけられた、若い日を思い出す。

「新人？」

寒川は書類を放り投げ、係長とその背後に立つ若者がちゃんと見えるよう、椅子を動かした。自分の机には、プリントアウトした書類が塔のように積み上がっている。

「丹野《たんの》隼人《はやと》警部補だ。しばらく、班長に付けるから。鍛えてやってくれ」

　きちんと紺のスーツを着用した青年が、にこりとして頭を下げた。

「丹野です。今日から第五課でお世話になります」

　そう言えば、国家一種試験に合格して警察庁に配属された若いのがひとり、第五課にも送り込まれると聞いた覚えがある。二十代前半。色白で長めの髪といい、澄んだ目といい、育ちのいいお坊ちゃん風だ。指の先まで神経が行き届き、穏やかな声が高度な教育レベルを感じさせる、繊細な雰囲気だった。また、そんなのでもないと、国家一種には合格できない。合格できるだけでも、スーパーエリートだ。昔なら、こんなタイプの若いのが、刑事稼業なんか勤まるのかと心配しただろうが、今なら誰も文句を言わない。若いのはみんな、似たようなものだからだ。

　寒川の凝視と長い無言をどう受け取ったのか、鹿島が急いで寒川の腕を掴み、少し離れた隅に押しやった。やることは強引なくせに、丸い小さな目が気弱そうに瞬く。

「寒川さん、頼むよ。めんどうくさがらずに、育ててやってくれよ。池上《いけがみ》が傷病休暇を取る間、あんただってパートナーが必要だろう」

「――俺でいいのかい。あいつまで、カビ臭くなっても知らねえぞ」

寒川は小さく顎を動かして、物珍しげに〈刑事部屋〉の内部を見回している丹野にしゃくった。鹿島が「ちぇ」と呻くように言う。

「なんだ、大丈夫だよ。寒川班長のやりかたが古いなんて、誰も思ってないって。そりゃ、今どき、調書を全部印刷しなくちゃ読めないなんて、珍しいタイプだとは思うけどさ」

書類とファイルの山に、鹿島が視線を送る。捜査書類は、作成から承認・保管まで、とっくにデジタル化された。警察官が作成した調書は、すぐにでも検事の手元にデータで届く。そんな時代に、わざわざ紙に印刷して読む人間は、少なくとも公安第五課では寒川ひとりだけだ。

鹿島はああ言うが、だから一年後輩の鹿島が、同じノンキャリなのに警部の係長で、定年まであと数年を残すばかりの自分は、警部補どまりなのだった。

「――係長がそれでいいなら、俺はかまわないよ」

寒川はしぶしぶ言った。相棒の池上刑事が、帰宅途中に車に撥《は》ねられ、大腿骨を折って入院中だ。復帰するまでひと月以上はかかるだろうし、復帰したところで、元通りに外を駆け回れるようになるまでには、何か月もかかるかもしれない。もう刑事は嫌だと、池上自身が復帰を断る可能性もあった。

事故については、彼らが以前捜査した事件に絡むものかもしれないという見方がある。池上と寒川で、新興宗教に偽装した、ある活動家のアジトを摘発したことがあった。逮捕者八名を出し、宗教団体だと思い込んでアジトに住みこんでいた中学生と高校生の三名を救出し、実家に帰らせた。

池上を撥ねたのは若い独身女性が運転する軽自動車で、当初は単なる前方不注意と見られた。ところが、彼女は多額のローンを抱えて自己破産寸前だったのに、事故の直後に完済していることが判明した。金の出所は不明だ。活動家の仲間と取引したのではないかと見られたが、自白を引き出すことができなかったのだ。

——とりあえず、池上の被害が骨折程度ですんだのは、不幸中の幸いだった。まだ三十代だから、治りも早いだろう。

「そこは池上の席だが、奴が戻るのは先の話だ。使っててていいぞ」

隣の席を使うよう指示すると、丹野は爽やかに一礼して腰を下ろした。

「寒川さんが班長なんですね。班の他の皆さんにも、ご挨拶したいんですが」

丹野の言葉に一瞬とまどった。

「——ふたりだよ」

丹野の顔が、笑みを貼り付けたまま固まっている。

「寒川班はふたりきりだ。池上が事故に遭う前も、ふたりでやってた。この係に班長は五人で充分なんだ。六人目の俺が班長やってるのは、鹿島が気を遣ったんだろ」

困惑しているらしい丹野を見やり、寒川は立ち上がった。つい自虐的に余計なことを言って、若いのを困らせてしまった。この悪い癖も、昔から治らない。

「まあいい。なんなら俺の──俺たちの現場を、見に行くか」

「はい」

目を輝かせた。立ち上がると、興味津々でこちらを見ていた他の班の連中が、さっと視線を逸《そ》らした。若い奴らばかりだ。現場に残りたいがために、昇進試験を受けない寒川のような刑事は近ごろ珍しい。みんなどんどん出世していく。寒川ひとりを残して。

「行き先は新宿だ。地下鉄で行くぞ」

丹野がすがすがしく「はい」と答えた。素直さと無駄口の少なさは評価しても良さそうだ。

桜田門から有楽町線に乗り、市ヶ谷で乗り換えて新宿まで。途中、何度かアナウンスが入り、停車を繰り返したせいで三十分以上かかった。人身事故と信号機故障だ。

新宿で地上に出て、目的のホテルまでぶらぶら歩く。丹野はおとなしくついてきた。目的地はどこかと尋ねないことが、個人的には気楽でいいが、この若者の消極性と見るべきなのかと、考えあぐねている。

昨夜からの雨は上がったようだ。雲の間から高層ビル群の上に、レンブラントの絵のような、厳《おごそ》かな光が差している。新宿中央公園に向かう道沿いに建つビル群は、まだ手入れが行き届いているほうだ。繁華街から離れた地域はひどいありさまだった。

一見して、整然と立ち並ぶ高層ビル街――外見は、二十年前とさほど変化がない。白、黒、茶、レンガ色。多種多様な外壁、てんでばらばらの無計画な高さとデザインで建設された新宿の雑多で生命力の旺盛な街並みだ。しかし、ひとつひとつの建物をじっくり観察すると、その落魄《らくはく》ぶりに嫌でも気がつく。

ひびが入ったガラス。雨と砂埃で茶色く汚れた窓。地震でできた外壁のひび割れをセメントで隠し、染み込んだ雨水のせいで灰色にうす汚れたビルのファサード。上から下まで照明が点《つ》いている建物はいいほうだ。中には、ひとつも明かりが点いていないものもある。電気を止められているのかもしれない。

自分たちは皆、高度成長期の遺産を食い潰して生きている。あの時代に溜めこんだ莫大《ばくだい》な遺産は、そう簡単には使い果たせない。だから、気がつかなかっただけなのだ。この高層ビル群は、あと数十年はもつだろうし、うまくいけば人間が住むことだってできるはずだ。

悲観的な寒川は、よく考える。日本という国は、富士山の山頂から放たれた紙ヒコーキのようなものだった。風さえあれば、しばらくは浮いていられる。なかなか地上に墜落しないので、実はうまく飛んでいるんじゃないかと誰もが勘違いをする。

「ここだ」

寒川は、地上四十五階建ての高級ホテル〈ウェルヘッド新宿〉の車寄せを、坂の下から見上げた。数人乗りの小型ヘリ、〈モスキート〉が屋上ヘリポートをひっきりなしに発着している。今どき本物の富裕層は、空港や勤務先から直接ヘリでやって来る。そのために、ほとんどの高級ホテルや高層ビルの屋上が、ヘリポートを完備しているのだ。

豪奢《ごうしゃ》なロビーを横切る自分たちが、客の注目を浴びている。よれよれのワイシャツとスラックスの中年刑事は、確かにここでは異質だろう。

「警視庁のものだが」

フロントに声をかけると、既に顔見知りになったフロントのチーフが頷《うなず》き、何も聞かずにカードキーを貸してくれた。問題の部屋は、事件以来、警察が立ち入り禁止にしている。

「三十九階だ」

丹野がまっすぐエレベーターに向かった。

ロビーの床に、天井の照明が眩《まぶ》しく反射している。どこもかしこも新しく清潔で、隅々まで目が行き届いている。お前の居場所なんかどこにもないと言われているようだ。

降りてきたエレベーターに乗り込み、三十九階のボタンを押す。カードキーをスロットに差し込まなければ、宿泊階を指定できないタイプのエレベーターだった。宿泊客の安全と安心を確保するためだ。誰かに聞かれる可能性のあるエレベーターや廊下では、寒川は黙っていた。

部屋のドアのスロットに、キーを差し入れる。外からはわからないが、ドアを開けると中には黄色い立ち入り禁止のテープがあちこちに貼られている。

「先月、瓦卍《かわらまんじ》政治経済研究所という得体のしれない任意団体の所長が、狙撃された。弾は本人に当たらず、電話中の携帯端末を破壊した。――建物がここから見える。ほら」

窓を開けてベランダに出ると、強い風のせいで息苦しい。

「このホテル、こんな高層階にもベランダがあるんですね」

丹野が何気なく口にした言葉に、寒川は口元をほころばせた。

――こいつ、勘がいい。

「そうだ。狙撃手はそれを知っていて、このホテルを利用したんだろう」

コンパクトタイプの双眼鏡を丹野に渡し、チョコレート色のビルを指差した。

「ガラスが割れた窓が見えるか。あれがそうだ」

「あそこまで、かなりあると思いますが」

「およそ千二百メートルだ」

丹野が沈黙する。海外の軍の狙撃手が打ち立てた記録には、射撃距離三千五百メートルを超えるものもあるが、千メートル級なら一流だ。

「銃はレミントンのM24SWS。犯人はベランダの手すりに銃を固定し、一発だけ発射した。その弾が千二百メートル離れた、携帯端末に命中したんだ」

丹野が無言で双眼鏡を目から離した。その顔に、敵愾心《てきがい》が覗いているような気がした。

丹野は、自分にできないことをやりとげる相手に、ライバル意識を燃やすタイプなのだろうか。

「犯人は一発しか撃たなかった。二発めを撃たなかったのは、既に目的を達していたからだ。つまり、目的は脅迫だ」

どうだ、と軽い調子で寒川は尋ねた。

「お前なら、撃てるか。ここから」

「──まさか」

振り向く丹野の目が、からかっているのかと言いたげに笑っている。

「こんな距離で撃てる人は、そうはいません」

「そうだ。それで犯人がほぼ特定された。通称〈ニードル〉。元警察官の狙撃手らしい。針の穴も撃ち通すというので、そんなあだ名がついた」

〈ニードル〉が元警察官だというのは、暗黒街の噂でしかない。しかし、しばらく前に警視庁を退職したSWAT経験のある警察官が、その男ではないかと警視庁も見ている。現在、その元警察官とは連絡が取れなくなっているそうだ。警察を辞め、スナイパーに転職したのかもしれない。

瓦卍政治経済研究所は警察が嫌いだったようだが、狙撃されたとあっては通報しないわけにいかなかった。所轄は弾道を計算し、付近の高層ビルを捜査した。ホテルも当然その対象だ。高さ、位置、風向き、すべて申し分ない場所にあるのは、このホテルしかない。

「ホテルはすぐに特定できたが、おかしなことがわかった。狙撃前後の時間帯、ホテル内の防犯カメラがどれも機能していなかったんだ。そのせいで犯人の映像は手に入らなかった。フロントの担当者が、明らかにホテルの客層と異なる男性客が、その時間帯に宿泊手続きをしたというので調べたところ、その客が予約した四十一階の部屋は、一度もカードキーを使って入った形跡がなかった。事件後、その客は消えた」

「予約した四十一階の部屋には入らず、この三十九階のベランダから撃ったんですね」

丹野が囁《ささや》くように言い、割れた窓の方角をじっと見つめている。

「この部屋に予約は入っていなかった。どうやって侵入したのか不明だ。おそらく、合い鍵のようなものを作ったのだろうが、狙撃手ニードルがそんな技術を持つという話は聞かない。

仲間がいたんだろう」

「ニードルに仲間がいるんですか？」

――これまではいなかった。

埃っぽい空気を吸い込みすぎたせいか、喉が痛い。寒川は空咳《からせき》を繰り返した。

「空牙《クーガ》については、聞いたことがあるだろうな」

「ここ数年で、急に頭角を現したテロリスト集団です」

丹野が優等生らしい答えを返す。

「クーガの魔術師《マギ》だ。防犯カメラの映像を消したことといい、カードキーの偽造といい、奴の仕事だろう」

「マギ――ですか」

目に砂埃が入り、涙が滲《にじ》んできた。丹野を促して室内に戻る。彼はまだ、事件全体の情報を整理しきれていないような表情をしていた。

「魔術師と呼ばれるハッカーだ。ニードルは一匹狼をやめて、クーガの仲間になったのかもしれんな」

もっと説明しようとした時、寒川のポケットで携帯が鳴り始めた。鹿島係長からだと気づき、眉をひそめる。

「寒川ですが」

『寒川班長、すぐ蛎殻町に行ってくれ。警視庁のサーバーがあるデータセンターで、大規模な火災が発生した。どうも、うちの案件らしい。今、パトカーに迎えにやらせる』

鹿島の口ぶりから、クーガが噛《か》んでいるのだとピンときた。数年前に新設された公安第五課は、クーガのような新興テロ組織の取り締まりを管轄している。

「やれやれ、次は蛎殻町だそうだ」

丹野に短く言い、ホテルを出た。


開いたままのドアをくぐる前から、プラスチックが燃えた時の、胸が悪くなる臭気が漂っていた。寒川は、ハンカチで鼻を押さえた。後から来た丹野も、整った顔をしかめている。

「――これはひどい」

丹野が嘆息した。

都内の一角にあるデータセンターのサーバールームだ。オレンジ色の制服に身を包んだ消防署員がいる。制服姿の警察官は、半数以上が鑑識課員だ。濃紺のジャンパーを着て右往左往しているのは、センターの運用管理要員たちだった。林立するラックと、隙間なく詰め込まれた薄型サーバー群は、今はただのプラスチックとスチールの箱と化している。煙と炎こそ消えたが、ふだん機械のため低めに設定されている室温は四十度前後まで上昇し、蒸し風呂のような暑さだ。コンピュータ筐体《きょうたい》のプラスチックは火災の熱で溶けるか、炎で焼け焦げ、機械が剝《む》き出しになっている。白かったはずの天井や壁も煤《すす》で真っ黒だった。

焼け残ったコード類が、割れた天井からぶらさがっていて、背の高い寒川は何度も頭を下げて避《よ》けなければならなかった。

「藤井さん！」

ジャンパーの群れに、ひとり濃紺のキャップをかぶった中年女性を見つけて、寒川は手を上げた。向こうはすぐこちらに気付いたようだ。キャップのつばに指を掛けて、近づいて来る。一見して男性と区別がつかない。

「寒川さん。やられました」

化粧気のない藤井の顔が、怒りと緊張で青ざめている。

初めて会う丹野を、藤井に紹介した。藤井はデータセンターの職員で、ここ——警視庁情報管理システムのサーバーを運用するオペレーションルームの、統括室長でもあった。キャップは統括室長の印だ。官公庁が独自にサーバーを構築することは、コスト、人材、セキュリティなどあらゆる面から見て困難な時代になっている。昨今では、各地のデータセンターと契約して、システムの構築や運用を委託するケースが多い。

「電話でテロだと言ってましたね」

「オートボットによるテロです」

聞き慣れない言葉に、寒川は黙って続きを促す。藤井は首に掛けたタオルで、額の汗を無造作に拭った。顔中、煤で汚れている。

「ここには三千二百台のサーバーがありましたが、次々に過熱して煙を出し、発火しました。こんなこと、普通は起こりえません」

第一報によれば、出火時刻は午後二時半。藤井の言葉通り、この部屋にあったサーバーがいきなり煙を出して次々に発火した。当時、室内では職員五名が作業中だったが、予期せぬ出火になすすべもなく、全員室外に退避するしかなかった。センター備え付けのハロゲン化物消火設備を手で動かし、無人となった室内の消火を行った。これは、コンピュータルームなど水や粉末を使用できない環境において消火に用いられる設備で、午後二時四十五分には鎮火している。消防署が、データセンターの全職員に、いったん避難するよう促したものの、午後三時半には避難命令も解除されたそうだ。この部屋以外のサーバーには、被害は出ていない。

「オートボットと言いましたね」

「昔は、マルウェア――悪意《マリシャス》のあるソフトウェアとか、コンピュータ・ウイルスとか呼ばれたのが進化したものですよ。セキュリティを守る技法も以前に比べて進歩しましたが、マルウェアもより複雑になり、自動化され、侵入対象のシステムを解析しながら自分自身に改良を加えるようになったんです。そういうタイプを、昔のアニメや映画にちなんで、オートボットと呼んでいます。互いにいたちごっこでね。詳しく調べてみなければわかりませんが、サーバーに異常を発生させるオートボットが侵入したのだと考えています。機械的な何か——例えばＣＰＵを発熱させて、冷却ファンを停《と》めるとか」

メモを取るのは携帯端末を取り出した丹野に任せ、寒川は焼け焦げだらけの室内を見回した。この部屋は、つい二時間前までは、警視庁の頭脳だった。事件が発生すれば、ここにあるシステムに運転免許証の氏名と生年月日などを照会する。あるいは行方不明者のデータベースや犯罪者の前科の検索、指紋やＤＮＡを照合するためにも、ここに問い合わせる必要がある。警察情報のほとんどがデジタルデータ化された現在、〈システム〉が失われるということは、警察が死ぬということだ。

「別の場所にバックアップがあるから、そちらに切り替えるしかないでしょう」

「多摩地区にバックアップ用のデータセンターがあります。そちらに同じ情報がありましたが——」

藤井がなんとも情けない表情になった。

「先ほど入った情報では、やはり同じ時刻に火災が発生したそうです」

寒川は丹野と視線を交わした。どうやら、多摩地区からの連絡は遅れているらしい。丹野がすぐ携帯端末でどこかに電話をかけ始めた。多摩のデータセンターという言葉が聞こえる。本部に火災情報の有無を問い合わせているのだろう。配属されたばかりだというのに、機転のきく男だ。

まだ寒川は希望を捨てていなかった。

「データが完全に消えたわけではないでしょう」

藤井がため息をついた。

「被害の状況を一台ずつ確認しなければなりません。ストレージが完全に損傷していて、データを読み出せないようであれば、バックアップメディアからデータを取り出します」

やはり、そんな手段があるわけだ。藤井は焼けたり溶けたりした機械群を睨《にら》むように見つめた。

「こいつらのメモリには、犯人が作成したオートボットが潜んでいるはずです。自動消去されていなければね。なんとしてもデータを救出して、オートボットを見つけなければなりません。それが、犯人を逮捕するための手掛かりになるはずだから」

藤井の声には、〈システム〉を破壊された恨みがこもっている。

「藤井さん。これは、何日程度で復旧できますか」

「ここのハードウェアは、もう使いものになりません」

藤井は両手を広げた。そんなことは、素人の寒川でも見ればわかる。

「マシンを用意してセットアップし、その上に復旧した〈システム〉を載せていきます。すべてが復旧するまで、ひと月はかかります」

「なんだって。そんなに待てない」

寒川は驚愕《きょうがく》して叫んだ。

——これだから民間企業に任せるのは反対だったのだ。

〈システム〉が死んでいるひと月の間、警察機能が死ぬというのに。

「寒川さん、三千台ものマシンを、メーカーからすぐ取り寄せられると思いますか。しかも、このマシンは三年前のもので型落ちしています。倉庫を漁《あさ》って中古を含めて探したとしても、必要な台数を用意できるかどうか。OSやアプリケーションもまったく同じ状態に戻さなければ使えないんです。いくら自動化が進んでマシンの状態を復元しやすくなったとはいっても」

藤井の言葉は寒川には異国の呪文だ。

「そんなことは我々には関係ない」

寒川は藤井の目を覗きこんだ。藤井も負けん気を出してこちらを睨む。

「こうしている間にも、110番通報が入るかもしれない。免許証から被疑者を特定したくても、〈システム〉がなけりゃ現場はどうしようもない。百年前みたいに、現場の警察官の勘と記憶に頼れと言うんですか」

現代の警察官の悪夢だ。〈システム〉が被害に遭ったことは、マスコミがニュースにするより早くインターネットを通じて流れるだろう。犯人が意図的に流すのだ。悪党どもが、舌舐《な》めずりしてねぐらから飛び出してくる。犯人の狙いは警察を混乱に陥れることだ。

「しかたがないでしょう」

藤井が反抗的に言い返した。色白な肌に血が上っている。

「現場はこの通りです。もちろん優先順位をつけて復旧させますよ。しかし、時間が必要だ」

「とにかく仕事をしてください。東京を犯罪都市にしたくなければ」

寒川は藤井から離れた。

「それなら、こんなことをした犯人を捕まえてくださいよ、刑事さん」

寒川と丹野の背中に投げつけるように、藤井が苦々しく叫ぶ。寒川は立ち去った。捨て台詞《ぜりふ》に反応する暇はない。

「多摩はどうだ」

「やはり火災が発生し、警視庁のコンピュータはすべて焼けたそうです」

丹野は涼しい顔で応じる。寒川はポケットから口中清涼剤を出し、数粒を口に投げ込んだ。こんなことをする犯人は、ひとりしか思いつかない。

「――マギだな」

「例の魔術師ですか」

どこまでわかっているのかと、寒川は丹野を横目で睨んだ。

「奴は、クーガという組織を作り仲間を集めた。そこへこの事件だ。何か企んでる」

寒川はしばし無言で足を急がせた。データセンターの駐車場に、覆面パトカーを停めている。風が冷たくなってきた。

「何が起きても不思議じゃないぞ。〈システム〉が死んだんだ」

現場の混乱が目に浮かぶ。

昔の警察とは違う。今の警察官は、あまりにも〈システム〉に頼りすぎている。捜査手法、犯罪者や犯罪者予備軍の情報から、街角に据え付けられた防犯カメラの映像、必要があれば裁判所命令で入手できるネットなどの通信内容、果ては逮捕状の有効期限の管理にいたるまで、すべてだ。自分の手足を使い、こつこつと情報を集めるなんてことは、昔の話だ。

──自分のように、古いタイプの警察官は別だが。

「ゼロデイだ」

寒川の呟《つぶや》きに、丹野が怪訝そうな顔になる。

その日までのカウントダウンは、何年も──何十年も前から始まっていた。長い時間をかけて、ゆっくりと用意されたために、誰も崩壊が近づいていることに気付けなかったのだ。

「ゼロデイ攻撃という意味ですか？」

OSやソフトウェアの脆弱性が見つかった時、それが広く公表される前に攻撃することを、ゼロデイ攻撃というそうだ。マギには、警察機構の脆弱性が、早い段階から見えていたのではないか。

マギと呼ばれるハッカーは、数年前からその名を知られるようになった。サイバー犯罪対策課も追っているが、いまだに尻尾《しっぽ》を摑ませない。彼──とも彼女ともまだ判断できないが──の仕業とされるのは、兵器産業の機密情報漏洩事件から、官公庁の情報暴露事件まで様々だ。被害者が企業の場合、マギは盗んだ情報を公開せず、相手に買い戻させて稼いでいるとも噂される。企業側が認めないので、真相は藪《やぶ》の中だ。情報漏洩が公になると顧客の信用を失うからだ。

カネの受け渡しは身元を確認しない海外の電子マネーを利用する。マギ本人の姿を見た人物もいない。ただ一度だけ、荒廃した新宿の街中《まちなか》で、あれがマギだと囁《ささや》かれる少年を目撃した刑事がいた。真っ白な髪と肌、鮮紅色の目を持つ十四、五歳の少年だったというのだが、できすぎた容姿から見て、アンドロイドではないかと疑われている。

「マギの逮捕は、サイバー犯罪対策課では無理だ」

専門家は、専門分野で勝とうとする。そして、マギはプロ中のプロなのだ。

「俺たちがやってやる」

運転席のドアを開けた丹野が、同意するとも、しかねるとも取れる表情でこちらを見た。

寒川は助手席に乗り込み、車を出せと丹野に告げた。

丹野が、データセンターの敷地から地味な警察車輛を出そうとした。鼻先をかすめるように、公道でレースでもするようなスピードの軽自動車が走り去る。その後ろから、パトカーのサイレンが追いかけてくる。

「やれやれ。さっそく始まったらしいな」

丹野がカーラジオを操作すると、ニュースが流れていた。大規模な火災が発生して警視庁の〈システム〉が全滅したと、大げさな口調でキャスターが告げている。敵は思った以上に動きが早い。

数年前に新設された警視庁公安第五課は、既存のテロ組織等の枠におさまりきらない国内のテロリストを捜査の対象としている。世界的な不況が、もはや世界恐慌だと嘆かれるほど悪化したあげく、アラブやアフリカでは独裁政権を打倒した民主主義政権が相次いで失敗し、内戦とゲリラ、テロの嵐が吹き荒れている。世界的に保護主義とポピュリズムが台頭し、各国がハリネズミのように守りの姿勢に入った。その余波が、この小さな島国に及ばないはずはなかった。犯罪の質は、二十年も昔から大きく変わり始めていたのだ。

寒川は小さく頷いた。マギとクーガは、誰が何と言おうとも、第五課の獲物だ。

＊

砺波《となみ》たちがエレベーターを降りると、受付の女性が慌てたように立ち上がり、頭を下げた。彼らが血相を変えているのを見て驚いたのかもしれない。エレベーターから社長室までは、毛足の長い絨毯《じゅうたん》が敷き詰められている。

「社長、砺波です」

扉を叩いて返事を待つ。砺波には社長の返事は聞こえなかったが、隣にいる持永《もちなが》には聞こえたらしい。視力二・〇で、必要もないくせにかけた銀縁眼鏡の奥の鋭い目に促され、扉を押す。

社長室はビルの最上階で、正面に広がるのは京橋の街並みだった。創業時に購入した本革の応接セットが、若干くたびれてはいるが今も活躍している。東洋郷《とうようごう》工務店陸上部が、駅伝やマラソンで活躍したなごりのトロフィーやメダルは、飾り戸棚の中だ。

「どうした」

奥の執務机から、太くしゃがれた声がかかる。誰かれなく嚙みつくので、財界のブルドッグとあだ名される東洋郷工務店の八木原《やぎはら》社長が、銀行宛の書類に署名しているところだった。文面は秘書室で作成したものだ。社長は目を通し、異議がなければ署名する。文面はこの日、三度めの差し戻しを受けて、提出されたものだった。

──社長は痩せたな。

机の奥にいる八木原を見たとたん、砺波はそう感じて狼狽《ろうばい》した。

このひと月ほど、八木原の外見がどんどん荒れていくのを目《ま》の当たりにしてきた。白髪が増え、目のふちに疲れが見え、表情が暗く淀《よど》むようになった。

無理もない。部下にも隠しているが、ひとり娘のルリが練炭で自殺未遂事件を起こし、植物状態になって今も病院で眠っている。原因は男がらみのようだ。どんなに社長が隠しても、とうに噂は社内に広まっている。マスコミ沙汰にならなかったのは不幸中の幸いだった。以来、八木原の顔に、老いがちらつくようになった。

「なんだ、お前ら。珍しいな」

副社長の砺波と、秘書室長の持永が雁首《がんくび》を揃えてやって来たので、八木原が訝《いぶか》しげな目つきになる。

「社長、こんなものが届きました」

持永を目で制し、砺波が進み出て印刷した用紙を社長の前に置く。署名をすませた書類を慎重にタブレット端末の脇にどけ、八木原はその用紙を読み下した。砺波は彼の表情を見守った。内心は穏やかではない。

「──なんだ、これは」

八木原の顔に現れたのは、強い嫌悪感だった。ほんの一瞬、ひと月前までの「ブルドッグ」の強情さが甦《よみがえ》った。

「わが社に対する脅迫です」

持永が一歩前に出る。銀縁眼鏡で温和な紳士を偽装しているが、眼鏡の奥は酷薄な色を湛《たた》えている。

「脅迫？」

八木原が用紙をデスクに投げ出す。先ほど秘書室宛に届いたメールを印刷したものだ。

『東洋郷工務店　八木原社長へ。

御社が五所《ごしょ》建設と進めている事業提携の内容について、当方は詳細を摑んでいる。マスコミに知らせても良いが、八木原社長と直接話ができるなら、当方は詳細情報を御社に返却するにやぶさかでない。警察に知らせた場合は、すぐマスコミに本件内容を流す。メールにて連絡請う。

マギ』

五所建設とは、確かに極秘で事業提携を進めているところだ。海外、特にアジア各国でのデベロッパー事業に力を入れてきた五所建設と、事業の中核をあくまで国内に置いてきた東洋郷工務店とが提携すれば、互いの長所・短所を補いあうことができる。将来的な合併をも見越した事業提携の試みで、八木原は社長在任中の目玉案件とするつもりだ。詳細な条件を詰めている最中で、互いに神経質になっている。このタイミングで情報が漏れれば、提携話そのものが振り出しに戻りかねない。

「警察に通報しなさい」

八木原が分厚い下唇を吸いこみ、メールの文面から視線を逸らした。

「どうせ悪戯《いたずら》だ。事業提携の事情を説明して、外部に漏れた場合の影響が大きいと言えば、警察も秘密裏に捜査するだろうから」

「通報は賛成できません」

砺波はすぐさま首を横に振った。

「なぜだ」

驚いたように八木原が眉根を寄せる。

「おかしいと思いませんか。我々も五所建設側も、提携に関してはごく少人数しか内容を知りません。メールを寄こした人間は、どこから情報を得たのか」

「内部の人間の犯行だと言いたいのかね」

「その可能性もありますが、私はこの署名が気になるんです」

――マギ。

つい数日前にもその名前を耳にしたばかりだった。その名前は、往々にして「疫病神」と同じ意味で使われている。

「この男は、企業から情報を盗んで買い戻させるのが手口のハッカーです。警察に通報すると必ずばれるそうです。警察内部に協力者がいるのかもしれません」

「馬鹿なことを」

八木原が顔の前で煙を払うような仕草をして、砺波の意見を一蹴した。

「こういう脅迫には、断固とした姿勢で臨まなければ相手がつけ上がる。いいから、警察に通報しなさい。相手がハッカーなら、電話の盗聴でもやっているんだろう。それならこの紙を持って、警察署に行きなさい。持永、他人に任せず、お前が行ったほうがいい」

砺波は持永と顔を見合わせた。家庭の事情で弱っていても、八木原は八木原だった。並みの相手なら八木原の言う通りだ。一度脅迫に屈すれば、無理の通る相手だと舐められてしまう。相手の要求が、大企業にとっては小銭程度の金額にすぎなくとも、決して応じてはいけない。

しかし、マギは並みの相手ではない。それに、コンピュータを預かるデータセンターで火災が発生し、警視庁のシステムが現在利用できず混乱しているとの報道が、あったばかりだ。そんな時に、警察を頼ってもいいものだろうか。

スリープ状態だった社長のタブレット端末の画面が、突然、明るくなった。

『社長、そいつはやめたほうがいい』

端末が話し始め、三人はぎょっとして見つめた。画面には新しいウインドウが開き、そこには八木原の顔が映っている。

『初めまして、私はマギ。メールを見てくれてありがとう』

電子的な合成音で、男とも女ともつかない不思議な声だった。ある瞬間には太い男の声になり、それを過ぎると十代の少女のような甲高い声に変わったりもする。

『なかなか手ごわいね、八木原社長。私からはそちらが見えているし、声も聞こえる。電話のつもりで話してくれていいよ』

八木原の面に不安の影がよぎったが、彼はすぐ分厚い唇を曲げた。

「お前と話すことなど何もない」

相手を刺激しないほうがいい。砺波は社長を制止しようと唇に指を当てたが、八木原は目もくれない。創業以来、四十年近く土木建築の現場で叩き上げた男で、タフなブルドッグであることを誇りにしているのだ。娘が植物状態になって、捨て鉢になっているようなところもあった。

「我々は強請《ゆす》りに応じるつもりはない」

『本当にいいのかな。提携の計画がどのように漏れたか、私は五所建設に詳しく教えることができる。そちらの杜撰《ずさん》な情報管理が明らかになるわけだが』

砺波は八木原にもわかるように、ゆっくり大きく首を横に振った。マギについてもうひとつ囁かれる噂は、「どんな企業でも、彼に狙われれば終わり」だということだった。狙われれば、ひれ伏すしかない。自信過剰でマギに逆らって、社長が自殺に追い込まれたあげく、倒産した企業の例も耳にしている。巷《ちまた》の噂によると、近ごろ仲間を集めて、クーガという犯罪者集団を組織しているようだ。

八木原社長の端末は、盗聴や盗撮ができる遠隔操作ウイルスに感染しているらしい。秘書室や提携の実務に当たる企画部門の端末にも、何が起きているかわからない。早急に調査が必要だ。東洋郷工務店は、数年前に数億円かけて社内システムとその運用方法を改善し、企業システムの情報セキュリティを評価するISOなどの認証を受けたが、侵入を許したことを公表されれば、認証を取り消される恐れもある。これまでの努力が水の泡だ。

「直接話ができるなら、詳細情報を返却すると書いているぞ。今、話しとるじゃないかね」

八木原が一歩退《ひ》いた。噛みつくだけの男ではない。狡猾に反撃の機会を窺《うかが》っている。

『直接だよ、社長。お目にかかって直接、話をしたい』

「会うだと？」

八木原も即答しかねたらしく、視線を泳がせた。

「社長を危険な目に遭わせるわけにはいきません。面会するなら代わりに私が参ります」

とっさに砺波が口を挟むと、端末から朗らかな笑い声が聞こえた。鈴を転がすような笑い方は、若い女性のようにも感じ取れた。

『その声は、副社長の砺波さんかな。あんたの忠犬ぶりには感心するけど、断るよ。ぜひとも八木原社長に来てもらいたい。もちろん、ひとりで来てくれとまでは言わないけどね』

「なぜ社長でなければいけないのですか。危害を加えるつもりなら、この話は終わりです」

それまで黙っていた持永が、眼鏡の奥の目を光らせて口を挟む。

『社長しか知らないことを聞きたいからだ』

砺波は首を振った。そんな与太話、にわかには信じられない。八木原しか知らないことなら、電話で尋ねればいい。八木原は、家族が暮らす世田谷の邸宅とは別に、会社の近くで単身マンション住まいをしている。臨海地区にある自宅マンションから職場まで、毎日会社のヘリコプターで送迎を受けるのだ。仕事関係の面会や出張も、すべてヘリコプターと社用ビジネスジェットで事足りる。仕事人間で、それ以外に出歩くこともない。犯人が欲しがっているのは社長の身柄だろう。誘拐して、カネを要求するつもりかもしれない。

「社長しかご存じないこととは何ですか。今この場で聞けばいいじゃないですか」

持永が食い下がると、マギと名乗る声が、長い吐息を漏らした。

『社長だって、他人に聞かれたくないと思うけどね』

八木原が動じないので、砺波はほっとした。考えてみれば、八木原は当節珍しいほどの堅物だ。酒はほどほどにたしなむが、女や博打には手を出さない。趣味らしいものもなく、あえて言うなら仕事が最大の趣味だ。企業脅迫を生業《なりわい》にするハッカーに、脅迫されるようなネタなどあるはずがない。

『甲府の研究所』

タブレット端末の画面が、柔らかくうねる五色の渦に切り替わる。マギが端末に何かの画像を映したらしい。砺波にはそれが、火焰《かえん》のようにも見えた。八木原の顔色が、すっと土気《つちけ》色《いろ》になった。

「——社長？」

血の気が引くと、人間の肌は死人の肌に近づく。褪《さ》めた唇が、薄く開いてかすかに動く。

甲府の研究所とは何のことだ、と砺波は記憶を探った。東洋郷工務店は、山梨県内に研究所どころか支店すら持っていない。過去に持っていたこともない。

『誠意を見せろ』

マギの声が、野太い男性的な声になった。

『また連絡する』

端末が沈黙しても、まだマギが聞いているようで声を出せなかった。気になるのは、八木原の落ち着かない態度だ。甲府と聞いたとたん、背中から刺されたような顔になった。

「社長、これは——」

「悪いが、砺波は外してくれないか。この件は絶対に誰にも話すな」

八木原が端末の電源を切る。盗聴を防ぐためだろう。

「持永は残れ」

長軀《ちょうく》をかがめる持永秘書室長をちらりと見て、砺波は指示通りに社長室を辞去した。銀縁眼鏡などかけて、インテリを気どっているが、持永の経歴はよく知っている。現場歴は短く、暴力組織の捌《さば》き方を買われて、総務部に引き抜かれた男だ。総務部でも、特殊な仕事をしていたという。東洋郷工務店に後ろ暗い点があるとすれば、そのすべてを知っているはずの男だった。底光りする三白眼や、薄く引き結んだ唇が、持永の動じない性格をよく表している。

――これは、ろくな結果にならないぞ。

その言葉が悪寒のように砺波の背を走り抜けた。この手の予感は、よく当たるのだ。

2

警察官になっていなければ、今ごろ何をやっていただろうかと夢想することが、寒川にはたまにある。

目の前のテーブルに置いた苦いコーヒーをすすりながら、少なくともカフェのマスターではなさそうだと思った。この手の地道な商売で、一生を送れる人間でもない。割れた爪の先を気にしてばかりの従業員を店に置き、自分は優雅に事務所へ引きこもって、帳簿でも眺めているのだろう。自分はそういうタイプじゃない。

——今とは別の人生。

振り返れば、人生は「ｉｆ」の連続だと誰かが言っていた。別の人生を想像して楽しむのも、時には悪くないが不毛だ。

「——こんにちは、寒川さん」

正面の椅子に痩せた中年男が腰を下ろしたので、我に返った。口髭《くちひげ》を、髪と同じ栗色に染めた洒落者《しゃれもの》だ。寒川の隣に座る丹野を見て、目元に微笑を含ませた。

「遅くなっちゃって」

「久しぶりだな、陸堂《りくどう》さん」

「そこの道で、ひったくりに遭ったひとを助けてきたの。警視庁のシステムが火災に遭ったって、本当なんでしょ？　いやねえ、急に物騒になって」

陸堂という中年男は、暖かそうな毛織のジャケットを着て、ブランドものらしい幾何学模様のストールを巻いている。それなりに裕福な男だ。このご時世、本当の年齢など見ただけではわからないが、スマートな体型も、日々のジム通いのたまものだ。

「陸堂さんは、新宿や四谷に不動産をたくさん持ってる、代々の地主さんだ」

「相続税で、あらかた持って行かれちゃったけどね」

寒川が丹野に説明してやるそばから、陸堂が女性のようにしなを作って笑った。陸堂が若い丹野を見つめる視線は、寒川を見る目つきとはずいぶん違う。情熱的だ。

「こちら、初めて見るお顔ね。私ね、寒川さんとは腐れ縁なの」

「――腐れ縁、ですか」

丹野が押され気味に頷く。

「奥さんが亡くなってから、息子さんとふたり暮らしでしょ。再婚もしないし、たまには息子さんと遊びにおいでって言うんだけど」

「よせよ、陸堂さん。丹野が困ってる」

寒川は苦笑いした。丹野は気恥ずかしそうに微笑《ほほえ》んだ。プライバシーとか個人情報などという言葉が幅をきかすようになって、互いの家庭の情報に触れることなど、近頃あまりない。

「大丈夫よ。ほんとは寒川さんが今でも奥さんのことが大好きなんだってことぐらい、お見通しなんだから」

寒川は咳払いをした。

「近頃、どうだい。面白い話はあったかい」

「あいかわらず、景気は最悪だけど」

何年か前に、陸堂が新宿で南米系の一団に小突かれているところを、寒川が助けた。いまだに陸堂がそれを恩に着ているとは思えないが、少なくとも寒川に対しては好意的で、小耳に挟んだ街の情報を教えてくれる。寒川のほうも、問題にならない程度に陸堂に便宜を図ってやる。――例えば、賃貸料を溜めこんで退去しない店子《たなこ》を丁寧に「説得」して、立ち退《の》かせるとか。陸堂のような商売をしていると、警察関係者を友達に持つことは、何かとメリットがあるものだ。

寒川は、陸堂のような情報提供者を何人も抱えていた。彼のようなタイプは話し好きで、地元の人間からいろいろな情報を聞きかじっている。単なる噂話やでたらめも多いから、情報を取捨選択するのは寒川の仕事だ。

ひとしきり、新宿界隈のよもやま話に花を咲かせると、寒川は本題を口にした。

「クーガって聞いたことあるか」

「名前は聞いたことあるけど、私は関わりないから」

「そんなことは疑ってないよ。クーガのメンバーと渡りをつけたいんだ。連中を取って食おうってわけじゃないから、心配する必要はない」

陸堂は、とぼけているわけではないのだと言いたげに首を振った。

「相手が寒川さんだから、知っていたら教えてあげたいけどね。だけど、まったく心当たりがないわけじゃない。従兄弟《いとこ》がやっぱり賃貸マンションを持っていてね」

「あんたの親戚は、みんな金持ちだな」

「いやあね。この前、未払いの店賃《たなちん》を催促したら、店子が自分はクーガと親しいんだぞって凄んだそうだから。ハッタリかもしれないけど、その店子の名前を聞いてみようか」

「頼むよ」

陸堂が携帯端末を取り出して従兄弟と話をする間、寒川は冷たくなったコーヒーをすすった。丹野は端然と話を聞いている。陸堂が、勘定書きの裏にペンで何か書こうとした。寒川は急いで自分の手帳を差し出した。妙なものに証拠を残されると困る。

「その住所にいるんだって」

手帳に走り書きした渋谷の住所と名前を見ながら、陸堂が顎をしゃくった。顎の肉が意外にたるんでいて、彼の実年齢を暴露しているようだ。

――川本大樹《かわもとだいき》。

その名前を脳裏にも刻み込む。

「もし、その子に会うんならさ」

陸堂が、意味ありげな流し目をくれた。

「店賃払えって説教しておくよ」

「そうしてくれると、従兄弟も助かるわ」

すっかり女言葉になった陸堂が、用はすんだと言いたげに、にこやかに笑いながら立ち去った。これも、持ちつ持たれつだ。

「本当でしょうか」

カップを返却口に戻しながら、丹野が懐疑的に呟く。寒川が情報提供者に会うのは陸堂が三人目で、さっそくそれらしい情報を引き当てたのだから、信じがたいのも無理はない。

「さあ、川本のハッタリが九割かな」

寒川は肩をすくめた。新興テロ組織クーガの名前は、街での通りが良い。虎の威を借りたい連中が、口から出まかせに言いそうだ。

「それでも店賃は払わせるんでしょうね」

「当たり前だ。店子の義務だろ」

丹野に言い返しながら、カフェのマスターほどではないが、刑事の仕事もいいかげん地道な商売だと思った。

「――寒川さん、息子さんがいらっしゃるんですね」

丹野が尋ねる。耳に入ってしまったので、聞いておかなければ悪いだろうという、義務的な印象だった。こんなところも、育ちの良さを感じさせる。

「中学生だ。もう、ひとりで何でもできる」

「奥さんは――あ、いえ」

「車の事故だよ。死因だろ」

寒川は何でもないことのように言って、店を出た。丹野もそれ以上、聞かなかった。

＊

車は熱海の急勾配な坂道を上っている。

あんまり坂が急なので、フロントガラスから見えるのは、ほとんど夕焼け空ばかりだ。

『あと十分ほどで到着します』

先導車輛から、持永が無線で知らせてくる。

「了解」

激しい揺れに悩まされながら、砺波は短く無線機に応じた。隣の席で、八木原社長も唇を歪《ゆが》め、顔をしかめている。口を開くと舌を噛みそうで、みんな言葉数が少ない。一行が向かっているのは、東洋郷工務店の熱海保養所だった。落ち目になったＩＴ企業の創業者の別荘を買い取り、社員の保養所としたのだが、建物自体は老朽化していて、温泉以外に見どころはない。

保養所にはヘリを停められる場所がなく、近くのゴルフ場にいったん降りて、車を三台仕立て向かうことになった。熱海は伊豆半島の付け根にあり、ホテルや温泉旅館、住宅地がひしめきあう海岸線から少し奥に入ると、もう急峻《きゅうしゅん》な坂の多い丘陵地帯だ。高台には別荘や企業の保養所なども多く、はるか昔、日本経済が高度成長を誇っていた時代には、優良企業が競うように熱海に保養所を抱えた。

低成長時代に入り、経営の見直しに入った企業は、こぞって社員の福利厚生を削減するか、内容を変更した。日本人のライフスタイルが高度成長期とは大きく変化し、休暇に会社の保養所を使って旅行するなんて古い、という意識が生まれたせいもある。安くてサービスのいいホテルや旅館もたくさん生まれた。多くの企業が、財務内容を圧迫する保養所などを喜んで手放した。東洋郷工務店が熱海の保養所を手放していないのは、不思議なくらいだ。

紅葉の季節も終盤に近づいている。寒々とした山の落葉樹に夕映えが差すのを見つめながら、砺波は車輛の揺れで舌を嚙まないよう歯を食いしばった。ヘリでの移動が増えたため、車に乗る機会はめったにない。

『到着しても、いいと言うまで車から降りないでください』

持永の指示は細かい。〈熱海ゆうらんど〉と書かれた門が開き、先導の車が吸い込まれていく。東洋郷工務店の保養所だ。敷地は千坪、内部にテニスコートなどもあるが、手入れされておらず荒れている。この近隣には似たような保養所がいくつもあり、企業が適切な時期に手放して温泉つきのリゾートマンションなどに建て替わったところはいいが、買い手もつかず放置されている建物など、廃墟のようになっている。

八木原と砺波が乗った車は、先導車輛が保養所の中に消えると間隔を置いて追った。運転しているのは、砺波の知らない男だった。助手席にもうひとりいて、油断なく周囲を監視している。秘書室の社員でもない。持永はボディガードと呼んだ。ダークスーツでイヤフォンをはめているところはSPのようにも見えるが、素性を知りたいとは思わない。スーツの胸のあたりが、やけにふくらんでいる。悪化する治安に対応するため、国会で今まさに「スーパー・ガード法案」が審議されているが、可決されると決まったわけでもない。持永はいったい何者を連れて来たのか。

八木原、砺波、持永に、こういう男たちが八人同行している。

「今夜は蒸すな」

車が敷地に入り、〈熱海ゆうらんど〉の本館前に停車すると、八木原が低く呟いてネクタイの喉元をくつろげた。蒸すどころか、ここまで来ると高度があるせいか、砺波には肌寒いほどだ。今夜、八木原の目には活力があり、娘が自殺未遂を起こす前の彼に戻ったようだった。

窓から見ていると、先導車輛から降りた持永と三人のボディガードたちは、敷地内に異常がないか確認を始めたようだ。最後尾の車輛からも三人の男たちが降り、持永らに合流して一部が本館の内部に消えた。助手席にいた男は、降りて車輛付近の安全を調べている。

――マギやクーガが、待ち伏せしていると疑っているのだろうか。

交渉に当たったのは、八木原と持永だった。面会場所として、保養所を指定したのは持永と聞いている。人里離れた場所で、ここなら他人の目に触れにくい。

――しかし、なぜそこまで。

マギが甲府の研究所と言ったとたん、八木原は態度を変えた。五所建設との提携が流れるより、もっと恐れる何かがあるのだ。

「東京で待っとれば良かったんだ」

八木原が不愉快そうにハンカチを取り出し、首筋と額の汗をしきりに拭っている。砺波がどうしても同行すると粘ったことを、根に持っているらしい。

「社長を危険な目に遭わせて、私が東京でのうのうと過ごすわけにはまいりません」

砺波の型通りの返事に、八木原は面映《おもは》ゆいような、何か疑っているような、複雑な表情をした。もちろん、砺波にも思惑がないわけではない。まだ六十二歳の八木原が、簡単に社長の椅子を手放す気がないことは明らかだ。社長に定年はないし、健康に恵まれた彼は、七十歳くらいまでは社長の座に居座るつもりではないかと見られている。五所建設との合併話もある。つまり、自分に社長の座が回ってくる可能性はない。

それが格別残念だというわけではない。このご時世、社長職がさほど居心地のいいポストではないことくらい、砺波の年齢になれば知っている。最終的な決定権があるということは、自分以外に頼る者がないということでもある。責任と重圧に見合う収入を、東洋郷工務店が社長に対して支払えるかと言えば、そうでもない。

とはいっても――砺波に野心がないかと言えば、それは別の話だ。八木原に付け入る隙があるのなら、彼になり代わって自分が東洋郷工務店の采配を振ることに、ためらいはない。そのためにも、何がこれほど八木原を脅《おびや》かしているのか知りたかった。

『社長、もう車から降りても安全です』

持永が本館の裏手から姿を見せ、無線で連絡を寄こす。隙のない身のこなしや鋭い目つきは、ボディガードたちと似通っている。

八木原が緊張を漲《みなぎ》らせて車を降りた。砺波も自分の側のドアを開けようとした。

「お前は車の中にいてくれ」

八木原がすげなく告げる。

「しかし」

「大丈夫だ。話がついたらすぐ戻る」

マギとの会話を聞くつもりだったが、当てが外れた。車の中に、運転手とふたり取り残され、砺波はため息をついた。八木原はボディガードに囲まれ、本館の建物に消えていく。本館の玄関前にはボディガードがふたり、警備についている。

——そこまでして自分を遠ざけておきたいとは、よほどの秘密があるのか。

失望を覚えると共に、さらに好奇心をかき立てられたものの、それ以上しつこくすれば、こちらの思惑を勘繰られるだろう。

「——君。少しの間、車を降りて外の空気を吸ってもいいだろうか」

八木原や持永たちの姿が建物に消え、しばらく待たされることがはっきりしたので、砺波は運転席のボディガードに声をかけた。男は表情のない顔を、こちらに振り向けた。

「あまり車から離れないでください。どんな危険があるかもわかりませんから」

「なんだい、ここは熱海だよ」

砺波は笑いながらドアを開け、車を降りた。鄙《ひな》びた温泉町で、何を心配しているのだろう。

車を降りると、日没後の冷え込みはきつい。深呼吸すると、澄んだ空気が喉に流れ込んできた。これはこれで、悪くない。すっかり日が落ちて、高台から見通せる海岸沿いの、連なる街の明かりが絵のようだ。東京を離れることがなくなっていた砺波は、その景色に心を和ませた。仕事が忙しいだけではない。世界中とネットワークを使って通信できるようになり、その場で面会しているのと変わらないくらいの映像や音声をやりとりできるようになると、移動する必要がなくなってしまった。海外でも国内でもネットで観光できるので、旅行に行く気すら起きないのだ。しかし、実際に来てみると旅も悪くない。

耳を澄ますと、虫の鳴き声が聞こえた。季節はずれの鈴虫ではないかと思い、どのあたりから聞こえてくるのかと、数歩進んだ時だった。

――小さなエンジン音が聞こえる。

不安を覚えて砺波は後ずさった。すさまじい速さで近づいてくる。車ではない。オートバイだ。やかましい排気音を唸らせている。ひと昔前の暴走族ではあるまいが――一台ではない。

「車に戻って!」

運転席から男が叫んだ。砺波は慌てて道路に背を向け、車に駆け戻った。男は無線で本館と連絡を取ろうとしている。砺波が後部座席に転がりこむと同時に、爆音と共に突風が背後を走り抜けた。

一台、二台、三台、四台――。

砺波は車のドアを閉め、頭を低くして窓からこわごわ外を眺めた。七百五十ccから千c

cc程度の大型バイクが、何台敷地に乱入したのか、数えきれない。全員、黒ずくめの服装で、バイクの排気筒やヘルメットまで黒で統一し、縦横無尽に〈熱海ゆうらんど〉の敷地を走り回っている。屈強な男たちだ。攪乱《かくらん》するつもりなのか、一時も停まらない。

「クーガだ！」

砺波は叫んだ。噂にしか聞いたことはない、命知らずのバイク軍団。怖いものなしのテロリスト。彼らが目の前を走っている。

「緊急、緊急、敷地内にオートバイ十数台侵入。クーガと思われる！」

運転手が車のエンジンをかけながら、無線に向かって叫ぶ。無線機からはなぜか砂嵐のような雑音しか聞こえてこない。

「ジャミングされてる」

男が舌打ちした。

「何だって」

「妨害電波です」

運転席の男が、左手でハンドルを握りながら右手で拳銃を抜くのを見て、砺波はぞっとした。本館の玄関を守っていたボディガードは、乱入したオートバイを見るといったん館内に下がり、やはり拳銃を握って様子を見ている。

「警察を呼ぼう」

砺波は携帯端末を取り出した。八木原が何を隠しているのか知らないが、こんな状況では全員の命が危険にさらされる。

「ダメです。何があっても警察は呼ぶなと指示を受けています」

銃口が自分に向けられている。そう気付いて、砺波は愕然とした。携帯をポケットにしまうと、男は銃口を逸らして「すみません」といちおう謝罪した。副社長を撃ってでも警察を呼ばせるなと指示されたのか。

「警察を呼んだところで、パトカーが来るまで十五分はかかります。サイレンが聞こえる頃には、連中は姿を消してますよ」

男が言い訳のように告げた。公務員の人件費削減で、地方公務員である警察官の人数も減らされている。パトカーを呼んでもなかなか来ないという話を、よく聞く。

『八木原！』

スピーカー越しの大音声《だいおんじょう》が、オートバイの爆音をしのいで響く。まるで右翼の街宣車のようで、砺波は縮み上がった。

『出てこい、八木原！』

こんな騒音をたてれば、きっと近所の誰かが１１０番に通報するはずだ。そう信じて周辺の地図を思い浮かべたが、このあたりはほとんど廃墟と化した企業の保養所ばかりだった。

――助けは絶望的。

玄関に逃げ込んだボディガードたちが、次々にその場に倒れた。

「撃たれたぞ！」

運転席の男が、口の中で罵《ののし》った。次の瞬間には、車の後部に衝撃を受けた。一台のバイクが、サイドカーを無理やりぶつけてきたのだ。フルフェイスのヘルメットをかぶり、表情など見えないはずの相手が、こちらを向いて笑ったような気がする。

「車を降りて！　早く！」

運転席の男が、叫びながら自分も転がるように車を飛び出した。とっさに身体が動かず、よろめくようにドアを開けた瞬間、爆風で身体が浮き、地面に投げ出された。花火のような臭いが鼻をつく。声が出ない。したたかに背中を打っていた。咳き込むと背中からみぞおちにかけて激しく痛む。肋骨《ろっこつ》が折れたのかもしれない。錆《さ》びた鉄の臭いがして、手で唇を拭うと真っ赤に汚れた。サイドカーの男が車に爆発物を仕掛けたのだと、ようやく頭が動きだす。

何発か銃声を耳にした。近くで応戦する気配があった。運転手だ。すぐに静かになった。

撃たれたのかもしれない。砂利を踏む足音が近づいてくる。

「あーあ、しょうがねえなあ。おじさんみたいな、普通のサラリーマンが来るところじゃないんだがね」

　誰かが覗きこんでいる。おおらかで野太い、田舎の農夫のような声だった。砂埃で痛め、涙が止まらない目をどうにか開いて見上げ、その男が肩にライフルをかついでいることに気付くと、砺波はごくりと喉を鳴らした。もはや、生きて帰れる気がしない。

　――こんな馬鹿な。

　日本の治安はいつの間にここまで悪化していたのか。ぬくぬくと東京にこもっていたから気がつかなかったのか。

「クーガは、普通に生きてる人らには何もしないわけよ。わかる？」

　肩にライフルを載せた男は、にたりと唇を歪めて笑った。

　オートバイのエンジン音が次々に停まる。バイクから降りて、黒ずくめの男たちが本館に突入する。

「そいつは放っておけ、ニードル！」

　誰かが叫ぶと、ライフルの男はいかにもつまらなそうに眉をひそめた。ちっ、と吐き捨てて地面に唾を吐く。

「おじさんいたぶるのも好きなのよ、俺」

　新たなバイクのエンジン音が近づいてくる。今度は一台きりで、砺波は苦労して顔を持ち上げ、音の方角を透かし見た。

最後に現れたバイクも黒ずくめだった。他の連中と違ったのは、喉元に赤いスカーフを巻いていることだった。小柄で、若い女かと思った。ヘルメットを脱ぐと顔立ちが整っており、背中でまとめた髪も長い。

「八木原は殺すな！」

凛然《りんぜん》と張った声が男のものだった。喉から顎にかけて、赤い火傷《やけど》の痕が引きつれている。スカーフは傷を隠すためのものかもしれない。

「そいつはまあ、手遅れでなきゃいいがな」

言いながら、ライフルの男が飄々《ひょうひょう》と離れていく。ひときわ大柄な男がバイクを降り、小柄な男のそばに行った。義経と弁慶のようだなと、妙な連想をする。彼らが悠々と本館に入っていくのを、砺波は呆然と見ているしかなかった。

3

京王線幡ヶ谷駅の北口を出て、細い路地を抜けながら、寒川はこぢんまりと肩を寄せ合う周辺の住宅を見回した。午後七時にもなると、街路には静かに宵闇が降りてくる。窓には照明がともり、街灯が輝く。川本大樹の住むマンションは、都道四三一号線を渡った向こう側、幡ヶ谷三丁目にある。

「国家の経済が破綻しかけていても、ハードウェアはしばらく残るからな」

「何の話です？」

丹野が寒川の真似をするように、周囲に油断のない視線を注ぐ。地球温暖化の影響か、日本の夏は昔よりずいぶん長引くようになったが、それでも十一月にもなればしっかりと庭の紅葉が色づいている。戸建て住宅の庭の暗い隅に、小さな柿がそこだけ色鮮やかに実っているのを見て、寒川は目を細めた。

「目につきにくいってことさ。時々考えるんだ。俺たちは過去の遺産で食っている。高度経済成長時代に、国債をじゃんじゃん発行して借金しまくり、湯水のようにカネを使って建設した道路、空港、トンネル、橋、ダム、発電所——そんなものが今まで通り使える間は、じわじわと国家が衰退に向かっていても気付かない。しかし、ものには耐用年数ってもんがあるだろ。長い時間を経れば、どれもこれもメンテナンスが必要になる。あるいは、すっかり壊して作り直さなきゃならなくなる。その日が来た時に、それだけの国力があるかってことなんだよな」

四三一号線を、ごうごうと埃を巻き上げて走る乗用車を見送りながら、寒川は信号機を見上げた。白いペンキが剝《は》げ、みっともない様子になっているが、使えるだけマシだ。

丹野は寒川が言わんとしたことを理解したのかどうか、涼しい表情で信号が青になるのを待ち、横断歩道を渡りだした。彼は、仕事に直接関係のないことには関心を持たないらしい。

国家公務員試験の合格者で、警察庁に入庁した後、警視庁で修業中の身だ。警察官僚のスピード出世が現場を知らない幹部をつくり、汚職や不正を許す温床になっているとの指摘にこたえ、入庁した新人をすぐに所轄の係長クラスにつける慣習をあらため、数年間は現場で刑事の捜査を習わせることになった。

第五課に来たばかりだが、丹野はどうせ短期間で異動になるだろう。現場の刑事など、警察官僚にとっては腰掛けのような職種だ。臭いだけ嗅いで、現場を知っているような顔ができればそれで満足なのだ。

――池上が戻ってくるまでの、腰掛けだからな。

寒川も、最初から丹野にはそこまで期待していない。期待すれば馬鹿を見るだろう。これまで何人か、丹野のような新人を鍛える役目を仰せつかったこともあるが、たいてい彼らは怠惰で、自分から現場に飛び出していく寒川を冷たい目で見ていた。丹野は黙ってついてくるだけ、ましなほうだ。

係長の鹿島は、後輩のよしみで寒川を立ててくれるが、第五課の連中はそうじゃない。あんな古い捜査手法を取るロートルが、どうして精鋭の第五課に居残っているのかと嫌われている。年功で班長なんかやっているのも妬《しゃく》ましいだろう。おまけに、寒川の検挙率が、第五課の中でも決して低くないから、余計に癪に障るらしい。

寒川も、横断歩道を渡った。

経済の問題には、大いに関心を持っている。老朽化したマンションやオフィスビルが、取り壊す費用すら出せなかったり、所有権が複雑になりすぎて売ることもできなかったりで、住むところのない貧しい人間や、悪党どもの巣になりつつある。特に、東京近郊の、以前は「郊外」と呼ばれた地域と、東京湾を埋め立てた海浜地域の一部だ。

——多少のことなら、むしろ歓迎できるんだがな。

そういう建物が、生活に困窮した家族にとって一種のセーフティネットとして機能しているのなら、寒川も歓迎だ。しかし、麻薬の保管場所に利用されたり、売春の場やテロリストのアジトになったりするのは困る。そういう建物を見るたびに、もう数十年も前、日本は豊かになったから後はほどほどに働くだけでメシが食えるとか、国力や経済など二の次でいいとか言った連中の顔が浮かんで恨めしくなる。

衰退は地方から始まった。東京に住む人間が気付かないうちに、地方から街や家族が崩壊していった。シャッター商店街には人の気配もなく、放置された空き地は、中古車を盗んで部品を取る窃盗団が、ヤードと呼ばれる解体場として利用し、不法に捨てられた大量の産業廃棄物で溢《あふ》れ返った。人口が減少して体力の落ちた地方自治体は、各地の公立病院を合併させ、様々なサービスから少しずつ撤退したり、民間企業に委託したりした。その結果、さらに人口が減っていった。ムダをなくし、サービスを集約できた自治体はまだしも、住民に配慮するあまり集約できなかった自治体は、巨額の負債を抱えて軒並み破綻した。コンパクトシティ化してインフラを集中させ、コストを削減した自治体は、人口減少にもどうにか耐えられた。

もっと大きな問題は、この国で広がり続けた格差だった。富の偏在化が進み、中流という幻想が社会から消え、格差が世代を超えて拡大再生産されるようになった。あまりに激しい収入格差は、労働者の勤労意欲を殺《そ》いだだけではなく、社会を不安定にし、凶悪な犯罪を多発させた。

「あのマンションですね」

丹野が住所表示を確認し、茶色いタイルで壁面を飾った五階建てのマンションを見上げる。なるほど、陸堂の従兄弟がオーナーだけあって、洒落た雰囲気の建物だ。おそらく内部はワンルームで、二十平米にも満たない住居がびっしりとひしめく造りに違いない。ひとり暮らしなら、それだけの広さがあれば充分だ。

「結局、持ってる奴らが得をする」

丹野がちらりとこちらを横目で見た。

「陸堂さんのこと、嫌いなんですか？」

寒川は舌打ちした。

「違うよ。特定の個人の話じゃねえんだよ」

丹野を無視して、さっさとマンションのエントランスに向かう。セキュリティが厳しくないタイプで、一階のロビーに入るのに暗証番号も鍵も必要ない。それだけで、このマンションが竣工してから三十年は経過しているだろうと知れる。郵便受けで探すと、川本の部屋は三階のようだ。迷わず階段を上がり始めた。エレベーターを待てないほど、気がせいている。

丹野は黙ってついてくる。

三階のフロアに、狭い間隔で扉が七つもあるところを見れば、ワンルームマンションだという寒川の見たては間違いではないらしい。川本の部屋は三〇三号室、階段のすぐ脇だ。廊下は汚れていない。ゴミも落ちていない。住人が良識を持っているか、管理がしっかりしているか。

丹野に目配せし、インターホンを鳴らした。川本は高校時代の先輩が経営するゲームセンターでアルバイトをして生計を立てている。店に電話してシフトを確認したところ、今日はもう帰宅したことがわかった。インターホンにはカメラのレンズがついている。ベルが鳴ると、住人は映像を見て応答するか居留守を使うか選ぶことができる。三十年前のマンションには、この仕組みは標準的ではなかったはずだが、最近つけたのかもしれない。寒川は警察手帳をカメラに向けた。

「川本大樹、警視庁だ。そこにいるんだろう。びびってないで、早いところ出て来たほうがいいぞ」

マイクが声を拾うはずだ。迷う間《ま》の後、鍵を開ける音がして、不機嫌な——というより不機嫌を装った五分刈りの若い男がスウェット姿で現れた。突然の刑事の訪問に怯《おび》えていることとは、目を見ればわかる。

川本大樹、二十一歳で二度の逮捕歴あり。一度めは窃盗容疑、二度めは傷害だそうだ。一度めは起訴猶予になり、二度めは執行猶予がついた。運のいい男だが、まだ執行猶予期間中だった。ニキビの赤みが消えない川本の肌を見て、相手の幼さを測る。

「誰がびびってるって！　何の用だよ！」

刑事相手に凄む川本に、寒川は薄く笑った。

「川本さん？　友達のことで、聞きたいことがあるんですよ」

「友達って誰だよ！」

張子の虎のように虚勢を張る様子もなかなか可愛らしい。

「クーガだよ」

寒川は川本の目の高さまで、自分の目の位置を下げた。寒川のほうが、だいぶ背が高い。

「お前、クーガに友達がいるんだってな」

川本の目に「しまった」という後悔の念が走るのを見て、彼が本当にクーガのメンバーと知り合いなのだとわかった。これはまた、意外で嬉しい驚きだ。

「心配すんな。ちょっと連中と話したいだけだ。お前に迷惑がかかるこっちゃない」

「何の話だよ。クーガって何だよ」

「とぼけるなって。お前、俺にはクーガの友達がいるって、あちこちでフイて回ってるそうじゃないか、ええ？」

「知らねえよ」

川本は強情に言い張りながら、この寒いのに鼻の頭に汗を滲ませている。

「ひょっとして、ハッタリだったのか？　本当は、クーガに知り合いなんかいないってわけか？」

ポーカーフェイスを装ったつもりらしい川本の目が、そわそわと泳いでいる。こちらに隙があれば、逃げるかクーガに電話をかけたいのかもしれない。こいつはおそらく、クーガのメンバーと直接連絡を取る方法を知っている。寒川は再び川本に顔を近づけ、目を覗きこんだ。絶対に怒鳴ったり、身体に手をかけたりはしない。両手はポケットにでも突っこんでおく。顔に唾が飛ぶくらいは——まあ、想定の範囲内だ。

「あのな、川本。お前、こないだ新宿でクラウン・ハーベストとモメたんだってな。そん時、俺の友達はクーガだって言ったそうじゃないか。それで相手が引いたんだろ。今さらフカシでしたじゃ、まずいんじゃないのか」

丹野は二歩離れて黙っているが、寒川の言葉を聞いて喉の奥で笑いを噛み殺したのがわかった。こいつも爽やかそうな顔をして、人が悪い。

陸堂から川本の名前を聞くとすぐ、彼の年齢を調べて渋谷の少年係に電話をかけた。なにしろ、警視庁のシステムはいま完全にダウンしており、復旧のめども立っていない。コンピュータが使えないなら、所轄にいる警察官の記憶が頼りだ。中学時代から何度も補導されていたという川本大樹を覚えている警察官は複数いて、そのうちひとりが新宿での不良少年団同士の小競り合いについて話を聞きこんでいた。結局、最後は人間の記憶や直感に頼るのが、一番早いし頼りになる。

「友達っつうか、偶然出会ったら挨拶する程度の知り合いなんだよ。付き合いがあるってほどでもない」

川本はどうやら頭の奥でいろいろと計算したらしい。ある程度までは認めたほうが有利だと考えたのか、睨むように寒川を見た。

「ほう。そいつの名前は」

「——なんでだよ。その程度の知り合いに、迷惑かけたくないだろ」

「その程度の知り合いなら、お前がバラしたとは誰も思わんよ」

川本が、追い詰められたネズミのような目で額の汗を拭う。

「名前ったって——みんなが呼んでるあだ名しか知らねえよ」

「それでいい。どこに行けば会える？」

「フラッシュの居場所なんか、わかんねえって——たまたま、新宿なんかでばったり遭遇することがあるんだ。だけど——」

川本がせわしなく目を瞬いた。

「大久保のメキシコ料理店の階上に、前は住みこんでた。今はもういないと思う」

「どうして」

「そこの女と切れたから。女主人とデキてたんだ。住みこみの用心棒だよ。フラッシュは少し前に女と別れて、その店を出て行った」

「なんだ、詳しいじゃないか」

寒川がおだてると、まんざらでもないような顔をした。扱いやすい若者だ。店の名前を尋ねて、手帳に書きつける。別れたのなら、新しいねぐらを前の女に教えてはいないだろうな、と残念がる内心は表面に出さない。

「ありがとうよ。川本お前、執行猶予《ベントウ》ついてるだろ。真面目に仕事して、つまんないことで中に入るなよ」

「わかってるよ」

川本の目に反抗的な光が戻る。こいつは、まだまだ小僧っ子だ。悪党になりきれない中途半端な悪ガキで、似たような連中とつるんでいるだけだ。寒川は、この手の悪ガキならたくさん知っているし、嫌いではない。こういう連中は、時代が変わってもちっとも変わらないなと、むしろ懐かしい気がする。

「近ごろ、周囲が騒がしくないか。お前、昔の仲間に引っ張られて、妙なことに手を出してねえだろうな」

警視庁のシステムが破壊されてから、街は妙な熱気に包まれているようだ。持てるものは、どちらかと言えばびくびくしている。持たざるものは、今しかチャンスはないと考えて何かを始めようとしている。

「ないよ、そんなの」

「いいな。大家とグズグズもめたりするんじゃないぞ。そんなとっから、ケチがつく奴だって多いんだからな」

川本の眼差《まなざ》しが揺れた。家賃を滞納していることを思い起こして、自信がぐらついたようだ。これで奴が家賃を払えば、情報をくれた陸堂にも顔が立つ。

「じゃあな」

丹野に目配せして階段に向かった。川本が小さく舌打ちして、玄関を閉める気配がした。

「大久保に行くぞ。そのメキシコ料理店、まだ開いてるだろう」

「了解。――寒川さんは、優しいんですね」

丹野が軽やかな足取りで階段を駆け下りながら、妙におもねるようなことを言った。寒川なら、他人にそんなことを言うくらいなら死んだほうがマシだ。黙って聞き流してやったのに、丹野はちらりと寒川を見て、付け加えた。

「目線を川本と同じ位置まで下げてたでしょう」

何の嫌味かと思い、仏頂面で顎をしゃくる。

「いいから、さっさと降りてくれ」

若いということは、面倒くさいの同義語か。話題を変えようと、階段を降りながら尋ねる。

「なあ丹野。警視庁のシステムが潰されたのと、クーガのひとりが新宿から姿を消したのと、無関係だと思うか」

丹野が意外そうに振り返って微笑んだ。

「――まさか。そんなわけないですよね」

もちろんそんなはずがない。クーガは、警視庁のシステムを破壊し、警察が混乱している隙に何かを仕掛けるつもりだ。

寒川は階段を駆け下りた。

＊

クーガのナンバー2、フラッシュこと由利《ゆり》数馬《かずま》は、不機嫌な虎のように目を怒らせ、周囲を油断なく見回した。

ほとんど使われることのない保養所だが、電気は通っている。灯《あか》りが外に漏れると部外者が不審を抱くかもしれないので、遮光性の高いカーテンをきっちり閉めて回り、粘着テープで目張りもした。

由利は、カーテンを閉めきる前に、街の明かりを眺めた。熱海に来たのは初めてだ。海沿いに、かろうじて「街」と呼べる規模の光が貼り付いている。しかし、東洋郷工務店の保養所〈熱海ゆうらんど〉が建つこの周辺は、すっかり見捨てられた土地だった。

——こんな場所に俺たちを呼び出すとは。

強制的に排除しようという目的が透けて見える。クーガも舐められたものだ。カーテンを閉めて、背後を振り向く。

コの字形に並んだ長机と、ホワイトボード。五階のこの部屋は、保養所が機能していた頃には、合宿研修の教室として利用されていたのかもしれない。今は、長机の上に、四人の男たちがズボンを脱がされたみじめな姿で正座させられている。東洋郷工務店社長の八木原と、秘書室長の持永、ボディガードがふたり。副社長の砺波は、後ろ手に手錠をかけて部屋の隅に転がしてある。爆発に巻き込まれ、肋骨を折ったらしい。呼吸をするたび痛むらしく、床に寝たまま呻き声を上げている。

「残ったのはこれだけだ。人数を集めたわりに、そっちは意外と抵抗が下手だったな」

彼らの正面にマギが腕組みして立ち、冷やかな視線を四人の男に順に注いだ。

——マギ。サイバー空間の魔術師。

由利自身も、青年の素性について詳しく知っているわけではない。見たところ二十代前半だが、外見などあてにならない昨今だ。長めに伸ばした黒髪を、後ろでひとつにまとめている。由利やニードルと比べれば、華奢《きゃしゃ》で小柄な体格だ。女性っぽいところはないが、荒くれた印象もない。とりわけ記憶に残りそうな容貌でもないが――ただひとつ、喉から顎にかけて赤い火傷の痕がある。マギの鎖骨から顎に向かって駆け上ろうとする火竜のような形をしている。皮膚を移植して火傷の痕跡を消す治療など、カネさえあれば簡単にできるはずだが、マギはそうしなかった。

（記憶が薄れないように、残した）

以前、由利が尋ねると、そっけなく応じた。何の記憶かは、言及しなかった。

持永とふたりのボディガードは、武装を解除されている。予想通り、連中は拳銃を所持していた。ボディガードと言っても、持永の個人的なつながりで雇った男たちらしい。昔ならヤクザとか暴力団とか呼ぶところだが、現代の日本ではいわゆる指定暴力団はほぼ姿を消したことになっている。警察の浄化作戦が奏功し、指定暴力組織に身をおくことで、通常の社会生活を送ることができない状態に組員たちが音を上げ、大規模組織が表向きは次々に解散した。もちろん、組織は解散しても、彼らの人脈が即座に消滅するわけではない。組織の箍《たが》が外れ、一匹狼と化した連中を持永は使っているのだ。訓練を受けた本物のボディガードと違い、統率が取れているわけでもない。オートバイを十数台連ねて乗りこんだクーガに、右往左往するばかりだった。

マギは、取引場所に〈熱海ゆうらんど〉を指定されると、あらかじめ周辺に監視カメラをいくつか仕掛けた。東洋郷の連中が駆り出した人数や装備を確認し、いけると踏んだから乗りこんだのだ。細心の注意を払い、情報を集める。マギにはその才能がある。由利がナンバー2に甘んじているのも、そのせいだ。

東洋郷側は、八木原社長、砺波副社長、持永秘書室長の他、八名のボディガードが来ていた。ここにいない六人は、みな撃たれるか、撃たれる前に降参して身体の自由を奪われている。由利が見た時点では命に危険が迫っている奴はいなかったが、彼らを手に入れたニードルが舌舐めずりしていたので、今も生きているかどうかは不明だ。あの男は人間として何かが欠落している。

マギが室内を歩き回り、コンセントや電気系統のスイッチなどを執拗《しつよう》にチェックしている。盗聴器でも仕掛けられていないかと疑っているのだろうか。自分の目で確かめて安心したのか、ようやく彼は八木原の前に立った。

「やあ、八木原社長。じかに会うのはしばらくぶりだね」

八木原は、無事な左目で不愉快そうにマギを睨んだ。右目は殴られて瞼《まぶた》がふさがっている。顎もやられたらしく、ブルドッグと評される顔はいびつに歪んでいる。

「気の毒に、怪我してるね。だけど、社長が僕の話を真面目に聞いてくれたら、こんな荒っぽい真似はしなくてすんだんだ」

「お前なんか知らん。会った覚えはない」

顎が痛むのか、喋《しゃべ》りにくそうに八木原が声を絞り出す。マギは肩をすくめた。

「加害者はそう言うものさ」

ボディガードふたりは、拳銃を突きつけられて項垂《うなだ》れているが、秘書室長の持永は唇の端に乾いた血をこびりつかせながら、爛々《らんらん》と光る目をマギに向けている。隙を見つけて取って食おうと考えているのが見え見えだ。

「加害者は自分の行いを忘れることができる。被害者は死んでも忘れられない」

マギが腰をかがめて八木原の顔を覗きこんだ。細い眉に茶色い瞳で、舐めるように八木原の額から顎まで見つめる。

「聞きたいのは簡単なことだ、社長。甲府の研究所から盗んだものは今どこにある？」

八木原は表情も変えずに沈黙した。

「返せば命を助ける」

マギの火傷の痕を見つめていた八木原が、何かに思い至ったように二、三度瞬《まばた》きをした。

「その火傷――まさか」

「質問に答えろ」

「取り戻してどうする。お前が扱えるのか」

「質問に答えろと言った」

八木原が視線を逸らす。またしても沈黙。マギはやれやれと呟いて腰を伸ばした。苛立《いらだ》った様子は見られない。由利にも、この青年の心の動きは読めなかった。

「いいよ。素直に答えないほうが、こっちも楽しめる」

マギが合図をすると、戸口に待機していた黒ずくめの男が、ザックに詰めた小型の機械を床にテープで留め始めた。彼は掃除《スウィープ》と呼ばれている。本名は別にあるが、クーガの中ではみんな通称を使わせている。マギの主義だ。由利を含め、仲間には前科を持つ人間が多い。名前から正体につながるのを避けるためだ。危険な仕事をする時は、必ず薄手の手袋もつける。髪の毛一本も落とさないよう、ゴム製の帽子をかぶる奴もいるくらい、気を遣う。指紋やDNAを残せば一発でアウトだ。

「僕らは外に出る。いま彼が設置したのは、遠隔操作できる発火装置だ。僕らが建物の外に出て五分後、この部屋は炎に包まれる。話す気になれば、マイクに向かって叫ぶといい」

マギが電池式の小さなワイヤレスマイクを八木原のそばに置いた。スウィープがいったん姿を消すと、どこから取ってきたのか発火装置のそばに引き裂いたカーテンを置き、ペットボトルの液体を注いだ。ガソリン臭い。八木原はそちらをじっと見ていたが、唇を引き結んで何も言わなかった。冷酷そうに見えた持永のほうが青ざめている。四人とも、後ろ手に手錠をはめられ、逃げ出せないよう裸の足は頑丈なロープで縛られている。

「俺たちは何も知らないんだ」

持永が膝でマギににじり寄り、訴えた。ボディガードふたりも、持永の言葉に大きく頷いている。

「誰かが社長を売るとは思ったけど、まさかあんただとはね、持永さん」

マギの言葉に、八木原はぷいと顔をそむけた。マギの目配せを見て、由利は持永に近づいた。四人にかけた手錠の鎖を、誰かがひとりだけ逃げ出したりできないようにロープでひとまとめにして長机に縛る。

「スプリンクラーの電源は切った。火が出ても作動しない」

マギが微笑した。

「助かりたいなら、社長に頼んで僕が知りたいことを話してもらえばいいよ」

マギが部屋を出ようとして、床に倒れたままの砺波副社長に視線を落とした。

「この人はさすがに気の毒だな。庭に出しておくか。――フラッシュ」

由利は小さく苦笑いした。マギの奴は、彼を力仕事担当だと考えているらしい。砺波に近づき、抱え上げる。肋骨が折れた副社長は、それだけで耐えがたい痛みに襲われたらしく、呻いた。

「心配するな。少々痛くても、あんたは死ぬわけじゃない」

ここに閉じこめられる連中は、八木原が答えなければ間違いなく死ぬ。それを言外に匂わせて部屋を出る。マギが、仲間を全員外に出した後、扉に鍵をかけた。彼らは足早に階段を駆け下りた。

「連中、切羽詰まって五階の窓から飛び降りるかもな」

「まさか、そんな度胸はないさ。それだけの度胸を見せてくれるなら、それはそれで楽しいだろ？」

「悪趣味だな」

いつも思うのだが、マギは年のわりに達観している。杜撰な計画を立てることはない。緻《ち》密《みつ》にことを運び、用意周到に他人からカネを奪う。そのくせ、内心では事態がどう転んでもかまわないと考えているかのようだ。失敗を取り戻す自分の能力を楽しんでいるのだろうか。

「そんな顔するなよ、フラッシュ」

ふいにマギが混じりけなしの笑顔をはじけさせた。この男はごくたまに、子どものような顔で笑う。そのあどけない様子に騙《だま》される人間もいるかもしれないが、由利には効果がない。こいつは笑みすら武器にする。

「フラッシュは心配性だよね。たまには肩の力を抜け」

由利は肩をすくめ、何も言わなかった。砺波を抱えたまま走って、少々息が切れたせいもある。一階に降りて玄関をくぐると、マギが小型ラジオの電源を入れ、チャンネルを調整してボリュームを上げた。雑音の向こうで、男たちが言い争っている。

『社長、早く奴らに答えてください！　何があったのか知りませんが、このままでは全員死んでしまいます』

持永の声だ。彼に唱和するように、自称ボディガードの男ふたりが、助けてくれと叫んでいる。

「これは持永の演技だ。あの男が一番手ごわい。僕らに聞かせるためにこんなことを言っているが、今ごろ脱出するために何をやってることやら」

マギが冷静に解説し、自分のバイクに近づいてサイドバッグから端末を取り出した。画面を素早く操作して、映像を表示させる。あの部屋には知らない間に監視カメラが仕掛けてあったらしい。盗聴器を探して室内を動き回っていた時に、仕掛けたのかもしれない。映像を見て一瞬混乱したのは、先ほど部屋を後にした時と、室内の情景がすっかり変わってしまっていたからだった。彼らはどうにかして長机から降りたらしい。ガソリンを含ませたカーテンから離れ、四人を結びつけているロープを、やすりか何かで切ろうとしているのは持永だ。

由利は舌打ちした。

「武器になるものを持ってないか、確かめさせたはずだが」

「時計のベルトにでも仕込んでいたんだろう」

マギは平然とそんなことを言うが、ミスはミスだった。持永の武装解除をしたのはスウィープだ。しくじりをすればどうなるか、身体に覚えさせる教訓が必要だ。でなければ、いつか本当にまずい場面でミスをするだろう。自分を含め、クーガははみ出し者の集団だ。厳しい規律がなければ、やがては崩壊する。

あいかわらず、音声では茶番が続いている。助けを求める声と、八木原の拒絶。

「八木原社長は、答えても答えなくても僕に殺されると諦めてるんだろう。敵ながらせつないね」

マギがうっすら笑っている。何がせつないんだか、と由利は鼻でせせら笑った。

仲間が全員外に出たことを確認し、マギが手を振った。

「あと五分だ、諸君」

マギが腕にはめたマイクに宣言する。今の声は、八木原たちを閉じこめた部屋にも響いたはずだった。庭で警備にあたっていたニードルが、彼らが出て来たことに気付くと、口笛で撤収の合図を鳴らし、バイクにまたがる。見張らせていたボディガードの姿はどこにも見当たらない。

──ニードルの奴、またやったかな。

他人をいたぶり死なせるのが三度の飯より好きという男だ。奴の趣味の是非をあげつらうつもりはないが、不必要な殺しは警察の注意を引く。注意してもやめないことはわかっているから、注意しない。常に導火線に火がついたダイナマイト並みに危険人物だが、貴重な人材でもある。警視庁で機動隊やSPにいた人物が、テロリストの仲間に転がりこんでくる確率がどのくらいあるだろう。あまつさえ、ニードルのような腕ききが。

「さあ、行こう」

由利は砺波を地面に下ろし、怯えて身体をすくませる彼にのしかかるように顔を寄せた。

「ここでお別れだ、砺波さん。火事が広がる前に逃げろよ」

山の上まで消防が駆け付ける頃には、山火事になっているかもしれない。

由利も自分のバイクに悠然と近づいた。フルフェイスのヘルメットには、マギの趣味で仕掛けがしてある。連絡用の無線はもとより、八木原たちのマイクの声も聞こえるし、室内の映像を見たければ現実の世界とオーバーラップするように映してくれる。公道をオートバイで走る時には危険なので、由利は映像を縮小して隅に押しやった。どうやら持永は四人をつなぐロープを切ることに成功し、今度は自分の足のロープを切り始めたらしい。両手が手錠で縛《いまし》められているので不自由そうだが、いよいよ脱出に余念がない。

『社長、本当のことを話してください！』

あと五分と宣言されると、ボディガードが泣き叫ぶ声は演技とは思えないほど切羽詰まってきた。持永は連中を見捨てるかもしれない。限られた時間の中で、優先順位をつける必要がある。あの男なら、最初は自分。次は八木原社長だ。

『持永さん、助けてくれ！』

『頼むよ、まだ死にたくないよ！』

口々に叫ぶ声が聞こえる。マギが右手を挙げ、進めと言いたげに前に倒した。いいのか、と念のため由利はマギの表情を窺った。ヘルメット越しに見える目は無表情だ。門の近くにバイクを停めている連中から出発する。八木原社長が、どちらにしても自分は殺されるとまで思い詰めているのなら、答えは得られないと諦めたのだろうか。

『あと二分』

マギの声がスピーカー越しに響く。

持永は八木原の縛めを解くより先に、発火装置に駆け寄った。

『発火装置に触るな。触ればスイッチを入れる』

すかさずマギが遮る。持永はようやくカメラで監視を受けていることを悟ったのか、憎々しげに室内を見渡し、八木原のそばに戻った。見られているとわかったからには、くだらない芝居をする必要もない。八木原は無言で唇を引き結んでいるが、ふたりのボディガードは泣きながら持永ににじり寄った。どんなに暴れても、足のロープが緩みもしない。

『持永さん！　持永さん、頼む！　家に子どもがいるんだ！』

『あと一分』

涼しい声でマギが告げた。既に、〈熱海ゆうらんど〉から三キロ程度離れている。

『私が話せば、彼らを助けてくれるのかね』

八木原の声が聞こえてきた。あの男にも仏心があったのかと、由利は唇を歪めて耳を澄ませる。時間稼ぎのつもりかもしれない。持永が八木原の足を縛るロープを切り、鍵のかかった扉に体当たりしている。持永の身体がぶつかるたび、ずしんと鈍い音をマイクが捕える。頑丈な扉はびくともしない。しかし、持永は諦めない。このまま行けば八木原と持永は助かるかもしれない。由利の二台先を走るマギの背中は微動だにせず、八木原の呼びかけに返事もしない。

『あと三十秒』

その間も、彼らはどんどん〈熱海ゆうらんど〉から遠ざかる。

『待て。マギと言ったな。あの文書を取り戻して、どうするつもりか教えてくれ。それを聞いてから、話すかどうか決めたい』

八木原の声には乱れがない。良くも悪くも、修羅場をくぐった男ではあるようだ。マギの冷やかな笑顔が見えるような気がした。

『あれは僕のものだ。あと十五秒』

八木原がやすりでボディガードのロープを切ろうと苦心している。ロープを切ってくれと我先に頼む彼らを、八木原が癇癪《かんしゃく》を起こして一喝する。

『十、九、八、七――』

マギがカウントダウンを始めた。八木原がマイクに叫ぶ。

『どこにあるのか、私も知らん。あとの四人を捜せ！』

画面の中で発火装置が光り、カーテンが白く燃えあがった。たまりかねた誰かの絶叫が聞こえる。同時に持永が扉に全身でぶちあたり、蝶番《ちょうつがい》の壊れた扉と共に、勢い余って廊下に消えた。八木原がボディガードに手を貸し、彼らを支えて部屋から飛び出すのも映っていた。

『おめでとう。全員生き延びたようだね』

「あと三秒残ってた」

由利が小声で指摘すると、マギが小さく笑うのが聞こえた。

『いいんだよ。僕は絶望の声が聞きたいんだ』

こいつは、八木原が話そうが話すまいが、どのみち火をつけるつもりだったのだ。

『解散だ。予定の場所で会おう』

マギが指示すると、仲間はそれぞれの道に分かれ、散り始めた。マギと由利、それにニードルは、大型の冷凍トラックが道路脇に停まっているのを見つけるまで共に走り続けた。トラックの後部扉が開き、仲間がスロープ代わりの鉄板を引き出す。三人はトラックにバイクごと乗り込んだ。全員を収納すると、鉄板を戻し、扉を閉める。冷凍庫に偽装した鉄の箱は、バイクのエンジンを切り、扉を閉めると真っ暗闇だ。マギが懐中電灯を点ける。丸い光の輪の中に、マギの白い顔が浮かび上がった。

「──さてと」

マギがヘルメットをバイクのシートに載せる。

「何か言いたそうだね、フラッシュ」

由利は同じようにヘルメットを脇に置いた。ふだん無駄に饒舌《じょうぜつ》なニードルは、彼らの間に漂う緊張感を嗅ぎ取り無関心を決めこんだらしく、さっさと冷凍庫の隅に陣取ると、田舎から出て来たばかりの冴えない若者のような顔つきで座り込んだ。奴は、自分が興味を持つことにしか関わらない。それが役に立つこともあれば、むやみに苛立たせることもある。

「この仕事を続けても、カネになる気がしない」

由利のストレートな表現に、マギは細い眉を上げて肩をすくめた。

「そう思う？」

「連中を襲撃するのに、いくらつぎこんだ？　せっかく警視庁のシステムをぶっ壊したのに、何やってんだ。ここらで荒稼ぎするために、警視庁を敵に回したんじゃないのか。クーガの連中がお前についていくのは、確実にカネになる仕事を寄こすからだ。しかし、この仕事は違う」

不穏なサイレンが鳴り響く。激しく甲高い三点連打の警鐘も聞こえるから、あれは消防車だ。だんだん近づいてきて、このトラックとすれ違った。まさか、すれ違ったばかりの水産物加工業者のトラックに、放火犯が潜んでいるとは思わないだろう。

八木原たちは、火災から逃れて助かったと喜んだかもしれないが、車のタイヤをすべて切り裂いておいた。今頃パンクした車を前に呆然としているだろうか。連中は拳銃を持っていて、建物や庭のあちこちに発射の痕跡が残っている。続々と集まってくる消防や警察に、どう説明するのか見ものだ。

「八木原から取り返そうとしていたブツは、何だ」

サイレンに耳を澄ましていたマギが、視線をこちらに戻した。懐中電灯が、冷凍庫の床に反射してマギの顔を淡く照らし出している。見ようによっては、凜々《りり》しい目だ。

「そいつを取り戻せば、カネになるのか」

「どうだろう」

マギは心ここにあらずという風情で、ぼんやりと首を振った。

「そっちはあまり自信がない」

「何を考えてる、マギ。カネを与えずに連中が動くとでも？」

「それは僕がなんとかする。心配するな」

マギがふとニードルを見た。

「ニードルもカネが手に入らなけりゃ、僕についてこないのか？」

真剣な話のはずなのに、マギの声はまるで奴をからかうようだ。ニードルが猫のように伸びをしてあくびをした。

「カネもいいが、それより俺には早く獲物をくれよ。イキが良くって、たっぷり楽しませてくれる奴を」

「お前、ボディガード連中をどうした」

つい声が尖《とが》る。ニードルがにやにやと笑う。

「あいつら、逃げられないよう木に吊るしてやった。心配するなフラッシュ、殺してねえよ。マギにうるさく言われたからな」

ニードルの奴、マギの命令なら聞くのか。

ほらね、と言いたげにマギが首を傾げる。自分がどれだけ部下を掌握していて、彼らの気持ちを理解しているかと主張したいのだろうか。由利はバイクのシートを撫でた。合皮のシートは、滑らかな手触りだ。

「――いいだろう。お前がそう言うなら、やってみればいい。しかし、俺はわけもわからずお前に従うつもりはない。八木原は他の四人と言ったな。お前は何を捜していて、そいつで何をしようとしているのか、話せ。でなきゃ、俺はここで降りる」

口笛を吹いたのはニードルだ。マギは無表情な仮面を着けたように、しばらくじっとこちらを見つめていた。

「――いいだろう」

一瞬、マギが降りていいと言ったのかと考えた。マギはクーガの心臓で頭脳だ。そいつに逆らったのだから、覚悟はできている。しかし、由利も自尊心の塊なのだ。他人の手足となって働くのはともかく、ただの持ち駒として気安く使われるのはたまらない。

「僕が狙っているものを話すよ、フラッシュ。聞けば君も興味が湧くと思うな」

「俺も聞いていいのかよ」

「もちろん、ニードル」

マギがバイクのサイドバッグから端末を出し、もっと近づくように由利たちを手招きした。

ニードルがやれやれと呟いて立ち上がり、腕組みする。

「僕が狙うのは八木原を入れて五人だ」

画面に表示された五つの名前を、見やすいようにマギが拡大した。ひとつは、東洋郷工務店の八木原社長だ。由利はひとつずつ名前を追った。

パートナー電工専務、粟島則之《あわしまのりゆき》。

羽田《はた》工機財務部長、宮北智也《みやきたともや》。

加賀屋不動産社長、坊城成美《ぼうじょうしげみ》。

ハートフルＰＲ社長、曽和《そわ》アンナ。

「こいつらは？」

並んでいる企業名を見ても、ぴんとこない。由利でも名前を知る会社ばかりだ。建設会社に電機メーカー、工作機械メーカーに不動産会社。それにＰＲ会社ときては、どういうつながりがあるのか見えてこない。

「彼らは昔、物理学のある実験データと、研究内容が書かれた論文の草稿などを研究者から奪った。十五年前のことだ」

マギが由利とニードルを交互に見つめる。

「その研究内容を取り戻すんだな？」

取り戻すと言うからには、それはマギのものだったか、家族や知人のものだったということだ。話したくない様子なので、あえてその点には触れなかった。

「何の研究なんだ、マギ？　お前が血眼になって捜すからには、よっぽどの代物だろう」

ニードルが赤い下唇を指でつまみ、上目遣いにマギを見る。

「そう。確かにたいした代物だよ」

マギは端末をバイクのシートに載せ、腕組みした。華奢で小柄な体格が大きく見えるのは、マギの身体に漲る自信と信念のせいだ。

「その論文には、夢のエネルギー開発についての詳細が書かれていた。それを使えば、今後は発電するのに化石燃料を燃やす必要もなく、原子力発電所の事故や放射能漏れに怯える心配もない。今度こそクリーンで安全な、夢のエネルギーを簡単な製法で作れるはずだった」

「なんだよ、その話が本当なら、そいつはとんでもないカネになるんじゃないのか」

カネになどほとんど関心を払わないニードルが、珍しく興奮したような声を上げる。由利も同じことを考えていた。それならそうと、マギはなぜ事情を話してみんなを煽《あお》らないのだろう。

マギが、唇の右端をきゅっと引き、皮肉な笑みを浮かべた。

「だめだ。それは言えない」

「どうして」

「言ったが最後、その論文を取り合ってクーガの内部で殺し合いが始まるかもしれない。そのくらい大きなネタだからだ」

由利は黙って目を瞬き、マギの言葉を反芻《はんすう》した。そんな話をなぜ自分たちふたりに聞かせる気になったのだろうか。マギは、ふたりの忠誠を試しているのだろうか。

「もったいぶんなよ、マギ」

ニードルが軽い口調でへらへらと笑う。

「そいつには、どんなだいそれた世界の秘密が書いてあったのかね？　フリーメーソンの秘術か、それとも〈黄金の夜明け団〉の魔術か？」

「世界の秘密か」

マギが静かに微笑した。いっそ、美しいと呼んでもいい端然とした笑みだ。

「その通りかもな。盗まれた論文には、ある多孔質の合金を触媒として電気分解を起こすための詳細が書かれていた」

マギが何を言いたいのか理解できず、由利は黙って続きを促した。

「つまり、常温核融合の実用化に関する論文と、核融合炉の設計図だったんだよ」

4

大久保の周辺も、ずいぶん変わったものだと、寒川はビルの看板を見上げた。付近からは、名前も知らない香辛料の香りが漂ってくる。

以前は韓国料理店や、韓《ハン》流スターのブロマイドなどを販売する店、韓国の若手アイドルが出演するライブハウスなど、韓国街の様相を呈していた時代もあったが、近頃は輪をかけて複雑な状況になっている。韓国系、ブラジル系、フィリピン系、インドネシア系と、国籍別に島を作るように集まって商売をしている。中国系は、池袋を中心に各地に居住地域を広げている。どんな国の出身者にしても、国籍ごとに固まって生活しようとすることには変わりがないらしい。出身国や出身地域ごとに互助会のような組織も作られ始めていると聞く。

雑多な街並みを歩きながら、パトロールに出ている警察官の姿が見えないことに気付いた。刑事たちが、内勤の事務職員よろしく、〈刑事部屋〉にこもるようになって久しいが、今でも世界に冠たるKOBANは健在だ。制服警官たちは、まめにパトロールを行い、治安維持に努めている。そうでなければ、国内の状況はもっと悪化していただろう。

――その制服警官たちを、今日はほとんど見かけない。

「システムダウンの影響が、こんなところにまで出てやがるのか」

寒川は呟いた。パトロールどころでないほど、各地で事件が起きているのかもしれない。警察力の手足が封じられている。

こんな日にも、五課の刑事たちは〈刑事部屋〉にいて、仕事にならないとぼやいているのだろうか。監視カメラはダウン。検索システムもダウン。彼らの目と耳と脳が使用不可能になっているのだ。

「あの店です。メキシコ料理〈ムチョス〉」

丹野が目ざとく看板を見つけた。雑居ビルの三階に、肩を寄せてひしめくように南米系の店舗が入居している。アクセサリーや衣類の店と並び、〈ムチョス〉はポップなデザインの看板を上げていた。

「行ってみよう」

窮屈な階段を、寒川が先に上った。〈ムチョス〉のお勧めメニューや写真を貼り出した階段は、周囲から壁が迫ってくるようで余計に狭苦しい。三階まで上がると、賑《にぎ》やかな中にも哀感を含んだ中南米の民族音楽と、陽気な笑い声とが扉越しに漏れ聞こえた。ガラス窓のついた扉から店内を窺う。カウンター席とテーブル席が少し。店は繁盛していて、テーブル席はふさがり、カウンターでは立ったまま瓶ビールをラッパ飲みする男も見える。客はほとんどがメキシコ系だ。カウンターの中でジョッキにビールを注いでいるのが、店の女主人だろう。肉付きのいい、背丈もあるが貫録も十二分にあるメキシコ人女性だった。年齢は五十歳前後だろうか。

クーガを用心棒に雇っていたという川本の証言が気になったが、店内の様子を見る限り、危険な臭いはしない。ごく普通のカジュアルなレストランのようだ。ドアに窓がつき、内部を見通せるのも安心感がある。丹野が追い付くのを待ち、寒川はドアを押した。ビアサーバーのコックを倒して、グラスに泡を盛り上げていた女主人が、まっすぐカウンターに向かう男ふたりに気付いて顔を上げる。陽気な笑い声がしぼむように小さくなる。男たちが、ちらちらとこちらに視線を送ってくる。

寒川はふと、パトロール中の警察官の姿が見えない、周辺地域の荒れた路上を思い浮かべた。今ここで問題が起きても、すぐ駆けつけられる警察官はいない。

「満席です」

違和感の残るアクセントで女が顎を上げた。

「――悪いな。客じゃないんだ」

寒川は唇にだけ笑みを浮かべ、窮屈そうに肩を寄せて座った男たちの間から声をかけた。

女主人が妙な目配せを客に送ったり、従業員がとっさに何かを隠したりという気配もない。薬物や拳銃など、禁制品の取引が行われている様子はない。クリーンな店なのか、あるいは営業時間帯にそういう取引を行わないのかもしれない。寒川はまだ、用心棒という言葉の響きにこだわっていた。

「ここにフラッシュがいると聞いてきた」

「誰ですか、それ」

女のふてぶてしい目つきに、迷惑そうな表情が上乗せされた。

「この上に住んでたって男なんだが」

あんたの情人《いろ》だろ、という指摘は呑《の》みこむ。

「彼は、もう出て行きました」

「本当か？　いつ消えたんだい」

「あなた誰ですか」

寒川は警察手帳を出し、カウンター席の男たちをかき分けた。ぶつくさ文句を言う連中を冷たく見回して黙らせながら、無理やり彼らの間に身体をねじこみ、石板を貼ったカウンターに片肘をついた。ポケットの中で携帯端末が震えているが、無視した。

「奴がどこにいるか知りたいんだ」

「わたし知らない」

「その男が、クーガの仲間だって知ってたか。クーガってのは犯罪組織だ」

「何それ」

テーブル席の客が、寒川と女主人が話していることに気付かなかったのか、あるいは助け船を出すつもりか、ビールのおかわりを大声で頼んだ。寒川はそちらを睨んだが、女主人は豊満な身体を揺すって注文に飛びつき、グラスをビアサーバーの下につける。寒川の携帯にかかってきた電話は、とっくに切れた後だ。丹野に視線をやると、携帯を耳に当てて何か話していた。どうやら、電話の相手は丹野にかけ直したらしい。

「――その男の名前を教えてくれ」

しばらくしてカウンターに戻ってきた彼女に、しつこく尋ねた。時間を稼ぐ間に答えを考えたのか、女主人は乾いた唇を舌で舐めた。緊張しているらしい。

「わたしはユーリって呼んでた。本当の名前、知らない」

「ユーリ？　日本人じゃないのか」

「日本人よ」

「出て行ったのはいつ？」

女が厨房のカレンダーに目をやる。

「ちょうど一週間前」

ユーリという名前に漢字をあてはめてみながら、寒川はカウンターを離れた。女は嘘をついていない。長年警察官などしていると、他人の嘘が直感的に読み取れるようになる。ユーリ=フラッシュは、一週間前に女と別れて大久保を離れた。彼女は男がどこに行ったのか知らない。男がクーガの一員であることもおそらく知らない。

「寒川さん」

丹野が携帯をポケットにしまい、こちらを呼んだ。

「どうした」

「係長からのお電話で、寒川さんに伝えてくれと。静岡県警から、警視庁に連絡が入りました。クーガが、熱海で事件を起こしたようです」

熱海という地名に寒川は眉をひそめた。管轄外だということもあるが、温泉地とテロ組織のイメージが結びつかない。丹野を促して店を出た。楽しい時間を邪魔された客たちの突き刺す視線を意識しながら、扉を閉めた。長居は無用だ。

「詳しく」

「東洋郷工務店の熱海保養所で、今夜七時過ぎに火災が発生しました。通報を受けて消防車が出場し、火災は三十分後に鎮火したんですが、現場の庭から東洋郷の砺波副社長の死体が発見されたうえ、派手な銃撃戦の痕跡も残っているそうです」

「なぜクーガだとわかった？」

「通報者が、バイクに乗った黒ずくめの集団が現場から逃げるのを目撃したそうです。武器の数があまりに多いので、クーガに違いないと考えているという話でした」

東洋郷工務店の概略を脳裏に呼び起こす。社長の八木原征夫《まさお》は、業界きっての頑固でタフな親父として名前が知られている。ブルドッグのような、肉付きのいい顔を思い浮かべた。あの男なら、クーガに脅迫を受けたら反撃を試みる可能性はありそうだ。

「東洋郷がクーガに脅迫され、熱海で取引すると見せかけて逆襲しようとした。ところがクーガが予想以上の働きを見せ、副社長が殺された。そんな筋書きか」

クーガは企業相手に恐喝を働いてカネを得ている。警察が現場を押さえたことはまだないし、脅迫を受けた企業からの被害届も出た例がない。しかし、間違いない。

「脅迫されたのは副社長でしょうか」

「さあな。断言はできん」

寒川は階段の上下を見て、誰も見ていないことを確認すると、さっさと上った。四階に、フラッシュが寝泊まりしていた部屋があるはずだ。四階以上は住居として使われているようで、看板もメニューもないそっけない廊下だ。四つある扉のうち、どれがメキシコ料理店の女主人の部屋なのか、表札すらないのでわからない。

おもむろにポケットから瓶を取り出し、端の部屋からドアノブにアルミの粉をブラシでたたきつける。余分な粉に息を吹きかけて飛ばし、浮き上がった指紋を見つけると、セロテープを貼りつけて転写した。

「寒川さん、何してるんですか」

上がってきた丹野が目を丸くしている。

「指紋採取だ。フラッシュが消えたのは一週間前だ。指紋が残ってる可能性がある」

「それはわかりますが、鑑識を呼ばないんですか」

「まだ事件じゃないのに、鑑識の出動を要請できると思うか。捜査にだって予算があるんだ。カネがなけりゃ、知恵を使うんだよ」

そう言いながらも、次々に別の扉を試していく。テープに転写した指紋は、こういう時のために手帳に入れている黒い用紙に貼りつけておく。正式な証拠としては使えないが、今でなければ料理店の女主人が気付いて証拠を隠滅してしまう恐れもある。

「粉がついてると怪しまれる。ハンカチでノブを拭いてくれ」

寒川の指示に、丹野が素直に従った。

「拭いてしまっていいんでしょうか。本当にフラッシュの指紋が残っていたら」

既にハンカチで粉を拭い始めているくせに、丹野がのんびりと尋ねる。

「いいんだよ。ここに残ってるくらいなら、部屋の中にはもっとたくさん残ってるさ」

いざとなったら令状を取って家宅捜索だ。それに、もし同じフロアに犯罪歴を持つ人間が住んでいれば、そいつからフラッシュに関する話を聞き出せるかもしれない。

すべてのドアノブの指紋を採取し終わり、寒川は手帳を閉じた。警視庁の指紋データベースを使って、一致する指紋を探すのは、システムが復旧した後になるだろう。ドアノブの粉を拭き終えて、涼しい顔でハンカチを畳んでいる丹野を促し、階段を降りた。大久保のルートはこれでひと休み、次は静岡県警から、熱海で起きた事件の情報をもらったほうが良さそうだ。

「いったん、課に戻って情報をもらおう」

丹野を連れて駅に戻る途中、意外な男たちが韓国系のレストランが並ぶあたりでうろうろしているのを見かけた。彼らは寒川に気付くと、一様にうろたえたように顔を隠した。

「――なんだ、あいつら」

しようがねえな、と失笑した寒川に、丹野が不思議そうに、どうしたのかと尋ねた。

「五課の、安田《やすだ》班の連中だ。こんなところで何をやってるんだか」

データ捜査を重んじる彼らが、〈刑事部屋〉を出ることなどめったにない。システムが使えないせいで、珍しく張り込みでもしているのなら、こちらから声をかけるのは野暮というものだ。もっとも、張り込みなどほとんど経験したことのない連中だから、誰が見ても刑事がいるとはっきりわかってしまうのは、噴飯ものだった。

「誰か、追いかけてきますよ」

駅に急いでいると、丹野が教えた。班長の安田が、汗をかきながら追ってくる。

「――なんだ。班長が現場を離れていいのか」

「寒川さん、どうしてこんなところにまで来たんですか」

安田は四十過ぎの警部補だ。五課に来たのは三年前で、それから額がどんどん広くなっている。猜疑心《さいぎしん》の強そうな目つきでこちらを睨むので、寒川は苦笑した。

「どうしてって、こっちの捜査で歩いてるんだ。お前こそ、珍しいじゃないか。こんな場所に現れるとは」

安田が苦い顔をした。寒川の捜査手法は古いと反発している、急先鋒だ。

「やってられませんよ。この近くのアパートに、爆破テロの容疑者がいるんです。ずっとカメラで張ってたんですが、今朝から全然映らなくて、下手すると逃がしたかもしれません。システム火災のせいで」

カメラなんかに頼ってばかりいるからだ、と追い打ちをかけるようなことは言わず、寒川は頷いた。たまには現場に出て来るのも、いい勉強になるに違いない。

「安田、張り込むつもりなら、服装を考えたほうがいい」

「服装？」

「そのかっこうじゃ、いかにも刑事が張り込んでます、って丸出しだ」

自分の安物のポロシャツと濃紺のズボンを見下ろし、安田が舌打ちした。むしろ、上等なスーツ姿の丹野のほうが、刑事に見えないからおかしい。

「今回のシステム火災で得をしたの、寒川さんぐらいですよ」

安田が妙に粘っこい口調で言った。

「俺が得をした？」

「ふだんから、システムなんか使わないじゃないですか。寒川さんの捜査だけは、いつもと一緒だ。おまけにそんな時に、新人が池上の代わりにくっついてるとは。おい、しっかりやれよ、新人」

嵩《かさ》にかかる安田の態度に寒川はむっとしたが、丹野は平然として頷いた。

「もちろんです」

そばで聞いている寒川が、吹き出しそうになるほど、丹野は落ち着いている。安田が憤懣《ふんまん》やるかたなく立ち去ると、寒川は丹野の肩を叩いた。

「おまえさん、なかなかの役者だな」

「――はあ」

意味を取りかねて、茫洋とした表情を浮かべている丹野に苦笑いした。どうやら見どころのありそうな男だ。自分の手元にいる期間が短そうなのが、残念だった。

*

「常温核融合ってのは俺も話くらい聞いたことがあるが、つまり偽科学の類《たぐい》なんだろうが」

冷凍庫の床にあぐらをかいて、ニードルが背中を丸めている。警視庁を退職してヒットマン稼業を始めたとたん、「針の穴をも撃ち通す」と裏社会で騒がれたほどのすご腕には見えない。声が野太く、話し方はのどかで、イントネーションに地方の訛《なま》りが残る。

「ところが、偽科学とも言いきれないんだよ」

マギが端末をサイドバッグに収め、同じように床に腰を下ろした。こちらはニードルと違って、育ちのいいお坊ちゃんに見える。マギの家柄や過去について尋ねたことはないし、噂も聞かない。由利が刑務所に入っていた数年前から、謎の天才ハッカーとして名前が聞かれるようになったそうだ。

「核融合は、例えば燃え続けている太陽で起きている現象と同じなんだけど、反応を起こすために超高温・高圧にするとか、条件が厳しいから実現が難しいんだ。それを千度以下の、さほど高温でない環境で発生させるケースを、常温核融合と呼んでいる」

「原子力発電所ってのは、核分裂だよな。核融合とどう違うんだ」

我ながら素人丸出しだなと思いつつ、由利は口を挟んだ。

「核分裂は、例えばウランに熱中性子をぶつけてウランの原子核を分裂させると、放射線が出るだろう。あるいは、反応後に放射性物質が生じたりする。だから、放射性廃棄物をどうやって安全に捨てるか、なんてことが問題になったりするわけだけど。核融合で使われる燃料は、重水素と三重水素という水素の仲間なんだ。放射性物質のゴミが出たりしないし、燃料自体も安全かつ豊富にある。重水素は海水の中に大量に含まれる。三重水素は地上にほとんど存在しないけど、リチウムに中性子をぶつけることにより発生する。そして、リチウムもやっぱり海水に豊富に含まれることがわかってる」

「放射能汚染の問題がなくなるってことか」

「原料が無尽蔵にあると言ってもいいし、二酸化炭素をほとんど出さないクリーンなエネルギーだしね。常温核融合が偽科学扱いされるようになったのは、一九八九年にアメリカのユタ大学で、ポンズ教授とイギリス人のフライシュマン教授が共同で発表した研究成果がきっかけだ。彼らは実験中に、常温核融合が起きたと思われる現象に出会った。本来なら、試験を積み重ねて充分なデータを取得するところだ。ところが、同時期にブリガムヤング大学で類似の研究を進めていたジョーンズ教授が、先に結果を発表してしまう可能性が出てきた。間違いなくノーベル賞ものの世紀の大発見を他人に奪われたくない一心で、データ不足のまま彼らは結果をマスコミに公表したわけさ。莫大な研究費用が国庫から補助されるかどうかの瀬戸際だったしね。大学をあげて、州をあげての運動だった。そんな事情もあって、ふたりの教授はまだ実験が充分ではないと言い出せなかったのかもね。そのあげく、実験とそもそもの考え方の不備が見つかって、彼らはデータの捏造《ねつぞう》をしたとさんざん叩かれ、以来、常温核融合はうさんくさい研究の代名詞のように言われる」

「えらく詳しいな、マギ。話だけ聞いてりゃ、まさに夢のエネルギーだと思うが」

由利はこれまで「核融合」という言葉くらいは知っていたが、詳しい意味も理屈も知らなかった。マギが小さく肩をすくめた。

「そうだよ。だけど、核融合を起こさせるために、とびきり高温・高圧な環境を用意しなくちゃならないから、それがネックになっていたんだ」

「核融合炉は、二〇一九年に海外で実証実験用の国際熱核融合実験炉が稼働して、何年か前には国内でも実験炉が建設されたよな」

ニードルが記憶を探るように口を挟む。いつも皮肉を言ったりふざけたりしている彼にしては、えらく真面目な表情だ。

「ニードル、よく知ってるね」

「俺は、国内の実験炉の警備をやったことがある。機動隊時代に応援に駆り出されたんだ」

「それ本当？　場所はどこ？」

マギの表情が動き、彼は身を乗り出すようにして、端末に日本地図を表示させた。

「青森だ。研究施設に隣接してた」

「それを建てたのが、東洋郷工務店なんだ」

地図には、いくつか赤い丸印が描かれている。青森にも丸があった。

「二〇一〇年代に発生した脱原発ムーブメントの結果、全国に五十基以上あった原子力発電所は、二十年あまりの歳月をかけて多くが廃止された。代わりに、太陽光発電や風力発電などの自然エネルギーを利用する発電所が増えたけど、自然エネルギーは天候に左右されちゃうからね。それならこれが真打ちだというので、核融合炉の研究に加速がついた。赤い丸は、これから核融合炉の建設が予定されている地点だよ」

「マギ、話がますますでかくなってきたのは認めるが、流れを戻そうじゃないか。連中が盗んだっていう研究論文と、この話はどう結びつくんだ」

連中が論文の内容を盗用して、核融合炉を建設したわけではなさそうだ。マギは頷き、地図の上の丸印をひとつずつ確かめるように見つめた。

「この印のうち、青森を含めて四つまでは既に建設のための入札が終わっている。うち半数の二つについて、東洋郷工務店が落札した」

「談合か？」

「さあね、調べればわかるだろうけど、そっちはあんまり興味がないな。問題は、落札した事実よりも、東洋郷工務店がこの二か所の建設を請け負った金額かな」

マギが口にした金額を聞いて、由利は鼻の上に皺《しわ》を寄せた。

「ふん。クーガの全員が一生豪遊しても、使いきれんな」

「そういうこと。それに、東洋郷工務店が建設を請け負った二か所とも、パートナー電工がトカマク型の炉の設計と製作を請け負っている。羽田工機はパートナー電工に工業用製作機械を卸しているし」

「盗まれた論文は、連中が建設する施設より、ずっと安上がりな核融合炉施設の作り方を示していたってことか？」

「冴えてるね、フラッシュ」

マギがにっと笑った。

「連中は認めないけど、僕は彼らが自分たちの利益を守るために、論文を盗んで闇に葬ったんだと考えてる」

「それじゃ、論文はもうこの世に存在しないんじゃないか」

「それが、そうではないと思うんだ。だって、世紀の大発見だよ。その論文で得られた結果を実現させれば、とてつもないエネルギーをいとも簡単に、安価に得ることができる。産業革命どころの話じゃない。フラッシュ、君だったら、自分の商売が危なくなるからって、その発明を完全に捨ててしまうなんてこと、できる？」

由利はしばし腕組みして考えた。

「俺なら、ほとぼりが冷めた頃に、自分が発見したような顔をして発表するな」

「それだよ。僕も、連中はそうするつもりだと考えてる」

だんだんマギの考えが読めてきた――。

こいつは、八木原社長らが、盗んだ論文を自分たちの手柄として発表する前に、取り返そうとしているのだ。何のために、と考えてふと気がついた。

「その論文を書いた奴は、盗まれた時点で、なぜ警察や学界に訴えなかったんだろう。それに、お前はどうやって犯人の目星をつけたんだ？」

「――論文の著者は殺された」

床に座って片膝を立て、マギがクールな表情をこちらに向ける。この青年は時々、選《え》り抜きの材料とデザインでこしらえたマネキン人形のような、美しいが生気のない顔をすることがある。ちょうど、今のように。

「死んだのか、その学者は」

「正確に言うなら、学者たち、だけどね。巴《ともえ》博士とその妻は、八木原たちの手で殺され、研究所と隣接する自宅に火をつけられた。実験器具もノート類も、すべて燃えたってわけ。だから、世界でもっとも重要な論文のひとつが盗まれても、誰も訴え出る人間がいなかったんだ」

火をつけたと聞いて、由利はとっさにマギの首筋に残る火傷の痕を見てしまった。マギは殺された研究者夫妻の息子なのだろうか。

「犯人の名前を僕が知ったのは――これだ」

マギがすぐ話題を変えたので、夫妻のことを尋ねるきっかけを失った。端末を操作すると、画面上に手紙を接写したような写真が現れた。きれいに印字した手紙だ。

「半年ほど前、巴博士の弟の自宅に、差出人不明の手紙が届いた。十五年前、博士の研究所で何が起きたのか書いてある。その時、研究所を訪問していた五人の名前もね。ただ、具体的に誰が殺したのかは書かれていないんだ。論文が盗まれたことも書いてない。――勇気がなかったのかな」

「待ってくれ。その手紙を書いた奴は、どうしてそんなことを知ってるんだ？」

由利は顔をしかめた。

「そりゃ、五人のうちの誰かだからだろう」

こともなげにマギが言う。

「それはどうでもいいんだ。僕は論文を取り戻し、八木原たちに罰を下したい。——協力してくれ」

マギに頼みごとをされたのは初めてだ。意表をつかれ、由利はたじろぐ。ニードルが自分の頭髪に指を突っ込んでかきまわした。

「しょうがねえな。ま、その論文さえ見つかれば、俺たち全員がっぽり稼げるんじゃねえの。八木原たちから、そのネタでいくらでも脅し取れそうだしな」

マギが頷く。その目がこちらを向いて、「お前はどうする」と聞きたそうにしているので、由利は唇を噛んだ。ニードルが言うように、悪い話ではない。あまりに美味《おい》しい話で怖いくらいだ。

「——フラッシュ？」

しびれを切らしたようにマギが尋ねる。

「いいだろう。やる」

由利は頷いた。マギはようやく満足したらしく、微笑した。

「僕はこの時のために、長い時間をかけて、丁寧に準備を進めてきた。警視庁のシステムを全面的にダウンさせ、東京の治安を混乱に陥れる。いったん壊滅させたシステムは、ひと月程度は復旧できないだろう。その間に、僕らは必要なものを全て手に入れる」

マギが端末の画面を暗くすると、冷凍庫の中の光量がいっきに落ちた。

「奴らが覚えてないと言うなら――忘れられないようにしてやろう」

5

車のトランクからゴルフバッグを下ろすと、ハートフルPR社長、曽和アンナは胸ポケットから携帯端末を取り出し、朝っぱらだというのに、深いため息をついた。

――ほんの少しの我慢だから。

端末の電源を切り、グローブボックスに放りこむ。寝ても覚めても、片時も肌身から離したことのない携帯端末を手放すのは、身体の一部をもぎ取られるくらい辛い。女性用の衣服は、携帯が入るサイズのポケットがないことが多いので、そのためにスーツやジャケットを特注するくらいだ。八木原の用が、予定通り一時間ですめばいいのだが。

調布のインターチェンジで中央自動車道を降り、甲州街道、小金井街道と走り継いで、名門と誉れの高いゴルフ場にたどりついたところだ。国内でもっとも会員権が高額で、予約が困難なゴルフ場として知られる。何事にも効率を重んじる曽和は、格式は低いがコストパフォーマンスの良い別のゴルフ場の法人会員になっているが、今日ここに彼女を呼び出したのは東洋郷工務店の八木原社長だ。

——八木原がおかしな指示を出すから。

不機嫌な表情のまま、縁なし眼鏡を押し上げ、ゴルフバッグをかついでクラブハウスに向かう。このコースは、ドレスコードも厳格だ。曽和は白いポロシャツの上に、コーデュロイのジャケットを羽織ってきた。お洒落より、コースで無難とされる服装を選んだのだ。ゴルフ場に、ヒップを強調したイタリア製のスーツを着てくる気はしない。

八木原の秘書が、彼の手紙を携えて曽和を訪ねてきたのは、昨日の夕刻だった。メールでも電話でもなく、今どき紙の手紙だ。淡い色の罫《けい》を印刷した和紙に、八木原本人らしい跳ねるような文字が、万年筆で書かれていた。手書きの手紙など見たのは恐ろしく久しぶりだった。どんなに特別なことが書かれているのかと、半分怖いもの見たさで読んだが、明日の朝ゴルフ場に来てほしいという至極普通の内容だった。

(ただし、車はなるべく社用車や自家用車を使わず、身元につながりにくい車を使うこと。ゴルフ場の敷地に立ち入る際には、電子機器は何も持たないこと。近くまで持参する場合は、車に残し電源を切っておくこと。家族や社員にも知らせず、ひとりで来ること。電話やメールなどで、この会合について誰とも話さないこと)

まるで、スパイごっこだ。

曽和が手紙を読む間、八木原の秘書は能面のような無表情と直立不動の姿勢を崩さなかった。持永とかいう、八木原の懐刀《ふところがたな》だ。曽和は東洋郷工務店の砺波副社長が、前日に熱海で謎の死を遂げたことを思い出した。

――東洋郷のブルドッグも、ついに頭がおかしくなったのかしら。

軽口のひとつも叩いてやろうかと思ったが、取りつく島もない持永秘書の態度を見て鼻白《はなじろ》み、やめた。八木原らしくない神経質な文面は、砺波の死と関係があるのではないか。

クラブハウスのフロントに着くと、先に八木原が来て待っていた。自分のバッグをそばに置き、所在なげに腰を下ろしている。その妙にやつれた風情を見て、八木原の娘にまつわる風聞を思い出した。確認したわけではないが、自殺未遂を起こしたとか、なんとか――。しかし、今日の会合は、それに関係するものではないだろう。

「おはようございます、お招きいただいて」

如才ない笑みを浮かべて近づく曽和を瞥見《べっけん》し、八木原はそっけなく頷いた。

「話は全員揃ってからだ」

長い付き合いだが、こんな無作法な態度を取られるのは初めてだ。八木原もついに焼きが回ったのかもしれない。曽和は肩をすくめ、少し離れて腰を下ろした。午前の予定はすべてキャンセルさせたが、それでもいつ緊急の用件で電話が入るかと思うと、気が気ではない。一流企業のトップが一時間も完全に音信不通になるなんて、考えられないことだ。

八木原がどうだか知らないが、曽和は企業のトップとして、常に最高のパフォーマンスを発揮できるように、細心の注意を払っている。健康管理のためジムとエステ通いは欠かさず、食事にもひと一倍神経を使う。睡眠の質や、体型にだって留意しているし、非常時に備えて、二十四時間対応しているのだ。何かあった時に、「だから女には社長職は無理なんだ」と言わせないためでもある。

パートナー電工の粟島専務と、羽田工機の宮北財務部長が、言葉を交わしながらクラブハウスの扉をくぐってきたのは、約束の時刻の二分前だった。長身でスマートな粟島は、ジャケットにシャツの喉元から深紅のアスコットタイを覗かせている。お洒落だが、ゴルフをする服装ではない。粟島の隣に並ぶと、ダイエットでもしたのか、近ごろめっきり痩せた宮北がひどくみっともなく見える。宮北は顔色も青黒く、冴えなかった。そう言えば、彼はしばらく前に心臓を悪くして、手術を受けたはずだ。先に来ている八木原たちを見ると、彼らは軽く手を上げて挨拶した。

「曽和さん、あいかわらずお綺麗ですね」

宮北がこちらを見て、汗を拭きながらぼそぼそとお世辞めいたことを言った。洒落た紳士の粟島は、その横で薄笑いを浮かべている。ひとつ間違えばセクハラになりかねないと、粟島が考えていることは明らかだ。そして、その判断は正しい。曽和は美しく装うのは好きだが、職場の男たちがそのために自分を女として扱うのは、我慢ならないのだった。そして逆に、亭主と子どもがいるとはいえ、まったく女性として扱われないのも気に入らない。

「揃ったな。コースに出よう」

彼らのやりとりなど無視して、そそくさと八木原が立ち上がる。

「八木原、坊城を待たなくていいのか」

粟島が不思議そうに声をかけた。集められた顔ぶれを見て、ひとり足りないことを不審に思ったらしい。加賀屋不動産の坊城社長が見えない。八木原が苛々《いらいら》と首を振った。

「いいんだ。奴は来ない」

八木原が先に立ってロッカールームへ向かう。曽和は粟島と視線を合わせ、「あれはいったい何なんだ」と声なき言葉を交わした。

クラブハウス前の芝生に、ゴルフカートが二台停まっている。どちらも四人乗りだが、付近にキャディの姿は見えず、代わりに持永秘書がおり、カートの周囲を何かの機械で撫で回すように調べている。盗聴器が仕掛けられていないことを確認しているらしい。会話を聞かれるのを恐れて、キャディを連れずにコースに出るつもりなのだろうか。もっとも、一時間で用がすむというのだから、ゴルフが目的のはずがない。

「失礼ですが、皆さまもボディチェックにご協力ください」

カートを調べ終えた持永が、棒状の機械を持ったままこちらに近づいてくる。

「携帯端末などはお持ちでないですね？」

「何の茶番なの？　これは」

うんざりして曽和は両手を挙げた。持永が、無遠慮に機械を身体に当ててスライドさせる。ポケットで探知機のアラームが鳴り、持永が中身を出せと言いたげに曽和を見た。財布とキーケースを出して見せると、もう一度機械をポケット周辺で上下に振り、頷く。

「ご協力ありがとうございます。問題ありません」

——当たり前でしょ。

あやうく舌打ちしかけ、かろうじて思いとどまった。粟島は潔く抵抗を諦めたらしく、受難のキリストを思わせる表情で持永のボディチェックを受けている。あらかじめ小銭入れなどはポケットから出しておいたらしく、アラームは鳴らなかった。

「たまには機械から解放されるのも、精神修養になっていいかもしれないね」

苦行がすむと粟島が牧師のような顔つきになり、乱れた襟元を正しながら呟く。

「あら、私はもう気絶寸前ですよ。物心がついてこのかた、五分以上、携帯端末と離れて暮らしたことがないんですからね。風呂にも持って入ります」

「曽和さんの場合は、ほとんど依存症だな」

粟島がからかうように言い、曽和は彼と顔を見合わせて笑った。この顔ぶれで、冗談が通じるのはこの男ぐらいだ。

持永が宮北に近づくと、彼ははっとしたように身体を震わせた。

「待ってください。それは金属探知機ですか」

「金属も探知しますが、電波探知機でもあります。盗聴器が出す電波などをキャッチするんです。もちろん、携帯端末など電波を発信する機械にも反応しますが」

宮北の青黒い顔が、いよいよ青ざめて見えた。羽田工機の金庫番は、資金運用や金の計算に関しては天才的だが、押しが弱いともっぱらの評判だ。社長に推挙されることは、まずないだろう。

「それは困る。私は心臓が悪いので、先日身体にペースメーカーを埋めたんです。確実に引つかかるでしょうし、その機械がもし電波を出しているなら、悪影響を与えるかもしれない」

　そう言えば、先日宮北が受けたのは、ペースメーカーを埋めこむ手術だった。半年前には心筋梗塞で死にかけたという噂も耳にしたが、健康に関する問題はみんな隠したがるのでよくわからない。持永が判断を求めるかのように八木原を見た。重々しく八木原が頷く。

「しかたがない。持永、手でボディチェックをすませてくれ」

　持永は機械を地面に置き、宮北の全身を丹念に探ってチェックし始めた。その動作が堂に入っており、彼はただの社長秘書などではなく、軍隊などで専門的な訓練を受けたのではないかと思わせるものがあった。宮北は悲壮な表情で目を閉じている。

「――宮北って、どうしてあんなにダサいのかしら」

「しーっ」

　声をひそめて言い放った曽和の暴言に、粟島が人差し指を唇に当て、茶目っ気たっぷりにウインクした。

「――問題ありません」

　ポケットから小銭入れや鍵の他に、小型の電卓が見つかったが、持永は「しばらくお預かりします」と言って取り上げただけで、他はすべて宮北に返した。電卓なんて、まだ売っていることすら曽和は知らなかった。

「では乗ってくれ。私が運転する。みんな同じカートに乗るんだ。万が一の場合に備えて、持永が別のカートで後から来る」

八木原がカートの運転席に登り、曽和たちは顔を見合わせながらも指示に従った。曽和と粟島がさっさと後部座席に腰掛けたので、宮北がしかたなく運転台の隣に座る。ゴルフバッグは、持永がカートの荷台に設置してくれたが、どう見ても使う機会はなさそうだ。

「――もういいだろう、八木原。この『遠足』には、いったい何の意味があるのかね」

コースに向かうと、粟島が焦れたように尋ねた。皆、口には出さないが、超がつくほど多忙だ。十五分刻みどころか、五分刻みで予定が埋まる身体だが、旧知の八木原が呼び出したからこそ、それがどんなに異様な内容であっても応じたのだ。

「聞くところによれば、君のところの砺波君が、熱海でちょっとしたトラブルに巻きこまれたそうじゃないか。今日の会合に関係があるのかね」

粟島は、八木原とは同じ有名私立大学の同期生で、昔から呼び捨ての仲だった。砺波が撃ち殺されたことを「ちょっとしたトラブル」とは、粟島もよく言ったものだ。熱海にある東洋郷工務店の保養所で銃撃戦があり、副社長が殺された事件は、昨日から過熱ぎみに報道されている。

ホールのスタート位置——ティーインググラウンドに向けてカートを走らせながら、八木原はしばしば頑なに口を閉じていた。

「——ここまで来れば、いいだろう」

クラブハウスから充分離れ、周囲に人の姿がないことを確認すると、八木原がようやくカートを停めた。目を血走らせて周囲を確認する八木原の様子からも、やはり偏執狂的なものが感じられる。声には出さなかったが、粟島がやれやれと言いたげに肩の力を抜くのがわかった。芝生の真ん中は吹きさらしで、寒くてしかたがない。

「クーガに狙われた」

唐突な八木原の告白に、もっとも早く反応したのは曽和だった。

「それで、電子機器を遠ざけろと指示したんですね」

空の牙と書いてクーガと読ませる、テロリスト集団——と言われているが、曽和に言わせれば単なる不良グループだ。魔術師《マギ》というハッカーが率いており、ハッキングによって入手した機密情報を悪用して企業を脅迫しているとの噂が流れている。ただし、これまでに肝心の企業が警察に被害を届けたことはなく、あくまでも噂でしかない。二〇〇〇年代には既に、米国やロシア、東欧諸国のハッカーたちが、競って企業のサーバーにDDoS攻撃などを繰り返しては、攻撃を止《や》める代償に金を寄こせと脅迫していたものだ。マギと名乗るハッカーも、それに毛が生えたようなものだろう。魔術師とはまた大げさなネーミングだが、ハッカーたちは、キング・アーサーだのダーク・ダンテだのアイスマンだの、いささか気障《きざ》な名前をつけたがるものだ。彼らのような性質《たち》の悪いハッカーから企業のブランドイメージを守るのも、PR会社の業務の一環になっている。

携帯端末などをすべて遠ざけ、ゴルフコースの真ん中まで出れば、盗聴や盗撮の危険性もないと八木原は考えたのだろう。ケチなハッカーを相手に、迂遠《うえん》な方法を取ったものだ。

「まさか、警察に通報せずに、自分たちで対処しようと考えたのじゃあるまいね。それが裏目に出て、砺波君を死なせたのでは？」

粟島が英国紳士風に長い脚を優雅に組み、目を細める。八木原はブルドッグと呼ばれるふてぶてしい顔を歪めた。どうやら図星だったらしいと見て、曽和は粟島と素早く視線を交わした。――八木原は何をやってるんだ。

「通報は避けた」

八木原が苦渋に満ちた表情で振り返った。

「奴は、甲府の件を知っていた」

その言葉が、致死性の毒のように彼らに浸透するまで、少し時間が必要だった。誰もが聞きたくない言葉だったのだ。

「そんなはずはない。君、その男に鎌を掛けられたのじゃないか」

栗島が冷然と決めつける。ダンディを絵に描いたような男だが、そうやって冷たい表情をすると、ナチスの将校のような硬質の気配を持つ男にもなれる。

「マギと名乗る若造だ。このあたりに、火傷の痕があった」

八木原が自分の顎から首筋にかけて指でなぞると、栗島も沈黙した。

「甲府の研究所から盗んだものを返せと言った。『あれは僕のものだ』とな」

「――馬鹿な」

栗島が吐き捨てる。それまで怯えた様子で聞いていた宮北が、おずおずと口を開く。

「巴の息子は、火事で死んだのでしたよね」

巴夫妻には、当時小学校高学年の男の子がいた。研究所から失火して、隣接する自宅をも全焼させた火災の後、夫妻と子どもの遺体が発見されたはずだ。当時十二歳くらいだったとして、今なら二十七歳前後か。

「生きていたのかもしれん」

八木原が、目の下にどす黒い隈《くま》の浮いた顔で呻いた。この程度のトラブルで、人相が変わるほど精神的に痛めつけられるとは、ブルドッグらしくない。家庭の問題とのダブルパンチが効いたのだろうか。

「巴の息子以外に、あれが『僕のもの』だなどと言える人間はいない」

八木原の目が、曽和たちを睨《ね》めつけた。

「ここにいる三人の中に、私以外にも、既にクーガから接触を受けた人間がいるんじゃないのか。私が熱海で奴らと会ったのは、一昨日だぞ。あれから連中が手をこまねいていたとは思えん」

曽和は不愉快そうな粟島や、困惑しているらしい宮北と顔を見合わせた。

「八木原、何があったのか詳しく説明しろ。ここにはお前の他に、クーガに脅迫されている人間なんかいない。おかげで、こっちにはさっぱりわけがわからん」

うんざりした様子の粟島に促され、八木原がマギの脅迫メールを受け取った時のことから説明し始めた。さすがに要を得て簡潔な説明だったが、話が終わる頃には曽和も、八木原に火をつけてやりたくなっていた。

「自分は知らないから、あとの四人を捜して聞けと言っただと？」

粟島の声に、触れると切れそうな冷気が漂っている。厚顔な八木原も、ふてくされて唇を曲げた。

「しかたがないだろう。本当のことを言っただけだ。だいたい、あの論文はどこに行ったんだ？　まさかあの火事で燃えたわけじゃないだろう。この中の誰かが後生大事に隠し持っているはずだ」

「八木原さん、そんなことよりも、脅迫を受けた時になぜすぐ連絡をくれなかったんですか」

曽和が詰《なじ》ると、粟島も小さく顎を引いて同意している。

「私だけで片がつくと考えたからだ」

「しかしそうはならなかったのでしょう。あらかじめ聞いていれば、こちらも対策を立てることができたかもしれないのに」

八木原の話を聞く限り、マギが使ったハッキングの手法はさほど目新しいものではない。八木原のタブレット端末に、悪意あるプログラムを侵入させ、端末のカメラとマイクを盗聴に利用したのだ。成りすましメールなどを使って、マルウェアを仕込んだウェブサイトに八木原を誘導したのかもしれない。古典的な手法だが、ウイルスソフトはいまだにそれを完全に防ぐ手段を持たない。五所建設と東洋郷工務店の業務提携についても同様に、マルウェアを侵入させてコンピュータの情報を盗んだのだろう。

問題は、甲府の研究所の情報を、マギがどうやって手に入れたかということだ。

「この中に、甲府の件についてどこかに書き残している人はいないでしょうね」

「曽和さん、私はそこまで愚かではない」

「わ、私もですよ！　もちろん」

　粟島と宮北が口々に応じるのを聞き、八木原がため息をついた。

「当然だろうな。私も、甲府の件は記憶以外のどこにも残していない。——残せるわけがないだろう」

「今日はここに来ていませんが、坊城さんも同じでしょう。それなら、マギはハッキングで情報を手に入れたわけではないことになりますね」

　曽和は、自分の発言が他の三名に沁《し》みとおるまでしばし待った。ハッキングで情報を得たわけではないとすれば、誰かがマギに甲府の件を漏らしたことになる。

「マギは何らかの理由で甲府の情報を得て、八木原さんを強請ろうと考えた。これまでにマギが見せたハッキングの手腕は、たいしたものではありません。マギ本人より、クーガのほうがよほど危険そうですね」

「こちらは、訓練を受けたボディガードを八人用意していた。しかし、連中には歯が立たなかった」

「そのボディガードに、まさか銃など持たせていなかったでしょうね」

　八木原が黙りこんだので、曽和は図星だったと悟った。とんでもないことをしてくれたものだ。粟島も同じ思いだったらしく、苦い表情を浮かべて八木原を見つめている。現場となった東洋郷工務店の保養所は、当然のことだが警察が調べているはずだ。報道によれば、銃痕がたくさん残っていたらしい。弾の方向などを調べれば、一方的に撃たれたわけではなく、射撃の応酬があったとわかるはずだ。表沙汰になれば、東洋郷工務店の企業イメージはもとより、八木原の社会的地位も地に落ちる。曽和のハートフルPR社は、東洋郷工務店のPR事業も受託しているが、この分では今後マスコミの東洋郷叩きが始まった時、矢面に立たされる恐れがある。

──そろそろ手を切るべきかしらね。

東洋郷を見捨てて、八木原との関係を断ち切る覚悟なら、ハートフルPRを守ることはできる。しかし、マギの出方によっては、八木原と手を切るのもまずい。彼を含む五人は、運命共同体だ。団結して事態を収めたほうがいい。

「なぜ無関係な砺波君を現場に残したのだ？　なにも死なせることはなかったろうに」

粟島が尋ねた。砺波副社長の遺体がなければ、東洋郷とは無関係な銃撃戦として片づけることもできただろう。粟島の疑問ももっともだったが、八木原は不愉快そうな顔をしただけで、答えようとしなかった。

「警察には何と話したんですか」

「私は何も知らないと言ってある。現場にいたのは、砺波と彼が集めた人間だったのだろうとなっていることになっているんだ。私も持永も、現地にはいなかったことになっているんだ」

「よくそれで通りましたね」

「近くのヘリポートまでレンタルのヘリで飛び、後は持永が用意した車で保養所へ直行した。クーガは車のタイヤをすべてパンクさせていたから、私たちは警察と消防が到着する前に、徒歩でヘリポートまで戻ったんだ。だから誰にも見られなかった」

本当だろうか、と曽和は懐疑的に考えを巡らせていた。地方都市でも今どき防犯カメラくらいあるだろう。どれかひとつにでも八木原が映っていればアウトだ。ヘリの問題もある。どんな飛行許可を取ったのか知らないが、その日東京と熱海を往復したヘリがあったという事実は、警察もすぐに摑むだろう。誰が乗っていたのか、飛行記録や目撃情報から明らかになるのも時間の問題ではないか。

曽和は少し離れて停まったカートに視線を流した。持永が無表情にハンドルを握った姿勢のまま座っている。カメラの件くらい、持永も気がついているだろう。八木原は剛直な性格だが細部についてはザルだ。持永が細かい部分を補って、なんとかするだろう。そう、ひとまずは期待するしかない。

「まあいい。八木原、それで、今日我々をここに集めたのは、どういうわけかな」

粟島がほっそりとしているが力の強そうな指を組み、顎を載せた。細い骨など嚙み砕きそうなほど、がっしりたくましい顎をした八木原の目に、闘犬のような鈍い輝きが戻ってきた。

「――そのことだ。まあ聞け。今度こそ奴らに先手を打ってやろうと思う」

「先手？」

曽和は先を促すため首を傾げた。

「連中を、罠《わな》にかけるんだ」

＊

東洋郷工務店の本社ビルは、京橋にある。土木建築会社の本社だけに洒落っ気はないが、窓が小さく重厚な印象の七階建ての建物だ。

寒川たちは、一昨日の夜あれから五課に戻って、熱海の警察署から保養所の件の情報を得た。丹野を解放してやったのは、夜の十一時過ぎだっただろうか。昨日は昨日で、朝から熱海の現場を確認し、東京に戻ると大久保でフラッシュについての聞きこみを遅くまで続けた。

――配属早々から、引っ張り回してしまったな。

五課での勤務初日から、ニードルの狙撃事件、警視庁のシステム火災ときて、フラッシュの行方を追い、挙句が熱海の事件発生だ。新人の二日間としては、これ以上ないくらいの多忙を極めている。それでも、今朝きちんと時刻通りに現れた丹野は、涼しい顔をしていた。予想以上にタフだ。

――せめて今夜は、メシでも食いに連れていってやるか。

弱音をひとことも吐かない丹野に、かすかに共感めいたものも抱きつつある。

最近の若い奴らは、という太古の昔から連綿と言われ続けている愚痴が、寒川はあまり好きではない。若い奴らが悪いんじゃない。向こうの感性についていけない自分たちがいけないのだ。とはいうものの、丹野のように、世代の違いを感じさせない若者に出会うと、つい仲間意識を持ってしまうのも確かだ。

「寒川さん、あのビルです」

丹野が、東洋郷工務店の本社ビルを見上げて眩しげに目を細めた。

熱海の銃撃事件の被害者は、東洋郷工務店の砺波副社長だ。本社で詳しい話を聞くつもりだった。

面会の約束はないが、と警察手帳を見せて朝から乗りこんだ寒川と丹野は、制服を着た受付の若い女性に、日を改めるか、ロビーで待ってもらえないかと頼まれた。社長と秘書室長は、重要な会合に出ていて連絡が取れないそうだ。副社長が異様な死に方をしたというのに、それより重要な会合とはいったい何だろう。

「それなら、しばらく待たせてもらいましょう。こちらも大事な用件だから」

意地悪く寒川は告げた。

「連絡がつけば、すぐにお知らせします」

——連絡さえつけば、無理にでも会わせてもらうさ。

その言葉を隠し、寒川は丹野を促してロビーのソファに退却した。一部上場企業の社長が、たとえどれだけ重要な会合に出ていようとも、秘書ともども会社と連絡が取れないなんて、ありえない。

「まさか、八木原社長に何かあったんじゃないでしょうね」

丹野が気を回し、ロビーを行き交う社員を観察している。洒落たジャケットや柄シャツを着こなす社員が大勢いた。寒川は彼らの顔色を窺ったが、副社長の異様な死にざまが影を落としている様子は見えなかった。むしろ、二日前に会社のナンバー2が異常な死を遂げたばかりにしては、物足りなさを感じるくらい平然と、急ぎ足で歩き回っている。副社長なんて、社員にとっては雲の上の存在だったのだろうか。犯行現場となった熱海の保養所も、一般の社員は使っていなかったという話だ。

それにしても、違和感を覚える。人間ひとり死んでも、彼らは誰ひとりとして関心を抱いていなそうだ。こういう時代なんだろうか。

——寂れた保養所に、死体がひとつ。

寒川たちは静岡県警と協力し、現場の状況を検分した。これまで国内で発砲事件はあっても、警察官以外の複数の銃器による銃撃戦の例など、暴力団以外では寒川の記憶にはない。熱海で使われた銃は、少なく見ても十挺《ちょう》という話で、桁が違う。

「——何が起きてるんだか」

クーガが銃を持ち出しただけではない。死んだ砺波副社長の側も、応戦した疑いが持たれている。ちなみに、砺波の死因は頭部に受けた銃弾による失血死だった。解剖の結果、肋骨が三本折れていたことがわかり、倒れた状態でとどめを刺されたのではないかと見られている。砺波の着衣から硝煙反応は出なかった。彼は銃を撃っていない。

クーガが砺波副社長を強請ろうとし熱海で面会したところ、砺波に抵抗されて銃撃戦が起きた、というのが静岡県警の描いた筋書きだ。問題は、強請られたのが砺波自身なのか、それとも東洋郷工務店なのかという点だった。

どうやら、国内の犯罪事情が大きく方向性を変えつつあるようだ。これまで、この国の銃に対する姿勢は、「持ちこませない」「使わせない」だった。警察官の銃使用さえ、厳しく抑制されていたものだ。二〇〇一年に警察官が拳銃使用を控えたために殉職する事件が相次いで発生したことを受け、二〇〇二年には警視庁も「警視庁警察官けん銃警棒等使用及び取扱細則」を改正し、拳銃使用の条件を緩和した。とはいえ、米国のように銃乱射事件が頻繁に起きるようなお国柄ではない。警察官が発砲する機会が増えたとは言っても、海外とは比較にならない。

状況が変わったのは、十数年前からだった。そもそも、暴力組織が所持する密輸拳銃の数が増加しているとは言われていたが、福岡で暴力団の構成員が敵対組織に手榴弾《しゅりゅうだん》を投げ込む事件が発生するにいたり、国内犯罪者の武装が予想以上に進んでいることが明らかになったのだ。その後、悪質化する犯罪に対抗するため、警備業法の改正を求める声が強まり、「スーパー・ガード法案」と呼ばれる法案が通過するのも時間の問題だと言われている。法案が通過し施行されれば、既存の国内警備産業が警備員に武装させるだろうし、海外の警備産業が好機と見て日本市場に参入する隙を窺っていることも間違いない。

「いたちごっこなんだがな」

「何の話ですか」

「拳銃だよ。警察や警備業者が武装レベルを上げれば、犯罪者の側もそれに対抗するだけだ。俺は、今よりずっとのんびりしていた昔の警察が懐かしいね」

「寒川さんは、警視庁に長いですもんね」

丹野がなぜか羨《うらや》ましそうに微笑した。警察庁のエリートのくせに、おかしな奴だ。何か言ってやろうと口を開きかけ、寒川は受付の女性が電話を片手にこちらを見ているのに気付いた。目と態度で呼んでいる。身軽に立ち上がり、受付に近づいた。

「申し訳ありません。連絡はついたのですが、本日は社に戻らないということです」

濃紺のベストにピンクの大ぶりなリボンという可愛らしい制服を着ているくせに、彼女は愛想のかけらもなくきっぱりと告げた。

「社長はどちらにいらっしゃるんですか。少しでもお時間を頂けるなら、伺います」

「熱海の件は、広報室長が窓口としてお話を伺いますが」

八木原社長は、警察と直接言葉を交わすことを避けたいのかもしれない。ごり押ししても、事態は改善されないだろう。

「わかりました。それでは広報室長と面会を」

差し出された面会票に氏名を書こうとボールペンを手に取った時、後ろでガラスが割れる音がした。

「寒川さん！」

横合いから丹野がぶつかってきて、ソファの陰に押し込まれた。何かが床を跳ね回る音がする。跳弾だ。一瞬遅れて、受付の女性が悲鳴を上げた。

——狙撃されている。

大理石の床に、派手に弾痕が残り、ガラスが飛び跳ねている。ロビーを歩く人影が絶えた瞬間を狙い、正面玄関のガラス越しに床を撃っているらしい。

「お前は右から向こうに回れ！」

遮蔽物《しゃへいぶつ》に隠れながら、寒川自身は左に回って正面玄関に近づいた。ひと通り弾を撃ち尽くしたのか、銃声は静まった。柱の陰から外を覗くと、向かいに建つビルの窓から引っ込む銃口が見えた。

「丹野、応援を呼べ。向かいの五階、右端から三番めの窓に、小銃を持つ人影が見えた」

丹野が携帯を摑んで電話をかけ始める。あんな人目につく場所から撃ちやがって逃げられると思ってるのか、と寒川は歯ぎしりした。玄関から飛び出すわけにはいかない。的にしてくれと頼むようなものだ。正面玄関とは別に、通用口のような小さい扉が脇の壁にあることを確認し、走りだした。

「寒川さん！　危険です。戻ってください」

驚いたように丹野が叫ぶ。

通用口から外を窺い、弾が飛んでこないことを確かめて出る。目の前に郵便ポストがあり、弾よけになりそうだった。付近の道路は、通行人がいっせいに建物に逃げこんだらしく、何も知らない車がひっきりなしに通過する以外は、しんと静まりかえっている。ビルの陰から、正面のビルの様子を窺う人影もちらほら見える。彼らに向かって、寒川は隠れていろと身ぶりで指示した。近頃は、常に拳銃を携帯している。寒川の手に握られた銃を見て、彼らもこちらが警察官だと察したようだ。車輛の通行量が多く、向こう側に渡る隙がない。横断歩道はずっと先だ。ぐずぐずしていると犯人に逃げられてしまう。

「――くそ！」

寒川はポストの陰から車道に飛び出した。拳銃を握った右手を高く上げて振りながら、強引に車の間を縫って走りだす。向かいの狙撃手がまだ見ているなら、狙いたくてうずうずするだろう。たちまちクラクションと急ブレーキ、怒号の嵐になった。事故が起きなかったのが幸いだ。今ごろ丹野の奴が、肝を冷やしながら見ているはずだ。

どうにか渡りきり、拳銃をかまえて用心しながらビルの玄関に向かった。出てくる人影は見なかった。この正面玄関以外にも、出入り口があるのだろうか。玄関の奥に、怯えて息を殺している会社員風の男女が数名いた。その向こうに階段とエレベーターがある。制服姿の警備員がひとり、無線機を片手に連絡を取っているが、武装もせずに犯人と対峙《たいじ》する気にはなれないだろう。

「――誰か降りてきたか」

「いいえ」

寒川の問いには、短い髪の女性が率先して答えた。歳《とし》は寒川と同じくらいか、少し上かもしれない。

「エレベーターも動いてない。でも、階段はもうひとつ裏側にあるわ。非常階段が」

銃声を聞いて、身動きもできず一階のロビーに固まっていたらしい。礼を言って、寒川は薄暗い廊下を進んだ。犯人が逃走経路に選ぶなら、非常階段だろう。慎重に足音を聞きながら非常階段を上っていく。どのフロアにも、固唾《かたず》を呑んで様子を見守る会社員の姿があった。誰も降りてこなかったという。

なぜ犯人が五階を選んだのか、わかった。テナントが入っていないのだ。そのフロアだけは企業名を書いたプレートも、受付もなく、警備員の姿もなかった。間仕切りもなく、誰もいないフロアは殺風景で、冷え冷えとしている。

――そう、誰もいない。

携帯端末の着信音が鳴り始めた。ここに来る前に、音を切らなかった自分を責めた。もし、犯人が残っていればどうするつもりだ。

『寒川さん、犯人は』

丹野だった。

「いない。奴は逃げた。こんな時に、電話なんかするな」

自分に対する苛立ちを丹野にぶつけながら、寒川は窓に近づいた。避難用の垂直式救助袋が外に出されている。白い布を筒状に縫ったもので、螺旋《らせん》状に滑り下りることができるものだ。犯人はこれで逃走したようだ。窓の外を覗いたが、ように人の姿はなかった。

パトカーのサイレンが複数重なり合い、近づいてくる。窓の下には、薬莢《やっきょう》がいくつも落ちていた。犯人は証拠を残すことを恐れていないようだ。

『寒川さん、窓を見てください。何か書いてあります』

丹野に指摘され、窓ガラスに目を凝らした。赤いクレヨンか口紅で、下品なアルファベット四文字が書き殴られている。寒川は吐息を漏らし、再びフロアを見渡した。天井の隅に、防犯カメラを見つけた。赤い光が点いているので、たぶんカメラは動いている。窓から見えた犯人は、素顔のようだった。犯人の目的は理解できないが、どうやら奴は墓穴を掘ったらしい。寒川はようやく肩の力を抜き、拳銃をホルスターに収めた。

6

「本当に、今夜クーガが現れると思うかね」

懐疑的に呟く粟島に、曽和は肩をすくめた。自分に聞かれても困る。作戦を練ったのは八木原と持永で、自分はそれに賛同もしなければ反対もせず、ただ乗っかっただけだ。八木原が自ら囮《おとり》になると言うのに、却下する理由もない。引っかかっているのは、作戦会議の場に、坊城が姿を現さなかったことだった。

午後八時。彼らは八重洲にある粟島の自宅マンションにいた。タワーマンションの三十一階で、広い窓から絵のような東京の夜景を見晴らすことができる。粟島と曽和、宮北の三人が今夜ここに集まり、八木原からの連絡を待っていた。

「曽和さんの息子さんは、そろそろ小学校だったかな」

緊張を和らげようとしたのか、粟島が微発泡水を背の高いシャンパングラスに注ぎ、こちらに渡してくれた。

「来年の春から一年生です。子どもの成長を見るたびに、歳をとったと実感しますよ」

「まだ早いさ」

粟島が軽くいなす。

今日、曽和は胸元を大きく開けたワンピースに、大粒のダイヤモンドのネックレスを着けてきた。本当の目的はともかく、家族には友人のホームパーティによばれたと言ってある。玄関を開けた瞬間、粟島が視線と表情だけで「これはすごいね」と賛辞を送るのが見てとれた。さすがは粟島だ。

「宮北君の息子さんはどうしてる？」

「海外に留学してMBAを目指すなんて言ってますがね。いまひとつ、本気なのかどうか——頼りない感じです」

頼りないのは親譲りだ。そんな本心を隠して、曽和は軽やかに微笑んだ。

「そこにいくと、坊城さんが羨ましいです。息子さんがしっかりしていて」

「ああ。本当だね」

ここにいない坊城には、息子がふたりいる。長男の信彦《のぶひこ》は後継者として教育を受け、生真面目な性格も幸いしたのか、社内で頭角を現しているようだ。

——でも、下の息子はね。

次男の哲《さとし》について聞こえてくるのは、バーやクラブでのご乱行の噂ばかりだった。誰しも、百パーセント満足のいく人生というのは、手に入らないようにできているのかもしれない。優雅に微笑んでいる粟島が、独身主義者で子どもがいないのも、そういうことなのかもしれない。八木原の娘のことは、宮北もさすがに触れなかった。彼も噂を耳にしているのだろう。

「——ところで、罠にかけると八木原さんは言うが、クーガというのは大人数だそうじゃないですか。本当に大丈夫でしょうか」

気の弱い宮北は、もう額に脂汗を滲ませている。せっかく、気を逸らそうとした粟島の気遣いも台無しだった。曽和は、微発泡水をブランデーでも舐めるようにゆっくり飲んだ。本当はアルコールが欲しいところだが、酔って判断を誤ると困るというので、慎重な粟島が酒を出さないと宣言したのだ。

「宮北君、我々がここで気をもんでいてもしかたがない。食事にしよう」

粟島が立ち上がり、階下の中華レストランから届けられた食事を並べ始める。やりましょう、と曽和は率先して彼を手伝った。

ここにいない八木原と坊城を含め、五人は十五年前からの腐れ縁だ。核融合炉の建設に携わったのがきっかけだった。そしてもちろん、巴博士を始末した時から。

——でも、そろそろけりをつける時が来たのかもしれない。

曽和は、その迷いを表情に出さないよう注意して長いまつ毛を伏せ、洒落た取り皿を並べた。

「やっぱり、十五年前に巴博士を抱きこもうとしたのが、そもそもの失敗だったんだ」

宮北がハンカチで汗を拭いながら、くどくどと繰り言を呟いている。今さら悔やんでも、どうしようもない。粟島は彼を無視していたが、口に出さない冷たい怒りが室温を二度くらい下げたような気がした。

「博士は立派な人だった。そりゃ、ちょっと変わってたかもしれないけど、あんな死に方をすべき人じゃなかったんだ」

「宮北さん、よしてください」

曽和は小さく、しかし鋭く声を挟んだ。

「壁に耳ありと言いますよ」

はっとしたように宮北が肩を震わせ、しゅんと萎《しお》れて項垂れる。やっかいな男だ。

十五年前、曽和はハートフルPR社営業部の課長にすぎなかった。巴博士の研究成果には、東洋郷工務店とパートナー電工が進めていた核融合炉建設計画を頓挫させてしまうほどのインパクトがあると知り、甲府の研究所に掛け合いに——というより、公表をずっと遅らせてもらうよう嘆願に行ったのだ。既に青森県での入札がすみ、建設に着工するという時期だった。パートナー電工と羽田工機は、トカマク炉建設のために開発資金を注ぎこみ、一蓮托生《いちれんたくしょう》と言ってよい状態になっていたし、加賀屋不動産は今後の核融合炉建設予定地とされる土地を、いくつも保有して国との売買交渉を行っていた。自分はと言えば、彼らから核融合炉のPR事業を任されており、創業して間もないPR会社にとって、社運をかけた大仕事になるはずだったのだ。

――その嘆願が、あんな結果を招くとは。

しかし、悪いことばかりでもなかった。事件は追い詰められた五人の結束を固くし、その後の建設事業を成功に導いた。博士の死と血の上に築かれた勝利を糧に、五人はそれぞれ社内での地歩を固め、八木原は創業社長で、坊城は二代目だが、曽和は社長に就任したし、粟島は国内二位の電機メーカーの次期社長と目《もく》されている。ぱっとしないのは、社内の金庫番と持ち上げられつつ、最後までその地位に留《とど》まりそうな宮北くらいのものだ。

しかし、五人の結束もここまでのようだった。クーガが真っ先に八木原と東洋郷工務店に目をつけた理由はわからないが、砺波副社長が殺されたばかりでなく、今日の午前中には東洋郷工務店の本社が銃撃を受けたそうだ。犯人はまだ捕まっていない。

「ビールくらいはいいだろうな」

粟島が冷蔵庫から瓶ビールを出してグラスを並べる。酒は禁止だと自分で言ったくせに、粟島も緊張に耐えられなくなったのだろうか。テーブルの隅に置いたスピーカーから、ざわざわという空電音が聞こえ始めた。曽和は顔を上げ、耳を澄ました。

『――まで来るの……だな』

『まったく……年も来なかった』

八木原と坊城の声だ。八木原がやっとマイクのスイッチを入れたらしい。マイクの位置が悪いのか、電波の状態が良くないのか、ノイズがひどい。グラスにビールを注ごうとした粟島の手が止まっている。グラスの縁あたりに据えた目は、そんなものを見てはいない。彼が見ているのは、八木原たちが向かう地下壕《ちかごう》の幻影に違いない。

「私がやりましょう」

曽和が粟島から瓶を受け取ろうとした。夢から覚めたように、粟島が我に返る。そのまま、何事もなかったかのように注ぎ始めた。

*

もう少し暖かい服を着てくれば良かった。

八木原は、冷たい風を避けてジャケットの襟を立てながら考えた。つい先月まで、日中は日差しが肌を炙《あぶ》るようだった。十一月に入ると突然、別の国に放りこまれたように寒くなった。夜は特に、震えるほどだ。

「このへんまで来るのはずいぶん久しぶりだな」

月明かりを頼りに前を行く坊城が、細い枯れ枝を踏みながら懐かしげに周囲を見回している。このあたりには街灯もほとんどない。

「まったくだ。私はもう五年も来なかった」

彼らは今、八王子市の山に来ている。加賀屋不動産が保有する私有地に行くためだ。持永に車を運転させようと申し出たが、車が好きな坊城は、自分の４ＷＤで行くと言って聞かなかった。

不動産屋と言っても、いわゆる街の不動産屋ではない。加賀屋は昭和五年設立の老舗《しにせ》で、資本金が二千億円弱という、巨大不動産デベロッパーとでも呼ぶべき存在だ。国内数か所で再開発プロジェクト等を同時並行して手がけている。それだけ巨大化しても、加賀屋はいまだに同族経営だった。若い頃はレースにも出たぐらいで、車は昔からの坊城の趣味とはいえ、企業のトップが、自分で運転をしたがるのだから困ったものだ。部下はひやひやするだろう。

「うちが持ってるこのへんの土地は、ほとんどが長いこと塩漬けになってるよ。固定化されてしまって、財務上は良くないが」

坊城が枝を払いながらぼやいている。持永はボストンバッグを提げ、少し離れてついてくる。車はここまで入れないので、五百メートルほど手前に置いてきた。

加賀屋不動産がこの一帯を購入したのは、ふた昔前——バブル華やかなりし頃だった。土地ころがしのつもりだったのかもしれない。大規模なアミューズメントパークの開発を想定して購入したというのだが、付近には武蔵野陵や八王子霊園があり、雰囲気的には似つかわしくないようだ。その後バブルが崩壊し、開発計画が頓挫した。数年後には追い打ちをかけるように、戦時中に掘られた地下壕が現存することが発覚したのだ。国土交通省が特殊地下壕対策事業として、四年ごとに地下壕の実態調査を行っており、判明したのだった。戦時中には防空壕としてだけでなく、弾薬等の倉庫として用いられたようだ。こういう地下壕は全国に数多く残されている。慶應義塾大学日吉キャンパスの地下に残る、旧帝国海軍連合艦隊司令部が置かれた日吉台地下壕もそのひとつだ。既に埋め戻されたものも含めて、都内にも百八十か所以上が存在するとされている。

二〇〇〇年に鹿児島県で、地下壕の上を走る県道が陥没して女性が亡くなったことがあり、地下壕があるとわかれば土地の価格が下がるとも言われたものだ。

「塩漬け、結構じゃないか。資金に余裕がある証拠だ」

八木原の追従《ついしょう》とも取れる言葉に、坊城が小さく鼻を鳴らす。それから、薄気味悪そうに周囲に視線を走らせた。

「お前を脅迫したクーガって奴らは、本当に俺たちを監視してるんだろうか」

「あまり周りを見るな。連中が勘づくと困る」

「——そうだな」

慌てて前方に目をやる。今日の昼間、坊城にもクーガの脅迫について話しておいた。甲府の研究所から盗んだものを返せと言われた話をすると、坊城も顔色を変えた。

「この土地に隠したことにしようってのは、本当にお前のアイデアなのか。粟島あたりが考えそうなことじゃないか」

盗んだ論文をここに隠したことにする。クーガをおびき寄せ、返り討ちにする。そう坊城を説得したのだ。マギの盗聴を恐れ、全員がふだん使っている携帯端末の電源を切り、車に残してきた。その代わり、新たに秘書室の女性社員名義で契約させた端末にマイクをつけ、ここでの会話を粟島たちにも聞こえるようにしている。連中が首尾を知りたがったのだ。さすがに、この端末にマギが侵入するのは無理だろう。契約したのは昨日だし、まだ一度も利用していないのだから、存在を知りようがない。

「俺が考えたんだよ。そういや、お前がちょうどいい具合に秘密の穴倉を持ってるじゃないかってな。ほら、前にそんな冗談を言ったろう。都合の悪いものを何でも埋められていいじゃないかとさ」

坊城が苦く笑った。

「言ったな、そう言えば。性質《たち》の悪い冗談だった」

「せっかくこんなものを持っているくせに、今まで本当に、何も埋めたことがないのか？」

「何を埋めるっていうんだ」

坊城が苛立ったように眉間に皺を寄せた。

「冗談になっとらんぞ、八木原」

不動産開発の現場に出ていた頃と同じ、ドスのきいた声だ。バブルの頃、不動産業界は暴力団など闇の業界とも接触があった。坊城は当時から、そちらの世界にも顔がきいたはずだ。こんな山を持っているなら、いろいろ都合の悪いものを埋めてきたんじゃないかと、ひそかに疑っていた。八木原は小さく笑い、顔を伏せた。

「まあいい、坊城。先に行こう」

坊城が、もともと細い目を糸のように細めている。

「何なんだ、お前。何か俺に言いたいことがあるんじゃないのか」

さすがに修羅場を経験してきた男だけはある。くだらない冗談ひとつで警戒心を起こし、周囲に素早く警戒網を張り巡らせてしまった。

「悪かった。そんなつもりで言ったんじゃないんだ。冗談だよ」

「冗談にしても性質が悪い」

八木原は苦笑し、坊城を急《せ》かすように背中に手を当てた。

「そう言うが、坊城。お前、このところ下の息子の行状を把握しているか？」

「下の息子だと？」

八木原の言葉に何か感じ取ったらしく、坊城の態度にまた変化が現れた。彼には息子がふたりいる。できのいい長男の信彦は、加賀屋不動産の経営企画部におり、将来の社長候補と呼ばれる優秀な男だ。八木原が水を向けたのは、次男、哲のことだった。

「哲がどうかしたのか」

「どう、というほどのことではないんだが」

八木原は坊城と並んで歩いた。会社経営に関しては辣腕《らつわん》を振るう坊城も、息子のこととなると甘い。特に、できの悪い子どもほど可愛いと言う通り、次男に甘いらしい。哲は大学に六年いて、二年前に加賀屋不動産に入社した。広告会社で宣伝の仕事をやりたかったとごねるので広報室に回したそうだが、知識も根気もやる気もないので、周囲が持て余しているらしい。長男の信彦が、そんな弟と父親を苦々しく見ている。

「女癖が良くないな。俺が聞いただけで、深い仲の女が三人いる」

「なんだ、女か」

あからさまにほっとした様子で、坊城が笑った。女癖の悪さなど、たいしたことではないと言いたげだ。それも当然で、坊城自身も妻とは別に、マンションを与えて女を囲っている。妾はひとりではない。

「まだ結婚もしていないし、女遊びくらいは大目に見てやろうと思っているよ。仕事ぶりが、あいかわらずのらりくらりしてやがるのは、困ったもんだがな。あいつ、俺と違ってずいぶん女にもてるらしい」

八木原は笑った。息子自慢にだらしなく頬を緩める坊城は、すっかり警戒心を解いていた。この先に傾斜があり、ふもとに地下壕への入り口がある。私有地だと知らない人間が誤って迷い込んだりしないように、金属の柵で囲って立ち入り禁止の札を下げてあるのだ。

「――ここだな」

地下壕への入り口は、雑草が生い茂りほとんど隠れてしまっている。坊城が無造作に靴底で雑草を踏みしだいてかき分けると、人間ひとりがやっと通れそうな、狭い階段が現れた。奥はねっとり絡みつくような漆黒の闇だ。坊城が懐中電灯を点けるのを合図に、八木原と持永もヘッドランプを点けた。

「なんだ。用意がいいな」

坊城が感心したような、呆《あき》れたような声で言う。内心では大げさなと思っているのかもしれない。ここから階段で地下に十メートルほど潜るのだ。硬い岩盤に囲まれた山中だけに、携帯端末の電波も届くまい。八木原はそっとマイクのスイッチを切った。

持永と視線を交わし、坊城に続いてゆっくり階段を降りていった。

＊

「――奴ら、こんなところに？」

山道だ。枯れ葉が積もり、腐って腐葉土になった柔らかい地面を踏みしめて、由利数馬は緩やかな傾斜を登り続ける。この道を、八木原と坊城、それに持永の三人が登っていく後ろ姿を、先ほど車内から確かめた。

奴らは、位置情報を知られる可能性のある機器をわざとらしく車に残した。しかし、行き先はわかっている。

「八木原の奴、こんなに手の込んだことをして、僕らを騙せると思っているらしいね」

マギが無表情な白い顔で続く。月明かりのせいで、いつもより余計に肌が青白く見える。

八木原はまず、粟島を始めとする三人とゴルフ場で会った。盗聴できない状態を確保したつもりだったようだが、マギにはその内容が筒抜けだった。次に、八木原が坊城と一対一で面会した時は、携帯端末を介して盗聴が可能だった。クーガの関心を引くため、わざと携帯をそばに置いていたのだとマギは言う。

「わからんな。だいたい、携帯端末を身につけていない奴らの会話を、どうやって聞いたんだ」

「それは内緒」

マギがにっこり笑う。連中の中に、マギと通じている者がいるのかもしれないと、この時初めて気がついた。マギならやりそうだ。

「八木原は、クーガが行動を監視していると百も承知だ。僕らが興味を抱くように行動している。そして、坊城との会話のように、聞かせたい会話だけを聞かせてくださるおつもりだった。僕らを呼び寄せて、罠を仕掛けるつもりなんだ」

「わかっていて、なぜ罠に飛びこむんだ？」

「さあね。面白いからかな」

マギは飄々と答えた。その後ろから登ってくるのはニードルだ。ライフルと散弾銃を両方背負い、猟師のような姿で呪詛《じゅそ》の言葉を撒《ま》き散らしている。

もともと頭の構造が常人と異なる男だが、今回は特に荒れ模様だ。ニードルは、砺波副社長が射殺死体で発見されたことが、よほど腹立たしいらしい。もちろん由利も、砺波を殺したのがクーガだと誤解されていることについて、八木原には相応の責任を取らせてやろうと考えている。しかし、腹立ちまぎれにニードルが東洋郷工務店の本社を狙撃したのは、いくらなんでもやりすぎだ。奇跡的に捕まらなかったが、ニードルが逮捕されていれば、今後の計画に支障をきたすところだった。昼過ぎにニュースが流れた時には、ひとこと文句を言ってお灸を据えずにはいられなかった。

「マギ。俺たちは砺波を殺さなかった。熱海の保養所で、お前が撮影した八木原たちの動画は、その証拠になるんじゃないのか」

マギは首を振った。

「だめだめ。八木原があそこにいたことは、まだしばらく秘密にしておくんだ。僕らが何の目的で動いているのか、警察にだって知られたくないからね。常温核融合の秘密は、警察官にだって魅力的だと思うよ」

「なるほど。それなら、なぜ八木原は、腹心の砺波副社長を殺したんだろうな」

ずっと疑問に感じていたことを尋ねてみる。マギはだんだん急になる坂道を、息も切らさずさっさと登っていく。

「ひとつには、砺波の口から外部に事件の詳細が漏れることを恐れたんだろうな。砺波は本来、ああいう場に出る人間じゃないんだ。東洋郷工務店のダーティな面を取り仕切っているのは、昔から持永だからね。それに、砺波が死ねば、彼をスケープゴートにできる。警察やマスコミを、事件の本質は東洋郷工務店VSクーガではなく、砺波VSクーガだとミスリードできる」

「ひとつには？」

由利が何気なく口を挟むとマギは凄艶な笑みを浮かべた。

「もちろん、八木原の深層心理は別だ」

「何だそれは」

「嫉妬だよ」

マギは時おり、由利が予想もつかないことを言う。戸惑い、続きを待った。

「あの場で、僕は砺波副社長を特別扱いした。爆発で怪我をしていたし、彼は甲府の事件に直接関係ないことも知っていたからね。だから、鎖につないだり服を脱がせたりして辱めることもしなかった。爆発物を仕掛けた時には、砺波だけ建物から外に出して被害がないようにした。だから八木原は、猛烈に嫉妬したんだ。あの時、八木原が砺波を睨んだ目つきを見たかい」

あの場で、マギがそこまで仔細《しさい》に八木原を観察していたことにも驚く。そんな理由で、腹心の部下を撃ち殺した――あるいは、撃ち殺させた――八木原も、精神のどこかを病んでいるのだろうか。

ふと、由利はマギの端整な横顔を盗み見た。そう言えば、彼は砺波に対して必要以上に親切ぶった態度を取らなかったか。由利に外まで運ばせたのもそうだ。あれを見て、八木原は砺波がクーガと通じているのではないかと邪推した可能性もある。

——わざとじゃないだろうな。

「なんだい、フラッシュ」

マギがふいにこちらを振り向いたので、由利は慌てて顔をそむけた。

——マギの奴、笑ってやがる。

「マギ！　八木原を捕まえたら、今度こそ俺の好きにさせてくれよ」

ニードルがマギにすがるように頼んだ。警察官時代には、SPを務めたこともあるという噂だが、こんな男を身近に置いていたと首脳連中が知ったら、さぞかし肝を冷やすだろう。

「いいよ、ニードル。連中は、クーガをちょっぴり舐めているよね。このへんで少し、お灸を据えてやろう」

マギの返事を聞いたとたん、ニードルが歓喜の声を上げた。マギも、安易にニードルに餌《えさ》を与えすぎる。

由利は足を止めた。坂の上に、洞穴が口を開けている。人間ひとりがやっと通過できるくらいの、小さな穴だ。そちらに近づこうとするマギを止めた。

「よせ、マギ。俺たちまで中に入る必要はない。あれは八木原の罠なんだろう。連中が出てくるのを待とう」

「そういうわけにはいかない。僕が中に入らなければ、この罠は完成しないんだ」

マギは平気な様子で洞穴に向かっている。どうやらこの穴は、地下壕に続くのではないかと思われた。戦時中に掘られた防空壕が、このあたりにも残っているのだろうか。マギは八木原の罠だと言うが、こんな場所にいったいどんな罠を仕掛けるというのか、由利には見当がつかない。戦時中の地下壕なら、爆発物を仕掛けて生き埋めにするつもりなのだろうか。しかし、八木原自身が地下壕にいたのでは、自分も生き埋めになってしまう。

「この地下壕に入るなら、八木原と同時が一番安全なんだよ」

由利の思考を読んだように、マギが解説した。うまく言いくるめられた気がしないでもないが、彼を説得できると考えるほど由利も楽天家ではない。それに、臆病者だと思われたくない。マギが行くなら、従うまでだ。

「八木原たちは、この中に降りて行った。出てきたら、僕らと出会ったはずだ。つまり、彼らはまだ中にいる――別の出口がなければ」

「奴らは本当に三人だけなのか？」

「三人だ。秘密を知る人間は、少ないほどいいからね」

マギが地下壕の入り口に立ち、内部の様子を窺った。コンクリートの階段が奥まで続いている。予想した通り、ずいぶん古いものらしく、コンクリートはひび割れ、湿気と黴《かび》で真っ黒になり、すっかり摩耗していた。

「準備を」

マギの指示で、持参したマスクをかぶる。

八木原たちに灯りが見えるとまずいので、ライトを点けることはできない。だから、暗視用スコープも持ってきた。

「降りよう」

マギが大胆に階段を降りて行く。その手には既に拳銃が握られている。何もかも計算して行動しているはずなのに、どうしてこんなに危なっかしく見えるのだろうか。由利はため息をつきながら追いかけた。

息苦しかった。地下に続く階段は、冷気に満たされている。「静かに！」ニードルが、荒っぽい足音を立てて降りようとするのを、鋭く制止した。数えながら降りると、階段は七十一段あった。十メートル程度、潜ったようだ。中には鉄の扉がある。本格的な地下壕だ。マギは、扉が開くかどうか確かめた。

「ニードル、僕らが中に入ったら、ここが閉じないよう押さえていてくれ」

「はいよ」

ニードルがくぐもる声で安く請け合う。

マギを止め、由利が鋼鉄の扉を押し開けた。蝶番が錆びているのか、恐ろしくきしむ。中から誰かが撃ってくるのではないか。そう考えて、由利は中の様子を窺ったが、壕の内部は静まりかえっている。思い切って、ぐいと大きく開けた。

予想以上に広い。なんだこれは、と由利は呆れて見回した。小学校の教室なら三つ、軽くおさまりそうな広さだ。

暗視スコープで内部をざっと見渡す。奥に黒い物体。男がひとり、倒れている。三人いるはずじゃなかったか。

「奥にも出入り口がある」

マギが男に駆け寄りながら叫んだ。指先を首筋に当て、脈を診ている。

「まだ息がある。フラッシュ、この男を連れて外に出よう」

「誰だ、そいつは」

暗視スコープ越しでは、由利には見分けがつかなかった。

「坊城だ」

マギが応じる。言われて四角い顔を見直せば、若い頃に地上げで名前を売ったという、加賀屋不動産の社長のようだ。意識がなく、ぐったりと床に倒れている。由利はその重量級の身体を、顔をしかめてかついだ。意識を失った人間ほど、扱いにくい荷物はない。

「出るんだ、早く！」

マギの指図で駆け戻る。早くと言われても、さすがに坊城の巨体をかついでは走れない。よろめくように前進するのを見かねてか、マギが横から坊城の身体を支えた。

「急いで！」

マギのその声に合わせたように、突然、扉の陰でガス管が破裂したような音がして、しゅうしゅうと白いガスが噴き出し始めた。装着したガスマスクが作動する。

「ガスだ！　出よう」

「なんだあれは」

「マスタードガスだよ。日本軍の置きみやげだ」

由利は舌打ちした。

――そういうことか。

八木原の罠は、第二次世界大戦中に日本軍が残した通称「きい剤」こと、マスタードガスだった。ひょっとすると、この地下壕は旧軍のものだったのかもしれない。自分たちは奥の出入り口から脱出し、おびき寄せたクーガにガスを吸わせる。事が発覚しても、未処理の化学兵器が残っていたために起きた事故に見せかけるつもりなのかもしれない。それにしても、解《げ》せない。なぜ仲間の坊城を見捨てたのだろうか。

もつれる足で、由利は坊城を抱えて扉に向かった。ガスマスクをつけた異様な姿でニードルが扉を支え、早く来いと言いたげにしきりに腕を振っている。

ガスは濃い霧のように壕内に満ちていった。前が見えないほどの濃霧だった。

7

鼻から頬に、冷たい液体が流れ落ちた。

数秒おきに、繰り返し落ちてくる。

——何をしやがる。

坊城成美は苛立ち、唸り声を上げた。やめろと怒鳴ったつもりだったが、まともな言葉にならなかった。唇が痺《しび》れ、身体が重い。後頭部に痛みも残る。自分の身に何が起きたのか、理解が追い付かなかった。横たわっている背中が感じるのは、冷たく固い平面だ。少なくともここは、ベッドの上ではない。

時間の感覚が曖昧《あいまい》で、一瞬自分が高校生に戻り、殴り合いの喧嘩をしてコンクリートの床に伸びているのかと思った。彼は、当時としては珍しいタイプの若者だった。おとなしくひょろりとした体型の若者に交じると、柔道と空手で鍛えた坊城は、キリンの群れに交じるクマのようなものだった。男性ホルモン過多で、顔中ニキビで赤黒く、いつも苛立っていて誰でもいいから殴りたかった。そんな連中は他にもいないわけじゃなく、夜の街をつるんで歩いては危険ドラッグの煙を吸い、アジア系の外国人を見かけては執拗に絡んで、どうでもいいようなことを理由に殴った。時代がどれほど変わっても、坊城のような若者が絶滅することはない。

実家は町の小さな不動産屋で、稼ぎが足りないから母親はスーパーでパートをして、いつも忙しかった。貧乏だったが、飯はそれなりに食えた。沿線のひと駅向こうに住む幼なじみは、幼稚園の頃はころころと一緒に遊んでいたのに、向こうが私立の小学校に上がってからは顔を見ることすらなくなった。当時、しけた不動産屋を継ぐ気はなかったし、大人になって会社勤めをしたところで、たいした出世は望むべくもないと最初から諦めていた。

再びぽたりと液体が鼻先に落ち、飛び散った。自分が置かれた状況がわからぬまま、坊城は身じろぎした。液体を拭おうと右手を上げかけ、両手を縛られていることに気付いた。両足も縛られているとわかって初めて、ただならぬ事態だと気がついた。

「――旦那が、やっとお目覚めだ」

田舎びたのどかな口調が聞こえた。目を開くと、顔の上にかがみこんでいた男が身を引いた。目の前から、ペットボトルが離れていく。あれで水をかけていたのだ。

複数の人間の気配がする。坊城は顎を引いて周囲を見回し、自分の状態を見極めた。室内は適度な照明に照らされていた。自分はフローリングの床に寝かされている。すぐ目に入るのは、天井の古びた照明器具、ひと昔前によく使われたタイプだ。そばにソファがあり、スリッパを履いた足がふた組見える。ぴくりとも動かないので、死んでいるのかと最初は考えた。コーデュロイのズボンを穿いた男性と、膝丈の暖かそうなスカートに、厚手のストッキングを穿いた女性の足だ。年配の男女のようだった。民家のリビングルームだろうか。今夜の夕食だったのか、焼き肉の匂いが漂う。不動産業者の職業病で、居間がこの程度ならいくらくらいの家かと、見積もりを始めている自分に気付く。

壁際に誰かが立っている。坊城に水をかけていた男が、離れていきながらペットボトルの水をぐいと呷った。

——ここはどこだ。

八木原たちと八王子の地下壕に潜ったところで、記憶は途切れている。戦時中、弾薬庫として建造された地下壕だ。重い鋼鉄製の扉を押し開けて八木原と中に入ったとたん、後ろから強烈な衝撃を受けた。即座に伸びてきた腕が首に巻きつき、頸動脈を押さえられ、怒りの声を上げる前に坊城は意識を失った。

「おはよう、坊城さん」

壁にもたれていた男が声をかけてきた。声を聞く限り、若造だ。年齢に似合わず落ち着きはらっている。

「意識が戻って良かったよ。ガスにやられたようだけど、気分はどうだい」

――ガスにやられただと。

記憶はないが、そう聞いてようやく、喉の痛みや、麻酔をかけられたような唇、目の粘膜がひりひりすることや、かすかに感じる吐き気などの正体がわかった。気絶している間に何かの毒ガスを吸わされたのだろうか。

――八木原はどうしたんだ。

まず不審に感じたのはそのことだった。目の前にいる男たちの正体より、そちらが気になった。背後から棒状のもので自分を襲ったのは、持永ではなかったか。首を絞めたのが八木原だったような気がして、坊城は顔をしかめた。――あれが夢ならいいが。

「覚えているかな。あんた、八木原に騙されて殺されかけたんだよ」

坊城が男の言葉を聞き流したのは、ガスで唇が痺れているせいではない。得体の知れぬ相手の口車に乗りたくないからだ。男の声がこちらに近づいてきた。坊城は男を見上げた。細面の小柄な男だ。予想通り、まだ二十代だろう。目を細めてこちらを観察している。坊城は男を睨みつけた。こんな華奢な小僧っ子に好き勝手させておくほど、落ちぶれてはいない。

「目の粘膜の糜爛《びらん》は、少し落ち着いたね」

医者のように冷静な口調に、鏡を覗きたい欲求をかきたてられる。自分の身体に何が起きたのか、よくわからなかった。しかし、運のいいことにまだ生きている。

「僕はマギだ」

男が自然な口調で名乗った。それでは、この若者がクーガを仕切るハッカーなのか。そこらのクラブやバーに行けば、当節どこにでもいそうなごく普通の青年だ。東洋郷工務店の砺波副社長を殺し、八木原を強請ろうとした連中のボスには、とても見えない。

「八木原もひどいよね。十五年も付き合ってきた友達のあんたを、あっさり切り捨てようとするなんてさ」

坊城は黙ってマギを睨み続けた。

「八木原は、地下壕を使ってクーガを罠にかけるとあんたに言った。そうだろう」

何もかもこの男に知られている。その事実が、薄気味悪い。視線が吸い寄せられるように、マギの色白な首を見てしまった。マギの首から顎にかけて、赤い火竜のような火傷の痕が、駆け上る。坊城たちの罪の烙印《らくいん》だ。

「答えなくてもかまわないよ、坊城さん。僕は事実を告げているだけなんだ。八木原はあんたを騙して地下壕に連れこみ、持永が後ろから殴って意識を失わせた。クーガもろとも、あんたを始末するつもりでね」

「――――」

八木原の裏切りを、この男の前で認める気はなかった。マギは首を振り、淡々と言葉を続ける。

「あんたには息子がふたりいるね」

思いもよらない言葉に、坊城は息をつめた。

「長男と違って、次男の哲は少々できが良くない。――この男だ」

マギが鼻先に突きつけた写真には、白いスーツに濃い色のサングラスをかけた息子の哲が、若い女の肩に腕を回して馬鹿笑いをしている様子が写っていた。バーにでもいるのか、ふたりの前にはグラスと強い酒のボトルが並んでいる。馬鹿息子め、と思った。こんな遊び人にするために、育てたわけじゃない。花柄のワンピースを着た化粧の濃い女に見覚えはなかったが、どのみち哲の奴はいろんな女をとっかえひっかえしているのだ。

「その女は八木原ルリ。八木原のひとり娘だ」

背中を気持ちの悪い虫が這《は》い回るような感覚がした。マギの説明を聞いて、坊城は問題の本質をようやく理解した。「なんだ、女か」と、八木原の忠告を鼻で笑い飛ばした自分の声を思い出す。娘を弄《もてあそ》ばれたと感じれば、奴が怒るのは当然だ。しかし同時に、八木原はなぜ自分に話さないのかといぶかしんだ。

哲は未婚だし、八木原の娘なら結婚相手として何の不足もない。そういうことなら哲に因果を含めて、ルリと結婚させればいい。むしろめでたい話だ。坊城の脳裏には白い教会の図が浮かび、ウェディングマーチが聞こえてきた。まったく、悪い話ではない。

「ちなみに彼女は、いま都内の病院にいる。練炭自殺を試みて一酸化炭素中毒を起こし、命はとりとめたけど意識が戻らない。いわゆる植物状態というやつだ。——十九歳でね」

自分の言葉が坊城に与えた影響を測るかのように、マギが言葉を切ってこちらを見つめた。坊城は表情を消した。頭から冷水をかぶったようだ。そんな噂を聞いた覚えもあった。腹の底からしんしんと冷えるのを感じていた。相手を顧みず思慮の浅い女遊びをした息子への怒りは、もちろんある。しかし、哲のような金持ちのドラ息子に魅力を感じる若い女たちにも、責任の一端はあるだろう。遊ばれたと知った時、なぜ彼女は自分の父親に訴えなかったのか。なぜ自分の命を捨てるのか。そんな娘に育てたのは八木原の責任だ。逆恨みされても困る。

しかも、十五年の腐れ縁を持つ自分に危害を加えるとは、八木原も何を考えているのだろう。八木原と自分は似たもの同士だった。向こうは一代で東洋郷工務店をあれほど大きくした、叩き上げの社長。自分は、親から受け継いだとはいえ、加賀屋不動産を町のしがない不動産屋から全国展開の不動産デベロッパーに拡大した。高校時代は鼻つまみの不良で鳴らしたが、少子化で「大学全入時代」の波に乗って、偏差値三十台でも入れる、授業料の安い工科大学に入った。卒業するとすぐ、嫌っていた父親の不動産屋を継いだのは、他人に顎で使われるのが嫌だったからだ。

実は、やくざになろうかとさえ思案していた。勧誘も受けた。警察の締め付けが厳しくなって、各地の暴力組織が組を表向き解散させることにしたので道を断たれただけだった。あくまで表向きで、今でも坊城は彼らと付き合いがある。彼らは、企業という表の顔に隠れただけだ。

もともと一介の不動産屋で、失うものは何もない。だから、会社を大きく育てるために、危険な橋も喜んで渡った。温室で育ち、ぬくぬくと大人になった今どきの二代目社長連中と、一緒にしてもらっては困る。そう簡単に折れるような心は持ち合わせていない。

――八木原め。

娘のことは気の毒だが、奴がそのつもりなら、坊城は自分と家族を守るためにとことん戦うつもりだった。哲は馬鹿だが、あれでも可愛い息子だ。

「取り返しのつくことと、つかないことが世の中にはあるからね」

マギがブーツの踵《かかと》で床を打つ。

「あんたも八木原も気が強い。どちらも一歩も引かないから、熾烈《しれつ》な殺し合いになるだろうね」

坊城は、マギの顔を見ようと苦心した。八木原の説明によれば、彼は巴博士の息子だという。ほっそりした顔立ちに、巴博士の面影はない。しかし、茉莉香《まりか》夫人のほうなら似ていなくもない。弓なりの形のいい眉と細い鼻梁《びりょう》が、夫人を思い起こさせる。

「あんたは信じないだろうけど、八木原は砺波副社長も殺したんだよ」

てっきり、目の前にいるクーガが殺したのだとばかり考えていたので、坊城はマギの言葉に眉をひそめた。どうせ嘘に決まっている。

「——おぼえのぼくてきはなんだ」

坊城は初めて、しっかりした声を出した。唇が麻痺《まひ》して妙な発音になる。マギが身体を起こした。

「僕の目的？　八木原から聞いたはずだ。甲府の研究所から盗んだものを返してくれ」

「しらん。おれじゃない」

「困ったことに、みんなそう言うんだよね。——まあいいや。ちょっとこれを聞いてもらおうかな」

マギが小さな機械を操作すると、雑音と共に聞き覚えのある声が流れだした。

『——私はあいつのために会社を危うくするつもりはありません。父と違って』

『坊城さん。あんたが謝罪しようとどうしようと、わしは娘の仇《かたき》を討つ』

『もちろんわかっています。八木原さんを止めるつもりは毛頭ありませんし、正直に言えば私たちの目的は同じです』

『――なんだと』

『私にいい考えがあります』

マギが音声の再生を止めた。坊城は呆然と、いま耳にした会話を反芻していた。間違いなく、長男の信彦と八木原の声だった。

「全部聴くと、何時間もかかるんだ。だから僕がかいつまんで説明するよ」

マギが楽しむように快活に言った。

「娘が自殺未遂を図った時、八木原には理由が皆目わからなかった。遺書には哲のことが書かれていなかったのでね。原因が哲だと八木原に教えたのは、あんたの長男の信彦だ」

――なんだと。

頭がついていかない。マギは空いた手をひらひらさせ、無邪気な表情で頷いた。

「彼は加賀屋不動産から哲を追い出すつもりで、興信所に調査させていた。八木原の娘と付き合っていることも知っていたのに、わざと放置したんだよ。興信所が信彦に送った報告書のメールは、もし見たければ僕の手元にコピーがあるから見せてあげる。さっきの写真もその中に入っていたものだ。信彦は、ルリが自殺未遂を図った後、八木原家に赴いて謝罪した。そのうえで、弟に対する復讐《ふくしゅう》の手伝いを申し出たんだ」

なぜ長男の信彦が、弟にそんな冷酷な真似をするのか理解できなかった。会社は信彦が跡を継ぐと、とうの昔に決まっている。企業経営という視点では、哲と信彦では実績の面でも才能においても比較の対象にすらならない。坊城もいくら次男に甘いとはいえ、愚かではない。自分が引退すれば、信彦が社長として君臨し、哲はその下で手足として働けばいい。信彦がいれば会社は安泰で、結果的に哲も生涯食うには困らない。それで何も問題はないと考えていた。

「信彦は完璧主義者だ。それに、弟の性格をよく知っている」

マギの説明は坊城をからかうようだった。

「あんたが死ねば、わがままで、できの悪い弟が会社の経営を危うくする可能性がある。そう恐れて、排除する方法を画策してきた。本当は、別の会社に入ってくれれば良かったんだけど、あんたが弟を加賀屋に入社させてしまった。その時彼は悟ったんだろう。弟を排除するより、あんたを排除しないと意味がないってね」

「――ばかな」

息子がそんな真似をするものかと、坊城は怒りを込めてマギを睨んだ。この男は、嘘で自分と息子の仲を裂こうとしている。信彦は、親にべったり甘えるような子どもではなかった。坊城も、次男と違って猫可愛がりはせず、しっかりした男に育てようと苦心してきた。将来、加賀屋不動産を背負《しょ》って立つ長男だ。勉学にスポーツにと厳しくしつけたし、跡取り息子としての責任を早くから負わせ、信彦もそれに前向きに応えてきたはずだ。

「わかってないなあ」

マギが軽やかに笑い、ポケットから二枚めの写真を取り出した。ひと目見て、坊城はぎょっとして舌を嚙みそうになった。

白いシーツの上で、女と全裸で睦みあっているのは坊城自身だった。女は美紅《みく》だ。銀座のホステスで、坊城がマンションを買ってやった三人めの女だった。写真の角度から見て、窓の外から望遠レンズで狙ったものらしい。

「これでも刺激の少ないのを選んであげたんだよ、坊城さん。カーテンくらい閉めなくちゃね。ちなみにこれも、興信所の報告書に入っていた写真だけどね」

――信彦の奴。

細い銀縁の眼鏡をかけ、堅物を絵に描いたような長男を思い浮かべ、坊城は怒りで身体を震わせた。毎日、会社や自宅で、殊勝な顔をして自分に相対しておきながら、陰でこそこそとこんな小細工をしていたとは。あいつは父親を腹で嘲笑していたに違いない。

「ちなみにこれは、信彦がひとりで考えたことじゃないんだ」

マギの辛辣な口調に、坊城は苛立った。いったいこいつは、何の権利があって他人の家庭のプライバシーを侵害するのだ。

「あんたの奥さん。佳恵《よしえ》さんが、溺愛する長男に涙ながらに頼んだことだ」

金持ちってたいへんそうだね、と喉をくすぐるような声でマギは呟いた。

「あんた、奥さんと息子を敵に回しちゃったんだね。奥さんは今まであんたの浮気を大目に見てきたけど、三人めを囲うにいたってさすがに堪忍袋の緒が切れたってわけ。気付いてないと思うけど、三人めの美紅って女は性悪だね。奥さんが浮気に気付くよう、背広のポケットに香水の香りを忍ばせておいた。離婚させて、後添《のちぞ》いにおさまれば儲《もう》けもの。もし別れなきゃいけなくなれば、手切れ金にマンションでもせしめようって腹かな。——そんなわけで信彦は、弟には甘いが兄の自分には厳しい父親より、自分を大事にしてくれる母親の苦悩を知って、あんたを排除する決心をした」

「——わかったようなことを」

坊城は自分の太い声に元気づけられた。これまでマギが言ったことは、嘘か憶測ではないか。写真を見て、八木原と信彦の会話を聞いたが、今の技術をもってすれば音声の捏造も難しくない。美紅がポケットに香水をつけただと。そんなこと、こいつが知っているはずがない。

——しかし、もし知っているのだとすれば。

世間では、マギと名乗るハッカーは、本物の魔術師のようだと噂されている。どこにでも侵入し、どんな情報でも盗み出す。彼に狙われて無事ですんだ企業はないという。これまで、そんな噂は信じていなかったが——。

「信じてないよね」

マギは腕組みして微笑んでいる。坊城の反応など、とうに織りこみ済みと言いたげだ。

「そりゃそうだ。信じられないし、信じたくもないよね。かまわないよ。ここからあんたひとりで出て行ってみるかい？」

坊城はマギの申し出に戸惑った。

「八木原は、まさか僕らが地下壕から脱出するとは考えていなかった。奴が仕掛けたのは、マスタードガスだったようだ。彼らは地下壕の裏から脱出して、ガスが抜けた頃に戻れば、あんたとクーガが共倒れになってるはずだった。もし、あんたが無事に街に戻れば、八木原たちは困った状況に立たされる。だから、いま持永と部下たちが、血眼になって僕らを捜している」

ペットボトルを握ったまま所在なげに佇《たたず》んでいた先ほどの男が、ふいに床に座りこんで、鞘《さや》からナイフを引き抜いた。靴の踵に当てて刃先をこすると、砥石《といし》で刃物を研ぐような音がした。時々ナイフに水を垂らしている。本当に、研いでいるらしい。

「ここはどこだ」

持永が自分を捜しているのは間違いない。無事に帰らせたくないのも嘘ではないだろう。

「八王子だ。地下壕からそれほど離れていない。連中に見つからないよう、ひとまず隠れたんだ」

坊城は頭をフル回転させた。自分の車が近くにあるはずだ。携帯端末も車の中にある。マギの言う通り、信彦が自分の敵に回ったのだとして、加賀屋の自分の腹心たちはどこまで信用できるだろうか。

「車は諦めたほうがいい」

まるで心を読んだようにマギが告げた。

「あんたの持ち物を調べたよ。財布も鍵も携帯端末も、何もなかった。全部、八木原が持ち去った」

八木原は自分たち五人の中でも、徹底したワルだった。若い頃にワルで鳴らした自分ですら、八木原には一目置いていた。実力行使なら八木原に任せておけばいい。自分たちは全員、そう感じていたはずだ。中学時代から、腕力にものを言わせて子分を引き連れていたという男だ。暴力の行使と、自分の力を見せつける機会は逃《のが》さない男だった。そんな優越感ははっきり言って時代遅れだし、東洋郷工務店のような一流企業の社長になってからは、そういう一面を隠してきたはずだ。その代わり、持永のような男をそばに置いて自由に使いこなしてきた。

坊城はマギのほっそりした首すじを睨んだ。この男は、自分と取引をしたがっている。それも、坊城のほうに頭を下げさせる気だ。

「何が望みだ」

相手の考えが読めているのに、従わざるをえないのは癪だった。少し、唇の感覚が戻っていることに気がついた。これなら、時間がたてば元に戻りそうだ。

「僕の望みは、甲府の研究所から盗まれたものを取り返すことだ」

「さっきも言ったが、そんなものは知らん」

「誰が知ってる？」

巴博士の研究所から、何かを盗んだ奴がいたというのか。八木原もそんな話をしていたが、坊城には記憶がなかった。あの混乱の中で、そこまでうまく立ち回った奴がいたとは信じられない。

しかし、考えてみれば――常温核融合の画期的な研究だ。これまで、多くの物理学者が

「ありえない」と否定してきた常温での核融合が、実に簡単に実現できることが実証されたのだ。巴博士の命を奪い、研究そのものを闇に葬ることでしか、坊城たちは自分の利益を守ることができなかった。それほど価値のあるものが、目の前にあったのだ。あの研究内容は、まさにカネのなる木だった。

──誰かが、利益を独占しようとしている。他の仲間には隠れて。

「ちきしょう、俺じゃないことだけは確かだ」

自分は騙されていたのかもしれないと、初めて苦々しい気分で考えた。あとの四人の顔をひとりずつ思い浮かべる。欲に負けて、誰がやったとしてもおかしくない顔ぶれだ。

「──それなら、あんたは僕にとって無価値だということになるね」

急に、マギが冷たい表情をして離れた。取り残された気分になった。

男がシュッシュッと小気味のよい音を立て、ナイフを研ぎ続けている。時おり光に当てて、仕上がりを確かめているようだ。フローリングの冷たさが、しんしんと伝わってくる。

突然、外で車のバックファイアのような音が聞こえた。車じゃない。あれは──。

「見つかったらしい」

耳を澄ましていたマギが低く囁いた。

「坊城さん。あんたと取引してもいい。あんたを縛ったままここに残していくか、それともあんたが僕に協力するかだ」

後先考えずに、協力しようとすぐさま申し出るところだった。テロリストとの口約束など、どうでもいい。脅迫されて口にした言葉に重みなどないし、気が咎《とが》めるわけでもない。

「よく考えて選んだほうがいい」

何もかも見通しているかのようにマギが重々しく呟く。この男の目には、他人の心中が透けて見えるようだ。

「僕は偽りを許さない。『裏切れば死ぬ』──それが、クーガのモットーなんだ」

部屋の隅で静かにナイフを研いでいたはずの男が、いつの間にかそばに忍び寄っていた。ネコ科の獣のようなすばしこい動きだ。研ぎあがったばかりの刃先が、自分の鼻にぴたりと当てられるのを感じ、坊城は息を呑んだ。男はよだれを垂らしかねない目つきで、刃先を鼻すじに沿って滑らせた。ちくりと痛みが走り、皮膚の上を生暖かい液体が流れ落ちるのを感じた。マギが鋼《はがね》のように無関心な目でこちらを見つめている。

またバックファイアが聞こえた。

これは取引ではないと、坊城はようやく悟った。自分は既に、逃れようのない一方的な従属関係に置かれようとしているのだ。

──それが嫌ならば、死ぬしかない。

額に脂汗が滲んできた。

8

寒川は、スラックスを膝の上までたくし上げ、靴下を脱いで足湯に浸かりながら、あまりの気持ち良さに呻いた。歩き疲れた両足の指が、次第に温まり血行が良くなる。まだ夜の十時すぎだというのに、このまま眠りたくなってきた。

――東洋郷工務店で、何かが起きている。

京橋の狙撃事件の犯人を追い、その後また東洋郷工務店の本社に戻って広報室長から話を聞いたが、得るものはなかった。五十代の広報室長は、寒川の見るところ、何も事情を知らされていないようだ。熱海の保養所で起きた事件と本社の狙撃に、関連がないわけがない。そう決めつけて厳しく問いただしたが、青くなるばかりで答えられなかった。あれは演技ではない。

「やっぱり、明日はどうしても八木原社長に会わなきゃなりませんね」

同じように湯に素足を浸らせながら、丹野が物珍しげに室内を見回した。新宿にある安い居酒屋に、小さな足湯の浴場が設けてあるのだ。居酒屋に来た客は、希望すれば順番に足を休めることができる。

「砺波の私物からは、何も出なかったな」

殺された副社長のパソコンや、副社長室と自宅に残された書類などを徹底的に調べたが、熱海に向かうことすらどこにも残されていなかった。殺される原因になりそうな記述も見つからない。そもそも、砺波という男は温厚な性格だったそうで、社内でも悪い評判は少ない。あえて言うなら、常に社長の言いなりだった、というのが一番の酷評だろうか。

よい加減に身体が温まったところで備え付けのタオルを借りて足を拭き、靴下を穿き直して居酒屋の個室に戻る。警視庁のシステムがダウンしているので、何か調べようとすると、いちいち昔のことを知る警察官に聞いたり、黴が生えたような古い書類をひっくり返したりしなければならない。時間がかかってしかたがない。この時刻になってようやく仕事から解放されたので、丹野を誘って食事に来たところだった。

「珍しいのかい。こういう店が」

足湯から出ても、廊下を歩きながらきょろきょろとあたりを観察している丹野の表情は、子どものような好奇心に満ちている。

「えっ——ええ、普段あまり来ることがないので」

丹野が真っ白に輝く歯を覗かせた。お坊ちゃんだな、とからかおうとして寒川はやめた。

恵まれた環境に生まれたことは、丹野の責任ではない。この若者は、仕事をきっちりこなしている。東洋郷工務店が狙撃された時には、危険を察知して自分をかばってくれた。経験不足は当然だが、やる気は充分だ。

「それじゃ、メニューも珍しいかもしれないいな」

いくら金持ちで警察庁のエリートとはいえ、学生時代に居酒屋くらい来なかったのだろうかと、不思議に感じながらメニューを渡してやる。丹野がにこにこしながら注文するのをよそに、寒川は写真を取り出し眺めた。東洋郷工務店を狙撃した犯人の顔写真だ。部屋を横切って窓に近づくまでの一連の動きが、ビルの防犯カメラに映っていた。

「システムが動いていればな。すぐ正体を割り出せたかもしれんが」

カメラが捕えたのは、三十代前半の男性だ。角ばった顎を持ち、体格はスリムだが筋肉質だ。眠たげに細めた目と、だらしなく緩めた口元が印象に残る顔だった。薄気味の悪いことに、男はカメラの前を横切る時、はっきりカメラを見て、にたにたと笑いかけた。カメラの存在を意識していたらしい。肩にはゴルフバッグのようなものを掛けている。中にライフルを隠していたのだろう。

「奴は、自分の顔が知られるのを、恐れていない様子でしたね」

警察に対する挑発だ。捕まえられるものなら捕まえてみろ。そう言いたげな不敵な笑みだった。クーガというテロ組織は、公安警察がこれまで相手にしてきたどんな組織とも異なる臭いがする。行為は暴力的だが、単純な粗暴さとは少し違うようだ。

「——寒川さん、息子さんはひとりで留守番してるんですか。早く帰ってあげなくて、大丈夫ですか」

丹野が心配そうに尋ねる。

「いいんだよ。もう中学生だ。ひとりで何でもできるし、むしろ親がうっとうしい年頃さ」

寒川は、熱いおしぼりでごしごしと顔を拭った。疲れが取れる。

「——そうですかね。そんなことはないと思いますよ」

丹野がわずかに眉をひそめ、呟くように言った。

「なんだ、お前さんもひとりで留守番してた口か？」

どうも、この若者と一緒にいると、ついからかいたくなる。丹野がちらりと微笑した。

「——ええ。両親は仕事が忙しくて。中学の頃にはひとりで留守番してましたよ」

「——そうか」

「ひとりは苦になりませんでしたけど、連絡がないと心配でしたね」

片時も離さない携帯端末を覗いた丹野が、小さく声を上げた。

「どうした」

「今日の夕方、国会でスーパー・ガード法案が通過したそうです。バタバタしていたので、ニュースを見逃していましたが、即日施行だそうです」

寒川は小さく舌打ちする。議員の奴ら、余計な法案を出しやがって、と内心では思っていた。日本国内の治安は、今まで通り警察に任せればいいのだ。警備会社に拳銃を持たせる必要などないし、寒川に言わせればかえって危険だった。銃器が拡散する可能性が今までより高くなるし、慣れない人間が拳銃など持てば、事故も増える。銃器の管理だって、民間企業がしっかり責任を持ってやってくれるのだろうか。銃など使う必要のない場面で、彼らがハリウッド映画並みに気軽に撃つようになれば、発砲に対する警察官の心理的な抵抗も薄れるだろう。周囲が巻き添えを食う危険性も増す。こんな法案が簡単に可決してしまったとは、何かウラがあるのではないかと寒川などは勘繰りたくなる。

「つまらん法律を作るもんだ」

「暴力団が消えて、組織犯罪が地下に潜って。このところ、武装する犯罪者が増えましたからね。国内でも手榴弾やグレネードランチャーが見つかるようになったのは、二〇一〇年代です。警察だけでは心もとないというのが、一般市民の声なんでしょう」

それを言われると、寒川も耳が痛い。日本警察が誇っていた高い検挙率も、ここ数年は落ち続けている。警察官ひとりあたりの事件の発生数が、増える一方だからだ。ひとつひとつの事件に、時間をかけられない。政府に金がないので警察官を増員するのも難しい。クーガのように、予想もしないレベルで武装するテロリストも登場した。奴らは潤沢な資金を持っている。天才ハッカーのマギが稼ぐからだ。マギに狙われた企業は、聞くところによれば、実に簡単にクーガに膝を折る――折らざるをえないよう、追いこまれる。

寒川は運ばれてきたビールを呷り、吐息を漏らした。

「警備会社に武装させたところで、犯罪が減るもんか。犯罪を減らしたければ、社会不安をなくすことだ。経済格差を縮めるんだ」

寒川が警察官になった頃には、もうバブルははじけていて、高度経済成長もとっくに終わっていたが、世の中はこれほどの鬱屈を抱えていなかった。「もっとも成功した社会主義国家は日本だ」というジョークが囁かれたのは、いつ頃だったか。社会主義国家の幹部が、日本の街を視察して「私たちが作りたかったのはこんな国だった」と感嘆したのは。その頃だって犯罪はあったが、病死した親の年金を受け取り続けるために、死亡を届けず遺体を部屋に隠す子どもらが続々現れるような、陰惨な時代ではなかった。

きちんと三度の食事が与えられ、清潔で住みやすい住居があり、やりがいのある仕事に就くことができれば、そうそう人間の心は荒れない。それが、寒川の持論だった。高度経済成長期でなくとも、その程度のことは達成できるはずだ。この国がじわじわと内部から侵食されるように壊れ始めているのは、富を独占する一部の人間と、安定した職業に就くことができずその日暮らしをする人々との収入格差が激しすぎるせいだ。製造業派遣に就いた若者たちが、雇い止めにあってネットカフェで寝泊まりしているなどと報じられ始めた頃から、少しずつ収入格差が広がり、それが公に知れ渡るようになった。年収百五十万円程度のアルバイトで糊口《ここう》をしのぐ非正規雇用者と、七百万円以上の年収を得る正社員。年収百五十万円では結婚もできないと嘆く、怨嗟《えんさ》の声が巷に溢れた。

仕事の内容にも差があるだろう。コンピュータが発達したので、研究開発職などに就き、新製品を世の中に生み出す人間と、単純労働に従事する人間に、世の中がきっぱり分けられてしまったからだ。

「寒川さんは、性善説なんですね」

丹野が天ぷらに箸《はし》をつけ、素直な笑顔を見せた。

「警察に長く勤めておられる方には珍しいですよね。犯罪者の中には、生まれた時からどうしようもなく犯罪傾向を持つ人間もいるんじゃないですか」

昨日や今日、現場に出たばかりの丹野が、犯罪者を熟知しているかのように言うのが、寒川には少しおかしかった。

「俺自身はむしろ性悪説だな。放っとくと誰でも悪人になりがちなんだ。生まれた時から犯罪傾向を持っていると言ってるわけじゃない。人間は、ちょっとしたことで簡単に堕《お》ちるって意味だ」

「それじゃ、人間を悪人にしない方法は何ですか」

丹野の質問が真剣だったので、寒川も真面目に答えを考えた。

「――精一杯に、生きることかな」

「生きること？」

「うん。自分と世の中を信じて生きることだ」

丹野が考えこむように黙り、ふたりはしばらく無言で箸を使った。会ったばかりの自分たちが、ずいぶん深い話をしているようだ。

「――そう言えば、スーパー・ガード法案が通過したことを受けて、国内の警備会社だけでなく、海外の警備会社が日本の警備産業への参入を表明したようですね」

「海外か」

カネになると思えば、国内・海外を問わず群がってくる。

「ブラックホークというイスラエル資本の警備会社は、日本法人の設立を発表したそうです。動きが早いですね」

丹野は何気なく話したが、寒川は魚の小骨が喉につかえたような引っかかりを感じた。今日、法案が国会審議を通過したばかりなのに、その企業はずいぶん行動が早い。

「結局、警察が甘く見られているんですよ」

丹野の語気が珍しく強い。

「僕はまだ新米ですが、それが腹立たしいんです。警察の権限が弱いから、こんなことになるんでしょう」

寒川は小さく唸った。丹野の言葉を、一概には否定できない。警察権力と、一般市民の自由とは、相反する面がある。例えば、犯罪捜査のために盗聴を行うことは制限されている。犯人が武装していても、問答無用に撃ち殺すと警察官のほうが罪に問われる可能性もある。

「もっと警察の権限を強化するべきなんですよ。そう思いませんか」

丹野は若いなと思い、若さゆえの一本気が眩しくもあった。しかし、自分と違ってこれから警察組織の中枢部を駆け上っていかねばならない彼のような若手が、あまり極端な意見に固執するのも困る。

「――そう、言うな。警察力なんてものは、少し甘く見られるくらいでちょうどいいんだ。そうでなくとも、一般人が持たない力を、俺たちは持ってるんだから」

「そんな、寒川さん。悪い奴らをのさばらせてかまわないんですか。僕は嫌です」

丹野が目を吊りあげて、箸の先で海藻サラダをつつきまわした。

「とにかく、法案が通過しようがしまいが、俺たちの仕事が変わるわけじゃない」

携帯端末が、ポケットの中で震えている。刺身の五種盛り合わせに箸を伸ばそうとしていた寒川は、眉をひそめて端末を取り出した。珍しいことに、八王子にいる知人からの着信だった。電話に出るべきだという勘が働いた。寒川は公安に配属された後、都内各所に自分の情報源を置いている。丹野に目配せし、通話ボタンを押す。

「久しぶりじゃないか、吉野《よしの》さん」

『寒川さん、ご無沙汰。今ちょっといいかい』

「どうした？」

『自宅にいるんだけど、外で妙な音がするんだ。撃ち合いでもしているような』

吉野はびくついているように声を低めた。寒川は箸を握ったまま凍りついた。八王子のような郊外で、拳銃の撃ち合いだと。

「110番したか。すぐ警察に通報しろ」

新宿にいる自分に電話されても、どうしようもない。そのために所轄署があるのだ。

『もうしたよ。寒川さん、クーガについてわかれば連絡しろって言ってたじゃないか』

吉野が思いがけない言葉を口にしたので、寒川は姿勢を正した。どうやら、奴は助けを求めて電話したのではなく、何か気付いて連絡してきたらしい。

『さっきから、黒っぽい服を着た奴らが、何台もの車で走り回ってるんだ。うちの前にも車が停まっているんだが、ひとりが無線で話してるのを聞いちゃってさ。クーガって言ったようだ。聞き違いって可能性もあるけど、念のために連絡しておこうと思ってな』

「クーガが、八王子で銃撃戦やってるって言うのか」

向かいの席で丹野が驚いたような顔をして、自分の携帯でどこかに電話をかけ始めた。本部に問い合わせて、八王子署に何か情報が入っていないか確認するのだろう。

『ともかく雰囲気が妙なんだよ。街中《まちじゅう》がハリネズミみたいに緊張してる。この街に大手の組事務所があって、これから敵対組織との喧嘩《でいり》でも始まるんじゃないかって雰囲気だ』

吉野という男は、解散した暴力団に所属していた元組員だった。七十代だが、若い頃には組同士の抗争にも参加したという猛者《もさ》だ。拳銃と爆竹を聞き違えるようなシロウトではない。吉野がそう言うなら、本当に抗争が始まったのかもしれない。

念のため場所を確認した。これからすぐ八王子に向かうつもりだ。吉野の声からは、当惑とかすかな興奮が聞き取れた。暴力の現場から離れて久しい吉野にも、アドレナリンを分泌させるようなことが起きているのだ。

「寒川さん、八王子署でも妙な雰囲気を感じているようです。市民から通報が数件あり、パトロールを強化していると言ってます」

「誰の情報だ」

丹野はわずかに答えをためらった。

「八王子署の地域課長です。――すみません。学校の先輩で、つい気軽に電話して」

「謝る必要はない。使える人脈はお前の宝だ。素直に喜べ」

自分の情報源は元組員で、丹野の情報源は警察庁から出向しているエリートの地域課長だ。育ちの良さにはかなわない。なにしろ、自分の育ちの良さを誇るどころか、恥ずかしげにするのだから。

寒川は皿に並んだ料理を、これ以上ないくらいの速さでかきこみ、ビールでぐいぐいと腹に流し込んだ。丹野が目を丸くしている。

「八王子なら、ＪＲの特急に乗れば半時間程度で行ける。行くぞ」

八王子で暴れているのが本当にクーガなら、今夜こそ連中の手掛かりを摑んでやる。

「寒川さん、余計なことですが」

丹野が思い詰めたような目つきでこちらを見つめた。

「息子さんに、電話をかけてあげてください。きっと心配してますから。お願いします」

「――なんだ。心配性だな」

戸惑ったが、丹野の生真面目な表情に、どういうわけか悲しみが透けて見える気がして、断れなかった。携帯端末から自宅に電話をかける。

「――泰典《やすのり》か。もう寝てたか」

呼び出し音を三回聞いて、息子の泰典が眠そうな声で電話に出る。自分より母親に似て、細面の優しげな顔立ちと、猫のように柔らかい栗色の髪を思い出す。汚い手で目をこするなと寒川は口癖のように教えたのだが、きっと今頃ごしごしと手の甲で目をこすっているに違いない。

丹野は会話が聞こえないように、わざと離れて明後日《あさって》の方角を向いている。いちいち、細かく神経を使う奴だ。

『ううん。ゲームしてた』

「そうか。お父さん、今夜は遅くなる。ちゃんと戸締りして先に寝ててくれ。何もないか」

『何もないよ』

声が少しめんどうくさそうだ。ゲームの邪魔をしたのかもしれない。中学生になって、息子はすっかり友達が増え、社交的になった。ゲームも社交の一助になっているようだ。

「そうか。もし何かあれば、晶子《あきこ》叔母さんに電話しろよ」

『わかった』

通話を切ると、丹野がほっとしたようにこちらを振り向く。

「よっぽど、寂しい思いでもしたのか？」

「え？」

「お前の子どもの頃だよ。会ったこともない他人の息子を、そんなに心配するなんて」

丹野が半開きの口のまま、目を瞬いた。

「——うちの両親は殺されたんです。さんざん心配させたあげく、暴漢に襲われてね。僕はたぶん、一生結婚しないと思います。身近な家族が心配で、何も手につかなくなると思うから。——寒川さんは、そんなことはないんですか？」

＊

由利数馬は、民家の植えこみに潜んで端末のメッセージをチェックした。仲間のトラックは、十五分ほどで到着する。熱海でも利用した冷凍トラックだ。ナンバープレートを付け替え、水産物加工業者の社名ロゴをコンビニチェーンのロゴマークに塗り替えた。熱海の事件で冷凍トラックに注目した警察官がいても、そう簡単に足はつかない。コンビニのトラックなんて、都内を何台走っていることか。坊城を連れて、八王子を脱出するつもりだ。

——今夜は、腹黒いネズミが大勢うろうろしている。

八木原と持永が、クーガに対抗するため人数をかき集めるだろうとは予想がついた。熱海と同様、連中を叩きのめすのかと思えば、マギが反対したのだ。

(今夜僕らは、裏口から退場する。きわめて地味に、可能な限り目立たないように)

このあたりはごく一般的な住宅街だった。騒動を起こせば、あっという間に警察が駆けつける。マギの指摘はもっともだ。

(力で押すだけでは、警察にも手の内を読まれてしまうからね)

マギはいつも、由利が考えもつかないことを考える。彼は今頃、ニードルと共に坊城社長を「説得」しているはずだ。マギの判断が気に入らないわけではない。むしろ逆だ。ただ、このままマギの配下に甘んじていると、自分はただ腕力だけの男に成り下がりそうだ。

今夜この街に漲る、張り詰めたピアノ線のような緊張感が、由利は好きだった。ボクシングのリングに上がる感覚に似ている。

向かいの住宅の窓には、赤みがかった明かりが点いている。その奥で時々複数の影が動く。声はここまで聞こえないが、団欒《だんらん》のひと時を思わせる、温かい照明だった。由利も、昔はああいう世界に属していた。

それとも、そんな気がするだけだろうか。あの夜——橋の上で、友達を殴ろうとした若い男を、叩き潰すように死なせたあの夜以前のことが、まるで前世の記憶のように頼りなく遠い。錆びた三輪車に乗り、マンションの中庭を走り回るのが何より好きだった少年は、本当に自分だろうか。ボクシング界のスーパースターと呼ばれた、あれは本当に自分だったのだろうか。

仲間で、ライバルだった親友の顔が浮かぶ。由利が刑期を満了したことを、奴は知っているだろうか。今頃どうしているのか、考えないようにしていた。あの事件は、自分の中に隠れていた〈気分〉を露《あら》わにした。この世に溢れる理不尽を、力で乗り越える充実感。暴力の快感。

――さあ、来い。

携帯端末をふたのついたポケットに収め、暗視スコープを目の位置に合わせる。このブロックに並ぶ八軒の住宅はほとんどが空き家で、向かいに建つ二軒と、少し離れたもう一軒だけ、窓に明かりが灯っている。

囮の車は角を曲がった場所に置いてきた。連中は彼らを捜して近辺を走り回っている。じき、空き家を捜索しようと思うはずだ。

革の手袋をはめた。由利の指紋は犯罪者のデータベースに登録されている。武器など必要ない。自分の身体が武器だ。

車が二台停まり、男がふたりずつ降りた。スーツのボタンを留めず、腰のあたりがわずかにふくらんでいる。銃を隠し持っている。由利は顔をしかめた。銃を持ちたがる連中が嫌いなのだ。持っているだけで警察に逮捕の口実を与える。パトカーが現れて彼らを職務質問し、簡単な身体検査をしただけで、銃刀法違反で逮捕されるだろう。住宅街で銃を持った人間が四人も捕まれば、大騒ぎになる。

男たちは何か話しながら、空き家を一軒ずつ確認して歩いている。門を揺さぶり、庭に侵入して玄関や窓、勝手口の鍵が開いてないか確認し、窓から内部を覗きこむ。

──甘いな。

あの程度の確認方法では、マギが中に潜んでいたとしても、見つけられるわけがない。

別の車のヘッドライトが、道路を照らした。屋根に載った赤色灯を見て、由利は舌打ちした。警察も、不穏な気配に気付いたらしい。八木原の部下たちは、近づいてくるパトカーを見て、手帳に書きつけるふりをしたり、道路の幅を測るふりをしたりしている。パトカーが彼らのそばで停まり、警察官がふたり降り立つのが見えた。

声は聞こえないが、どんな会話が交わされているのか想像はできる。

──こんな時刻に、どうしましたか。

ここまで声が届かないのは、警察官が穏やかに話している証拠だ。深夜に人気《ひとけ》のない住宅地を徘徊している不審人物とはいえ、きちんとスーツを着ている。

男たちのひとりが警察官に何か説明している。説明しながら内ポケットに手を入れ、何か取り出して警察官に渡した。名刺のようだ。一応は筋の通った説明をしたのか、警察官らがパトカーに戻るのが見えた。男たちの顔にはにこやかな笑みさえ浮かんでいる。パトカーが走りだすと、軽く頭を下げて見送った。彼らが本当の馬鹿でなくて良かった。

連中は空き家の捜索を再開した。動きが速くなっている。警察官が戻ることを恐れているのかもしれない。三人が隣家の庭を歩き回る足音が聞こえる。あとのひとりは門の前で見張っている。由利は植えこみの陰を離れ、道路に出た。

振り向いた男が、何か叫ぼうとした。その前に由利がタックルして男を引きずり倒した。顎を歩道にぶつけた男が、舌でも嚙んだらしく顔を押さえて悲鳴を上げる。肩甲骨に馬乗りになり、頭を摑んでぐいとひねりかけ、殺すなとマギに厳命されたことを思い出した。殺人事件になれば、警察の力の入れ方が変わる。

――めんどうだな。

男の首に太い腕を回し締めあげると、数秒後には男の身体から力が抜けた。ベルトを探って拳銃を抜いた。庭の三人は、悲鳴を聞いたはずだがうかつには出てこない。由利は男を残して、彼らの車に向かって走った。

「おい、いたぞ！」

誰かが叫んでいる。後ろから発砲音が聞こえた。駆ける目標をそう簡単には撃てない。由利は車の陰に飛びこんで振り返った。二発めは車のリアウインドウに当たった。

三人が路上に飛び出してきた。応援を呼ぶのか、無線機を摑んでいる。銃声が聞こえたせいか、角の家の窓が開き、慌てたように閉まった。

「撃つな！　警察が来るだろ」

三人が言いあっている。

刑務所にいる間、由利が研究し続けたのは人体の仕組みと機能だった。懲役が終わる頃、更生の一環として、美容師や調理師、ＩＴ技術者など、社会復帰のため希望者の一部に研修を受けさせるシステムがあり、由利は考えがあって介護の資格を取るコースを受講したのだ。もともと、事件を起こすまではプロボクサーとして売り出し中の好青年で、不幸な事件に遭遇したため受刑したが、更生の余地は十二分にあると刑務官らに見られていた。そう見えるように、注意を払ったのだ。

介護の勉強に必要だからと、専門書を差し入れてもらい読んだ。人体を構成する骨格、筋肉、血管、内臓、神経。どの部分を攻撃すれば、どの程度の損傷を与えることができるか、薬品を使わずに一瞬で相手の意識を奪うにはどうするか、身体の動きを封じる方法、軽く押さえるだけで悶絶するほどの痛みを与える場所はどこか、自分の身体も実験台にしながら研究した。

ヘルパーの講座では、由利のように力の強い、体力がある若い男性は喜ばれた。彼の本当の目的など気付きもしなかっただろう。受講者同士が、お互いの身体を使って介護の練習をする際には、最小の力で他人の身体を動かす技術を学んだ。

連中がこちらに銃口を据えたまま、じりじりと近づいてくる。彼らのほうから近づいてくるのは大歓迎だった。由利は射撃に自信がない。そちらはニードルの独壇場だ。三人が散開する。パトカーのサイレンが聞こえると、彼らは浮き足立った。逃げようにも、彼らの車の前に由利がいる。サイレンの音は一台ではない。二台——三台。これからまだ増えるだろう。こんな住宅街で拳銃を撃った報いだ。

由利は銃の安全装置を外し、左側の男に投げつけた。暴発を恐れた男が、とっさに腕を上げ、頭をかばう。銃は男の腕にぶつかり、弧を描いてアスファルトの上に転がった。暴発はしなかった。同時に右側に走った。わずか一瞬、右側の男が左に気を取られている。それで充分だ。銃を相手の指ごと摑んでぐいと天に向け、そのまま地面に引き下げると、簡単に膝をつき銃から手を離した。顎の下を膝で蹴り上げる。脳震盪《のうしんとう》を起こして崩れ落ちる。

中央の男は銃口をこちらに向けた。由利は意識のない右の男を盾にした。中央の男が仲間ともども撃つ決心をする前に、彼に向かって投げつけた。男が体勢を整えなおすまでに、踏みこんで相手の鼻を掌底で突いた。

残ったのは銃を投げつけられた左の男だけで、彼は逆上のあまり自分が何をしているのかもわからないようだった。

由利は男の目を冷たく睨んだ。

「連中を連れて、さっさと行け」

男は何を言われたのか理解していない。銃を持つ手をひねり、横面を平手で張った。

「早く行け！」

怒鳴られてやっと、目が覚めたように飛び上がった。路面に伸びている仲間を揺さぶり、意識が朦朧《もうろう》としている彼らを抱え、車に乗せ始めるのを見て、由利は悠々と通りを横切った。サイレンが近い。あの四人は、もうこちらにかまっている余裕などない。

向かいの家の明かりを見上げた。実に家庭的な匂いのする家だ。二階の窓で白いカーテンが揺れている。呼び鈴を続けて三度鳴らし、門扉《もんぴ》を開けて中に入った。玄関が開き、光が外に漏れる。

「──意外と遅かったね」

マギが唇の端をにっと持ち上げて、からかうように言った。

「トラックはあと二分で県道を通過するよ」

言い返す前に、振り向いて道路の様子を見た。やっと意識を取り戻した奴らが、二台の車に分乗して大慌てで逃げだそうとしている。落とした拳銃も拾ったようだ。彼らが警察の緊急配備から脱出するのは、東洋郷工務店の力をもってしても難しいだろう。それ以前に、八木原は連中を見捨てる。拳銃を持ったまま警察に捕まるとは、呆れた奴らだ。

マギが玄関を閉めた。サイレンの音が、前の道路を通過して遠ざかっていく。奴らは、みごとに囮になってくれそうだ。

「連中、しばらくもたせてくれるといいけど。できるだけ遠くまで逃げて」

「大丈夫だ。そのために、少し時間の余裕をやった」

マギはさっさと廊下を進み、居心地の良さそうな居間に入った。唇を固く引き結んだ坊城が床にあぐらをかき、ニードルが彼を監視している。古いが手入れのいいムートンを敷いたソファや、さほど高価ではないが趣味の良さそうな洋酒を並べたサイドボードや、雑誌立てがあるリビングだった。外から見て感じた家庭的な雰囲気そのままだ。

ソファで、よく似た印象の老夫妻がすこやかな寝息をたてている。長く共に暮らすうちに、性格やものの考え方、服装などがぴったり寄り添うように近づいていったのだろう。マギは、明かりの点いた夕食の匂いのする家を狙い、セキュリティシステムを契約していないことを確かめて、窓から侵入した。住人はふたりだけで、危害を加えるつもりはないとマギが詫《わ》びて、酒と薬ですぐ眠らせた。

「さあ、行こうか」

マギが顎を引くと、疲れ切った様子の坊城を、ニードルが肩を貸して立ち上がらせた。

明日の朝になれば夫妻は目覚め、割れた窓に驚いて通報するだろうが、侵入した四人組のことは、夢でも見たような心地がするのではないか。特に、ニードルだ。

（心配いらないさ、ふたりとも。ちょっと事情があって、部屋を貸してほしいだけなんだ。あんたらは見たり聞いたりしないほうがいいから、少し眠っててもらうけどな）

田舎びた、のどかな口調でそう説得すると、怯えていた夫婦の表情がわずかに和らいだ。老夫婦を説得する時の彼には、誠実そうで他人を惹《ひ》きつける魅力があった。この狙撃の名手にはこんな一面もあるのかと、由利は意外に思った。ふだんは、イカれた変質者にしか見えないのだが。

サイレンの音は、はるか遠くで響いている。追いかけっこは続行中だ。

彼らは玄関から出た。マギが先頭に立ち、ナイフを突き付けながら坊城を支えたニードルが続き、由利が殿《しんがり》を務める。乗ってきた車は置き去りにし、県道までの一ブロックを小走りに急いだ。

ライトが近づいてくる。コンビニのロゴマークを描いた大型トラックが停まり、助手席から飛び降りた男が後ろに走って冷凍庫の扉を開けた。マギが無言で乗り込むと、他の三人も続く。由利は扉が閉まる前に、サイレンの音に耳を澄ました。パトカーの数が増えた。方角もあちこちから聞こえるようだ。扉が外側から閉まり、車が走り出した。停まってから、二分もたっていなかった。

9

『悪いことは言わないから、私が勧める警備会社と契約したほうがいい。持永は優秀な社員かもしれんが、警備のプロとは言えないようだ。チンピラを集めたところでクーガには勝てんぞ。君は腕に自信があるから、連中を舐めているだろう』

電話の向こうにいる粟島の渋い表情が目に浮かぶようだったが、八木原は彼の申し出を断り、アリバイ作りに協力してもらった礼だけ言った。持永の話では、さっそく東洋郷工務店本社に刑事がふたり現れたそうだ。寒川と丹野というふたり組だった。

ここ数日間の、八木原と持永のアリバイを尋ねたらしい。持永は警察の先を読んで行動している。粟島と曽和の協力を取りつけ、行きつけの料理屋などにも因果を含めてあった。政治家や一流企業の幹部らが利用するので、そもそも口が固く監視カメラなど元からつけない店だ。粟島は、さっそく刑事が彼を訪問し、昨夜の八木原のアリバイについて確認を取ったと教えるために電話してきたのだった。

『八木原、いいか。自分ひとりの問題だと思うな。結び目がひとつ解《ほど》ければ、全員が危険にさらされるんだ。わかっているだろうな』

粟島が珍しく強い言葉で説得を試みている。彼が、本音では八木原のためを思っているわけではなく、自分とパートナー電工の利益だけを考えているのだとしても、八木原はなぜか鼻の奥につんと刺激を覚えた。

「わかってるさ。心配するな」

粟島を宥《なだ》めて電話を切り、書斎の肘掛椅子に深々と身体を埋《うず》める。窓にかかる分厚い茶色のカーテンは、閉めたままにしてあった。その向こうには、八木原がたまに趣味で手入れをするささやかな庭園がある。形ばかりだが鯉も放してある池に、日本アルプスの山並みを思わせる岩と、松、楠《くすのき》、楓《かえで》などという花の咲かない木々が、自然に生えたようにさりげなく植わっている。真夏には、蟬《せみ》の鳴き声が銅鑼《どら》の音のようで、それはもうすさまじかった。

昨夜遅く世田谷の自宅に戻った時、妻の恵美子《えみこ》には理由を告げず、女友達と旅行に行くよう勧めた。不審に思ったかもしれないが、今朝、彼女は何も言わずスーツケースに荷物を詰めて出ていった。薄々、予感があったのかもしれない。娘のルリが入院している病院の近くにホテルでも取るつもりかもしれなかった。

――坊城を逃がしてしまった。

クーガを逃がしたことも痛恨だが、それ以上に坊城の件が惜しい。奴は、地下壕で起きたことを記憶しているだろう。

――これで自分は終わるのだろうか。

八木原は自問自答を繰り返している。クーガと坊城を逃がした時、自分の運は尽きたのだろうか。マギにハッキングされないよう固定電話は回線から電話機を取り外し、携帯端末は新たに契約を結んだものだけ使っている。警備員と共に籠城《ろうじょう》できるよう、一週間分の食料と水を準備し武器も揃えて、クーガを迎え撃つ態勢は整えたが、八木原の心には埋まらない空洞ができた。びょうびょうと風の吹く、真っ暗な穴だ。

携帯端末がけたたましく鳴った。電話番号が坊城の長男のものだったので、八木原は出なかった。すぐに留守番電話に切り替わり、坊城信彦の声が流れ始めた。

『八木原さん、私です。坊城です。父はまだ帰宅しません。会社にも現れません。何もかも知られたんじゃないでしょうか。どうしてこんなことになったんです？　今どこにおられるんですか。至急、連絡をください』

頭でっかちの臆病者めと、八木原は信彦のメッセージを無視した。生きるか死ぬかの戦いに臨んで、自分だけ安全圏にいられると考えるお坊ちゃまなど、どうでもいい。

坊城と下の息子の哲を片づけたら、次は信彦だ。あの若者は、うまく八木原にとりいったつもりでいる。いつまでも会社の実権を握って離そうとしない父親と、将来確実に会社の屋台骨を蝕《むしば》むであろう弟を排除し、加賀屋不動産を自分が率いるつもりなのだ。

——馬鹿な小僧だ。

八木原のデスクには、ウイスキーのデカンタとグラスが出ていた。東洋郷工務店を起業して、一代でここまで育てた八木原は、生涯奢侈《しゃし》とは縁がなかったが、唯一の贅沢がウイスキーだ。酒の蘊蓄《うんちく》を傾ける趣味はないが、自宅に常備しているのは国産の高級ブレンデッドウイスキーだった。

氷も入れずグラスに注ぎ、ぐいとひと口呷る。穀物とアルコールの芳醇《ほうじゅん》な香りが口中に広がり、次の瞬間には喉から胃にかけて痛いような熱さが走るが、それが心地よい。

信彦を始末するのに、暴力的な手段に訴える必要はない。ルリの件があった後、八木原は東洋郷工務店と表向き関わりがない複数の会社を通じて、加賀屋不動産の株式を少しずつ買い集めさせている。いずれ名義をすべて東洋郷工務店に書き換える。

甲府の研究所で起きた事件以来、自分たち五人は一蓮托生で互いにしがみつくように生きてきた。またそれが、それぞれの利害関係とうまく結びついて、銘々の立場を良くすることにもつながってきた。

しかし、このあたりが限界だ。

坊城は自分とよく似た男だった。だからこそ、我慢ならないこともある。特に、甲府の件に関する奴の反応が嫌味だった。八木原が自分の膂力《りょりょく》を見誤り、巴博士を死なせてしまったことを、奴は粘着的に馬鹿にしていた。自分ならあんな真似はしなかった、と折に触れて口に出した。まるで、この十五年間の罪の意識は、すべて八木原の責任だと言わんばかりだった。その鼻持ちならぬ態度を、そのまま受け継いだ自堕落な息子が、ルリを自殺未遂にまで追い詰めた。ひとり娘で、甘やかして育てたかもしれない。それは認める。親の欲目で見ても、東洋郷工務店を継ぐ器量はなかった。娘婿になる男が、よほどの男ならそいつに継がせてもよし、将来会社を潰しそうなら経営にはタッチさせず、生涯幸せに送れるだけの資産を残してやるつもりだった。

――それが、どうだ。

哲の問題が女遊びだと告げたとたん、坊城は鼻でせせら笑った。「なんだ、女か」と吐き捨てた奴の言葉を思い出すと――。

八木原は、握り締めたバカラのロックグラスを、怒りにまかせて机に振り下ろした。分厚いガラスは割れなかったが、中のウイスキーがデスクに撒き散らされる。窓の外で、ヒヨドリがヒイヨと甲高く鳴き、飛び立つ翼の音が聞こえた。鳥も驚いたのかもしれない。

「殺してやる」

低く囁く。今はそれしか考えられない。坊城と哲を殺す。罪の輪に縛り付けられた似たもの同士の間に、この十五年間、積もりに積もった怒りと恨みと憎しみとが、膨れ上がった風船を錐《きり》でつついたように、いっきに噴出した。

坊城がクーガと協力態勢を敷こうが関係ない。持永に坊城の行方を捜させているところだった。自宅にはあれきり現れない。妻と息子が反旗を翻《ひるがえ》したことに気がついたのかもしれない。クーガが殺したとは思えなかった。それならわざわざ地下壕から助け出す必要もない。あるいはクーガが坊城を拉致しているのだとしたら、甲府の研究所から誰かが持ち出したという研究資料を、坊城が隠し持っていると疑ったのだろうか。

――まさか。

唇に苦い笑みが浮かんだ。坊城の奴は自分と同じで、そういう意味で要領良く立ち回ることができない。世界の秘宝に匹敵する書類が目の前にあっても、知らずに竈《かまど》の焚《た》きつけに使うだろう。

坊城は、八木原が自分を殺そうとしたと訴え出るだろうか。――それはない。警察に訴えれば、あの日なぜ八木原と八王子の地下壕に入ったのか、説明しなければならない。奴も脛《すね》に傷を持つ身だ。だから当然、警察ではなく、反社会勢力と結託して自分を追い詰めようとするはずだ。——例えばクーガのような。

デカンタから、ストレートのウイスキーをなみなみとグラスに注いだ。水を飲むように喉を鳴らして飲む。多少の酒では酔えない性質で、こんな時にはそれがプラスにもマイナスにも働くのだった。カーテンを閉めきっているのは、庭園を警備する持永の配下を見たくないからだ。彼らは武装し、クーガや坊城が乗り込んでくるのを待ちかまえている。庭と家の周りに合わせて三人、邸内の一階に五人。警備会社と契約するよう粟島が勧めたことを思い出し、八木原は鼻を鳴らした。警備会社が、クーガと坊城の奴を叩き殺してくれるとでもいうのか。

他の面子《メンツ》には、自分が坊城を殺そうとしたことや、坊城と自分の間にあるわだかまりについて話していない。クーガを罠にかけるため地下壕に入ったが、なぜかクーガがこちらの手の内をすべて読んでいて、坊城を拉致して去ったと説明してある。隠していることはあるが、嘘は言ってない。坊城が奴らに泣きつく可能性はゼロではないが、疑心暗鬼になった坊城なら、誰を信用していいのか見定めようとするだろう。時間はある。

また携帯端末が鳴り始めた時、八木原は空いたデカンタの代わりに、新しいボトルを取りにサイドボードに向かうところだった。電話は持永からだった。

『坊城が現れました』

持永の言葉は、いつもそっけないくらい短いが、明確だ。

『加賀屋不動産の営業部にいる、定年間際の窓際社員を呼び出しました。盲点でしたが、その男は坊城が父親の不動産屋に入社した時、最初からいた古株社員のひとりでした。会社から何かを持って来させたようです』

「よくやった」

坊城の財布や携帯端末などは、すべて取り上げ始末した。金もなく通信手段もない坊城は、古参社員に助けを求めたのか。息子の裏切りを知り、誰を信用すればいいのかよくわからなくなっているのかもしれない。取締役も秘書も、息子の側についている可能性がある。坊城は、八木原と同じくワンマン社長だった。煙たがっている人間は多いはずだ。

『坊城の後をつけます。状況を見て、始末します』

八木原は一瞬、迷った。本当は、坊城が苦しみ悶《もだ》えて死ぬところをこの目で見たかった。

「わかった。お前の判断に任せる」

持永ならきっと、うまくやる。坊城は、この世から静かに退場する。最初はクーガと相討ちしたように見せるつもりだったが、もうその手は使えない。ならば、坊城の存在そのものを消し去るまでだ。埼玉で、現在請け負っている都市開発の現場があった。五十階建ての高級マンションの現場では、今ちょうど基礎を打っている。タイミングが合えば、コンクリートの中に埋めてしまえる。そうすれば半永久的に見つかることはない。高層マンションの基礎に埋まった人骨を掘り出すのはよほどのことがあった時だけだ。

——坊城は消える。

そして、加賀屋不動産は八木原の手に落ちる。東洋郷工務店は安定した繁栄を続けるだろう。しかし——。

八木原は通話を終えた携帯端末を、投げ出すように机に落とした。

生涯をかけてここまでにした会社を、継がせたい相手もなければ、資産を残すべき子どももいなくなった。植物状態で病院のベッドに横たわるルリを除いては。

——人工授精で、もうひとり子どもを作ろうか。

そうもちかけた時の、獣を見るような軽蔑に満ちた、妻恵美子の目つきも忘れられない。まさか、彼女に産めと言うはずがない。若い女の腹を借りるのだ。男性は六十代でも充分子どもをつくることが可能だという。

窓の外でヒヨドリがキイキイと鳴いている。

「うるさい奴らだ」

八木原は、立ち上がって遮光カーテンを勢い良く開いた。鳥たちがいっせいに窓のそばの樫《かし》から飛び立つ。鼻を鳴らし、八木原は鬱々とした眼差しを庭園に注いだ。ここしばらく雨が少なく、池の水が澱《よど》んで鯉の影が見えない。それでも、時おりちらりと黒い背びれが水を切って進んでいく。

何かがおかしい。この張り詰めた空気は何だろう。鳥もすっかり姿をひそめてしまった。木々は芝生の上に黒々と秋らしい長い影を落としている。――

――警備の男がいない。

つい先ほどまで、庭の隅に立ち油断なく身構えていた持永の配下が、消えた。八木原は慌てて机に飛びつき、一番上の引き出しを開けた。奥の隠しぶたを開けて取り出したのは、小型の拳銃だった。こんな時のためにと、持永が用意したものだ。

――クーガが来たんじゃないか。

持永に知らせなければならない。そして、彼が戻るまで持ちこたえなくては。まだ屋敷の中に五人残っている。いざとなったら自分も戦う。これでも昔は街で暴れ回ったのだ。

拳銃の安全装置を外し、グリップを握ったまま携帯端末に手を伸ばした。玄関のチャイムが鳴っている。誰かがしつこく玄関の扉を叩いている。クーガかと血迷い、馬鹿なと打ち消す。奴らが押し入る前に、チャイムなんか鳴らすはずがない。

「八木原さん！　私です、八木原さん！」

あの声は坊城信彦だ。性懲りもなく、自宅にまで押しかけてきたらしい。

携帯端末が鳴り始めた。邸内の警備をしている男からだった。

『社長、坊城信彦氏がお見えですが、帰っていただきますか』

困惑している。さすがに、力任せにドアを叩くような男が現れるとは考えていなかったのだろう。誰が来ても通すなと厳命したはずだ。そう怒鳴りつけようとして考え直した。信彦を脅すいい機会かもしれない。

八木原は再びカーテンの陰に忍び寄り、庭園を見下ろした。おや、と目を細める。先ほど見えなかった警備の男が、所定の位置に戻っている。ブラックスーツに無線機を身につけ、胸のあたりがわずかにふくらんでいるのは武装しているためだ。なんだ、玄関に誰か来たので、様子を見に行っただけか。

「ここに通せ」

急いで銃を隠しながら、命じた。坊城の代わりに、息子のほうをいたぶってやってもいい。嗜虐《しぎゃく》の喜びに唇を緩めながら、八木原は肘掛椅子に腰を下ろした。

携帯端末が再び鳴り始めた。持永だった。

『社長、坊城を尾行中ですが、少し気に――るこ――……』

急に電波の状況が怪しくなり、途中で通信が切れてしまった。地下にもトンネルにも、あらゆる場所に電波が届くようアンテナが設置された昨今、珍しいことだ。八木原は端末を覗き、おかしなことに気がついた。

――通信不能になっている。

電波が届いていないのは、こちらの端末のようだ。持永に電話をかけ直そうと試みたが、端末は黙り込んだままだった。あちこち向きを変えても無駄だった。

――誰かが、一帯の通信を妨害している。

八木原は再び引き出しから銃を取り上げた。持永の救援を当てにすることもできない。今度こそ、危機が身近に迫っていることは、間違いなかった。

10

ハートフルPR社は、全面ガラス張りにした三十六階建てビルの十七階にある。セキュリティを確保するため入館の手続きが面倒で、面会の約束も取らずふらりと押しかけた寒川と丹野は、受付の女性にさんざん冷たくあしらわれた。どこもかしこもガラスと金属で造られた眩しい建物だ。東洋郷工務店とどこか似ている。頭の中に思い浮かべて比較し、ようやくわかった。どちらも、緑がないのだ。観葉植物のひとつもない。絵もない。ただ機能的で清潔で、ぴかぴかしている。

「とうとう、最後まで曽和社長は顔を見せませんでしたね」

地下鉄の改札のようなビルの出口をくぐりながら、丹野がぼやいている。

昨夜は丹野とふたりで八王子まで遠征し、タクシーを捕まえて銃声が聞こえたという住宅地周辺まで走らせた。当然のことだが周辺道路はパトカーでいっぱいで、彼らの乗ったタクシーも途中で止められ、警察手帳を見せて事情を説明しなければならなくなったほどだ。寒川らが到着した時には、事件は終息した後だった。八王子署は、当夜の職務質問で四人の男性を逮捕したと発表した。全員が拳銃やナイフなどを不法に所持しており、うちふたりの銃には発射した痕跡があった。

朝になって、近くの民家から家宅侵入の被害届が出たそうだ。クーガが拳銃を持った男たちに狙われ、民家に逃げ込んだというのが八王子署の見解だ。クーガも武装しているはずだが、昨夜は応戦した様子がない。摑みどころのない連中だ。

逮捕された四人は、杉並区に本社を持つＨＩＢ工務店で働いていた。従業員百名ほどの中堅の工務店だ。正社員ではなく期間雇用社員だった。会社は銃刀法違反について関与を否定しているが、警視庁は本社の家宅捜索令状を取り、今まさに家宅捜索の真っ最中のはずだった。

――どうも、気持ちの悪い事件だ。

朝一番に東洋郷工務店に行き社長に面会を求めたが、またしても不在で、代わりに秘書室長の持永という男から話を聞いた。熱海の事件があった日と、昨夜の八木原のアリバイを尋ねたところ、昨日はパートナー電工の粟島専務と、熱海の日はハートフルＰＲ社の曽和社長と会っていたと言われたので、裏を取りに来たのだ。

寒川たちが面会を求めたのは社長の曽和アンナだったが、応対したのは秘書の女性で、曽和は外出していると言った。

「いいじゃないか。八木原社長のスケジュールを確認する目的は果たせたんだから」

スマートで美人な女性秘書は、ノートサイズの端末を自在に操り、三日前の夜、曽和社長は午後六時から九時まで東洋郷工務店の八木原社長と会食したと淀みなく答えた。使われたレストランも、持永が答えたのと同じ店だった。予約を入れたのは誰かと尋ねた寒川に、秘書は動じず八木原社長側ですと答えた。

「人間不信になりそうですよ」

ビルを出ると、柔らかだが眩しい秋の光が目に差しこんでくる。ぼやく丹野に、寒川は苦笑した。この仕事に就いて、今さら人間不信になりそうだなどと言えるなら、上出来ではないか。

「あれだけ若くて綺麗な女の人が、けろっとした顔で大嘘をつくなんてね」

「なんだ。そいつは人間不信じゃなくて、女性不信って言うんじゃないか」

からかうと、そうかもしれませんとぼやいて丹野も笑いだす。パートナー電工の粟島専務には先ほど直接会い、昨夜の予定を尋ねたところ、やはり八木原と会っていたという話だった。会食したという料亭やレストランにも足を運んで確認したが、間違いなく八木原と持永が来ていたという。その答えが、かえって寒川に八木原のアリバイが偽物だという確信を抱かせたのだ。だいたい、高級料亭やレストランが、客の来店情報をそうたやすく漏らすはずがない。答えられないと断って初めて、こちらも納得したというのに、馬鹿な話だ。

「これから八木原社長の自宅に行きますか」

「そうだな」

八木原は通勤用のマンションではなく、世田谷の自宅にいるはずだった。

地下鉄の駅に向かおうと歩きだし、制服姿のふたり連れとすれ違った。濃紺のジャンパーに黒いパンツ。ひとりは、刑事の寒川が寒気を覚えたほど大柄な体格で、短く刈った髪をつんつんと立てているが、驚いたことに顔と身体つきをよく見ると女のようだった。隣に並んだ男のほうが華奢に見えたが、こちらも並みの男よりは鍛えた体型だ。すれ違いざま、ジャンパーの肩に縫いつけられたワッペンに視線を吸い寄せられた。

──黒い鷹のマーク。

どこかの警備会社だろうか。身のこなしに隙がなく、ただ歩いているだけなのに周囲を威圧するかのようだ。女のほうは他人に目もくれず、背筋を伸ばして堂々と歩いていくが、男のほうはさりげなく周囲を観察している。

思わず振り返って彼らの行き先を確認した。ふたりは寒川たちが出て来たばかりのビルに入り、受付で何事かを告げるとそのまま待った。受付嬢の笑顔を見る限り、寒川たちと違ってちゃんと約束があったようだ。

エレベーターホールから飛んできた女性を見て、寒川は目を瞠《みは》った。ハートフルPR社の、曽和社長の女性秘書だ。しきりに頭を下げ、さっきは見せなかった笑顔を作って話しかけている。あのふたりは、曽和に雇われたのだろうか。

奥のエレベーターに向かう前に、男のほうが突然振り返り、切れ長の目でまっすぐ寒川を見返した。年齢は三十代前半だろうが、それにしては肝の据わり方が尋常ではない。寒川がずっと見ていたことにも気付いていたらしい。特別、威嚇《いかく》するような視線ではなかったが、真剣の切っ先で軽くつつかれ、手の内を読まれたような気分だった。

「ブラックホークじゃないですか」

丹野が寒川の視線に気付いたように囁く。

「なんだって」

「昨日お話しした、外国資本の警備会社ですよ。スーパー・ガード法案が通過したので、日本法人を設立すると発表した、例の」

「待てよ。法案が通過したのは昨日だろう。日本法人の登記もすんでないんじゃないのか。さっそく動きだしたのか？」

曽和は警備会社を雇うことにしたのだろうか。何のためだろう。相手は、警備員による銃器の使用許可が下りたとたん、日本に進出するような企業だ。

「どうも、嫌な予感がするな」

「どういうことですか？」

丹野を無視して肩をすくめ、駅に向かって歩きだした。

*

「どうしたんですか、それは」

八木原の手に握られた銃を見るなり、面食らったように坊城信彦が眉根を寄せた。

彼を書斎まで案内したのは、持永の配下のひとりだ。ＨＩＢ工務店の北沢《きたざわ》とかいった。

「下は異常ないかね」

八木原が尋ねると、北沢は鈍重な髭面でにこりともせず頷く。濃いサングラスに隠れた目の表情は読めない。

「異常はありません」

「私の携帯端末に、電波が入らなくなった。そちらはどうだ」

北沢が慌てて自分の端末を確認した。眉をひそめて何度も確認しているところを見ると、やはり電波が届いていないらしい。何が「異常はありません」だ、この馬鹿ものがと怒鳴りたくなるのをどうにか我慢した。

「他のみんなにも確認してくれ。警備を強化するんだ。持永とも連絡が取れない。場合によっては、ここから脱出する」

「わかりました」

ボディガードが慌ただしく去ると、坊城の息子は戸惑いを隠せずこちらを振り向いた。視力が落ちても手術で治せる時代だ。ファッションのつもりか、信彦は銀縁の気障な眼鏡をかけている。

「私の端末にも、電波が届いてません。局のアンテナの故障では？」

「クーガが近くにいるんだ。妨害電波を出しているんだろう」

大切なものはすべて取引銀行の貸金庫に保管してある。自宅から持ち出すべきなのは、当座必要な現金と、身を守る武器ぐらいだった。持永の指示で、薄い防弾チョッキを着用させられている。面倒だし暑いので不平をこぼしていたが、この時ばかりは持永の冷静な判断がありがたい。

「八木原さん、あれから父は自宅に戻りません。むろん会社にも」

信彦が手を絞るように握り合わせて訴えた。自分の尻も拭けない愚かな若者だ。

「その話は後だ」

「父にばれたんじゃないでしょうか。八木原さんから逃げたのなら、自宅か会社に戻りそうなものです」

癇癪を起こしそうになったが思いとどまる。

「いいか、信彦君。君はお父さんを殺害する計画に加担したんだぞ。今さら何を甘えているんだ。度胸を据えなさい」

信彦の顔は蒼白で、この男が度胸などかけらも持ち合わせていないことを表していた。結局この男は、父親と弟を排除して自分が会社の指揮を執るという妄想を描いただけで、それに伴う流血沙汰や、憎しみや怒りについて何も考えていなかったに違いない。

「ここを出る。一緒に来なさい。クーガも他人の目があれば無茶はできないだろう」

ここを出て移動すれば、電波も復活するだろうから持永と連絡が取れる。閑静な住宅地とは、それだけ他人の目が届きにくいということでもある。

カーテンを開け、庭の様子を確認した。先ほどの男は、同じ姿勢で庭の隅に立ち、油断なく四囲に注意を払っている。庭園はあいかわらず静かで、鳥の声もない。今のうちに出よう、と決意を固めた。

八木原は、何気なく池に目をやった。濃い緑色に染まった池の水は、さざ波ひとつない。その中央に、黒い影がある。じっと目を凝らした。鯉が腹を見せて浮かんでいるかのようだが、ふくらんだ黒い布地のようでもある。よりによってこんな時に、不吉すぎる。思いついて窓を銃の先でコツコツと打ち、警備の男の注意を引いた。男がこちらを見上げた。

――にたりと笑った赤い唇、サングラスで隠した目。

八木原はわっと叫び、窓から飛びのいた。あれは違う。あの男は、先ほどまであそこにいた持永の配下ではない。

「どうしたんですか」

信彦がいぶかしんでいる。警備の男が別人だとわかると、池に浮かんでいるものの正体が、八木原にもわかった。あれは本物の警備員だ。殺されて池に投げ込まれたのだ。事態が悪化したことを悟った。クーガはついに、殺人という禁忌を破った。これまで奴らは、熱海でも八王子でも、本社を銃撃しても、決して殺人は犯さなかった。死んだ砺波は、クーガとの内通を疑った八木原が持永に始末させたのだ。それが今や、クーガは殺しをためらわなくなった。

階下でチャイムが鳴っている。また誰かが来たのだろうか。それとも罠か。階下にいる警備の連中に、庭の警備員は替え玉だと知らせなければいけない。庭と建物の周囲に配置された警備員は三人いたはずだ。みんなやられてしまったのだろうか。

こんな無法な事件が、この日本で起きていいはずがない。窓から離れて書斎のドアを細く開き、階下の様子を窺いながら、八木原は世界がジグザグに浮遊を始めたような、めまいを覚えた。世界でも有数の治安がいい国家の、首都にいるのだ。いくら、数日前に警視庁のコンピュータシステムがハッカーの手により破壊され、警察機能の一部が麻痺しているとは言え――。

「そうか、あれもクーガの仕業だったのか」

ようやく気付き、唇を嚙みしめた。何もかも用意周到に準備されてきたのだ。マギと名乗る男の言葉を信じるなら、それは十五年前、自分たちが犯した罪が発端だった。クーガの無法を罵った自分だが、巴博士の命を奪い、屋敷ごと研究の成果を焼きつくした自分たちの行為も、酷《むご》いことに変わりはない。結果的に生きていたらしいとはいえ――小学生の子どもまで焼き殺しかけたのだ。その後の十五年間、自分たちは事件について完全に口を拭い、互いを監視しあうような状況で、仲間のふりをして暮らしてきた。罪の鎖で自分たちを縛りあげ、繁栄を謳歌《おうか》してきたのだ。

——因果応報だ。

自分らしくない感慨だったが、さすがの八木原もそう考えないわけにいかなかった。

「誰か来たんでしょうか」

おそるおそる近づこうとする信彦を、銃口で足止めした。信彦は息を呑み、呆然とこちらを見ている。自分に向けられる銃口を見て初めて、ことの重大さが呑みこめたようだ。

階下は静まりかえっていた。いくらなんでもおかしい。五人もいた警備員はどこに行ったのだろう。様子を見てくると階下に降りた先ほどの男はどうしたのだ。クーガには、声もあげさせずに五人倒す凄腕がいるというのか。甘く見たつもりはなかったが、自分はやはりクーガを舐めていたのだろうか。

チャイムがしつこく鳴り続けている。

死ぬまでここにじっとしているわけにもいかない。短い時間で腹を決め、八木原は書斎を出て階段に向かった。ついてくる勇気はないらしく、信彦は書斎にとどまっている。階段を少し降り、階下を覗いてぎくりとした。誰かが倒れている。男の足が、居間から廊下に長々と伸びていた。死んではいない。軽いいびきが聞こえてくる。

――やられた。

八木原は階段を駆け上がった。妙な臭いが鼻に残った。何かのガスのようだ。一階の窓は閉めていたはずだから、換気扇の隙間などから、催眠ガスを注入したのかもしれない。

書斎に飛びこみ、ドアを閉めた。ガスの流入を防げるはずはないが、少しはマシだろう。

「敵は階下に催眠ガスを撒いた。信彦君、ドアの隙間にこれで目張りをするんだ」

ガムテープを見つけて信彦に投げた。さして気密性の高くない日本式家屋だ。そのうち外に漏れていくだろう。階下のガス濃度が下がった頃合いを見て下に降り、逃げ出すほかない。どんな催眠ガスを使ったのか知らないが、一階にいる警備員だけがやられたところを見ると、比重が大きく下に溜まりやすいのかもしれない。信彦は従順にテープを張り始めた。

これでは外部に助けを求めることもできない。庭には妙な男がいる。あれもクーガの一員に違いない。

「けい、警察に通報しましょう」

信彦の声が上ずっている。それを無視して、携帯端末をもう一度確認した。通報できるくらいなら、何も問題はない。

突然、携帯端末が鳴り始めたので、あやうく飛び上がるところだった。相手の番号は通知されていない。汗ばむ手で通話ボタンを押すのがやっとだった。

『運のいい人だね、八木原さん』

聞き覚えのある声が流れた。熱海にいた火傷の痕を持つ男——マギだ。

『あんた、命拾いしたようだ』

「なんだと」

この状態で命拾いと言われても、嫌味としか思えない。顔をしかめて口を開きかけた時、外で銃声が聞こえた。

『だけど、あんたはこれで終わりだ』

ガラスの割れる音がする。男が叫んでいる。通信は切れた。八木原はこわごわ窓に近づき、庭を見下ろした。あの男の姿が消えている。二度目の銃声は、先ほどよりも遠くに離れていた。

「大丈夫か！」

誰かが下で叫んでいる。

＊

八木原邸のチャイムを何度鳴らしても、応答はなかった。

「電話をかけてみろ」

寒川の指示で、丹野が八木原の自宅の番号にかけ始める。その間も、寒川はしつこくチャイムを鳴らし続けた。

「呼び出していますが、誰も出ません」

丹野が携帯端末を耳に当てたまま首を振る。

「呼び出してるだと？」

それにしては気味が悪いくらい静かだ。耳を澄ましてみても、呼び出し音など漏れてこない。

八木原が家族と住む自宅は世田谷にあり、敷地が四百坪ほどもある立派なものだった。金持ちの邸宅にありがちな背丈より高い塀で周囲をかこみ、防犯カメラが気に障るほど設置されている。門から内部を透かし見ると、敷石の向こうに和風の玄関がある。二階建ての風流な和風建築の窓は、どれも雨戸が閉まるか、カーテンが閉じられているようだ。やはり不在なのだろうか。

「寒川さん、変な臭いがしませんか」

指摘されてやっと、寒川も薬品の臭気に気がついた。丹野が携帯をポケットにしまうと、いきなり身軽に門扉によじ登った。

「おい、丹野！　よせ！」

八木原の自宅に対する家宅捜索令状があるわけでもないのに、刑事が不法侵入では今後の捜査にも差し支える。慌てて引き止めようとしたが、丹野があっと叫んで拳銃を抜いたので、さらに驚愕した。

「寒川さん、あの男です！　京橋の」

京橋のビルから、東洋郷工務店の本社を狙撃した奴だと気付き、寒川も銃を抜いた。

銃声が轟《とどろ》き、すぐそばの地面でビシリと何かが弾《はじ》けた。丹野が門扉から飛び降りて逃げてくる。その頬に赤い筋が一本ついている。

「馬鹿、無茶するな！」

預かって四日で、丹野に何かあったら、こっちの寝覚めが悪い。

「大丈夫です」

「応援を呼ぼう。電話してくれ」

丹野の肩を叩き、寒川は門扉によじ登った。銃声がして、刑事が撃たれたのだ。現行犯逮捕できる。窓ガラスを叩き割る音がして、寒川は銃をかまえて身を隠す場所を探した。黒いスーツ姿の男が、鬱蒼《うっそう》と茂る庭の木々に隠れながら遠ざかっていく。

「待て！」

こちらを振り返り、にっと唇の端を持ち上げた顔は、確かに京橋で防犯カメラに残された男のものに間違いなかった。男が逃げていく。あいつはクーガの一味だ。ひとり捕えれば、連中を一網打尽にできるかもしれない。うまくいけば、警視庁のコンピュータシステムを壊滅状態に追い込んだ、マギを逮捕できるかもしれない。

勢いこんで男を追う。丹野も再び門扉を乗り越え、転がるように駆けてくる。男は庭園を囲む塀の前に立ち、こちらに何発か銃を撃ちこんだ。わざと狙いを外したのか、弾は明後日の方向に飛んでいったが、こちらを釘づけにした隙に、男は身軽に楠によじ登り、塀を飛び越えて向こう側に逃げた。

「寒川さん！」

丹野が叫んでいる。応援要請が効いたのか、銃声を聞いて近隣住民が通報したのか、早くもパトカーのサイレンが聞こえてきた。寒川は丹野が指差す方向を見て、割れた一階の窓と、その向こうに倒れている複数の男の姿にはっとした。

「寒川さん、奴は僕が追います！」

無理するなと声をかけるより早く、丹野が猛然とダッシュする。鉄砲玉のようだった。木に登って塀を乗り越えるのも、堂に入ったものだ。

——止めても無駄だな。

丹野の運を信じるしかない。

寒川は屋敷に向かった。あの男は、この光景を彼らに見せるために、わざと窓を割ったのだ。死んでいるのかと恐れたが、いびきが聞こえてきた。窓に近づくにつれ、例の薬品臭が強くなる。たいして効果はないだろうが、気休めにハンカチを取り出して鼻と口を押さえた。倒れている男たちは皆、拳銃を握っている。

「なんだ、これは」

窓が割れたため、屋内の空気は急速に清浄な状態に戻りつつあるようだ。窓のクレセント錠を開けるのは簡単だった。ガラスが散乱しているので、寒川は靴を履いたまま屋敷に上がりこんだ。ひとりずつ、倒れた男のそばに寄って脈を取り、拳銃が実銃に間違いないことを確認した。全員、銃刀法違反の現行犯で逮捕できそうだ。念のため、台所の換気扇を回して換気を急いだ。

パトカーのサイレンが近くで停まった。玄関に回り、戸を開けた。

「こっちだ！」

到着した警察官らを呼び込む。事情を説明し、念のために救急車を呼び、一階に倒れている男たちを逮捕して、丹野に協力してクーガを追跡するよう指示した。

「この家からは誰も出さないようにしてほしいんだ。まだ、何があるかわからない」

寒川もこの屋敷に用が残っている。武装した連中がこれだけいるということは、ここに八木原がいるのだ。二階を見上げ、ゆっくり階段を上った。

「八木原さん！　警察です」

ひと部屋だけ、ぴたりとドアの閉じた部屋がある。人の気配もした。八木原はそこにいると確信した。

「ここを開けていただけませんか」

銃を握ったまま一歩離れ、中に呼びかける。不測の事態に備えるためだ。室内は静かだったが、ひそやかな緊張感が漲っていた。やがてテープを剝がすような音がして、ドアが内側に向かって開いた。

開けたのは、蒼白な顔色の若い男だった。その向こうに、こちらは少し落ち着いているが、書斎の机に手をついて立つブルドッグのような顔の男がいる。八木原に違いなかった。寒川は、東洋郷工務店の社長のあだ名を思い出した。

「八木原社長ですね」

八木原の喉仏が大きく上下する。

「――そうだ」

何が百戦錬磨の彼をそこまで緊張させているのか、わからなかった。寒川は警察手帳を取り出し、ふたりによく見えるよう掲げた。その瞬間、八木原の右手がそわそわと動くのを認めた。油断なくふたりを交互に見つめながら近づいていくと、彼のすぐそばに、引き出しがある。

「八木原さん。その引き出しを、開けていただけませんか」

土気色に変化した彼の顔を見て、開けるまでもなく中身の見当がついた。それでも、観念した八木原が言われた通りにするまで、寒川は静かに待っていた。

11

会議室の前では、濃紺のジャンパーと黒いパンツ姿のボディガードが、隙のない視線を周囲に配っていた。粟島が警護を要請した、ブラックホークの社員だ。

「ハートフルPRの曽和です。粟島さんに呼ばれました」

曽和アンナもブラックホークの警備員をひとり連れている。もうひとりは駐車場の車内で待機しているはずだ。扉の前に佇立しているボディガードは、曽和の斜め後ろに立つ仲間と目を見交わし、頷いた。

「どうぞ中へ。皆さんお揃いです」

ヘッドセットのマイクで何か話しかけると、中からドアが開いて、体格のいい女性ボディガードが彼らを招じ入れた。会社からここまでずっと、曽和を警護してきたボディガードが一歩下がり、廊下に留まる。

「私はここでお待ちしています」

お願いします、と応じるのも間が抜けているようで、曽和はそちらに頷きかけて室内に入った。今日、曽和はオリーブグリーンのスーツを着てきた。あらたまった席になる予感がした。楕円形《だえんけい》のテーブルに、三人の男が先に着席している。都内一流ホテルの会議室を借りた。誰かの会社に行ったり、レストランなどで会ったりすれば人目につく。そう栗島が主張したのだ。

「やあ、曽和さん。これで揃ったな」

パートナー電工の栗島専務は、空色のジャケットの胸ポケットから赤いポケットチーフを覗かせ、ダンディぶりを見せつけるように足を組んで座っている。曽和は他のふたりを見回した。羽田工機の宮北財務部長は、神経質そうに指の爪をいじっている。心中を隠すことができない男で、だからいつまでたっても「万年財務部長」と呼ばれるのだ。ブラックホーク社に警護を頼んではどうかと栗島が提案した時も、曽和は社長権限で即決したが、宮北は自分にボディガードをつける理由を社内で説明できず、かといって自分で費用を負担する覚悟もなく、いまだにボディガードなしで通勤している。部長クラスではしかたがない。

もうひとりは、宮北とは対照的な鉄面皮だった。東洋郷工務店の持永秘書室長だ。鋼鉄の仮面のような顔に、氷の目を貼り付けている。

「——坊城さんは、まだ行方が知れないそうですね」

曽和は持永を見据えながら、肘掛椅子に腰を下ろした。持永についてはいろいろ噂を聞いている。扉の前に、ひとりだけ室内に残ったブラックホークの妹尾《せのお》という女性ボディガードが、仁王像のようにどっしりと構えている。女性だとは、最初に会った時には正直気付かなかった。妹尾容子《ようこ》という名前を聞いて驚いたくらいだ。彼女が、急ごしらえのブラックホーク・ジャパン社の、ボディガード部隊を束ねているらしい。スーパー・ガード法案が通過したとたん、ブラックホークが日本法人の設立を宣言して、まだ数日だ。以前から準備を進めていたのかもしれないが、おそるべき行動力と言うべきだろう。

「それより、八木原のことだ」

粟島が長い指を組み、唇を曲げて顔をしかめた。

「聞いていると思うが、昨日あいつは銃刀法違反で警察に逮捕された」

もちろん聞いている。それどころか、昨日からニュースはその件で持ちきりだ。東証一部上場の土木建築会社社長が、自ら拳銃を持ち、拳銃を持った男たちに自宅を警備させていたというのだから、世間の耳目が集まるのは当然だろう。砺波副社長の怪死と、本社の銃撃事件に続いて、なぜ八木原社長がそんなことをしたのか、憶測も含めてニュースが飛び交い、東洋郷工務店は大混乱に陥っている。

おまけに、八木原の自宅にはなぜか坊城の長男も同席しており、警察が踏み込んだ時に任意同行を求められている始末だ。

曽和は手を挙げた。

「――その話をする前に、ブラックホーク社の方には外に出てもらったらどうでしょう」

ボディガードにも守秘義務があるだろうが、これから話す内容は法律に触れるかもしれない。うかうかと他人の前では話せない。妹尾というボディガードは、にこりともせず粟島を見た。彼女を雇ったのは粟島だ。

「我々は、業務上知りえた内容を外部に漏らさないという契約に縛られています。ここでの会話を、私が誰かに話すことはありません」

粟島は細い眉を上げ、頷いた。

「この人にはここにいてもらおう。別に、聞かれてまずい話をするわけじゃない」

その答えが、会話の内容に注意しろという意味だと曽和も了解した。

「東洋郷工務店の本社、八木原社長の自宅とマンションの三か所に、警察が家宅捜索を行いました」

持永が表情を変えずに重い口を開いた。この男の肩書は秘書室長だが、本来の職務は八木原の個人的なトラブル解決担当だった。

「持永君、君がついていながらどうした」

粟島の声は、詰るというより淡々と指摘するかのようだ。腹の中は曽和と同様に煮えくりかえっているはずだった。

——逮捕されるとは。

八木原が何かに怯えるあまり、身を守ろうとして拳銃を用意したことは、警察もすぐに見抜くだろう。熱海の砺波の件や、本社の銃撃事件もある。共にクーガの犯行と見なされているから、八木原がクーガに脅されたという結論にたどりつくのは小学生でも簡単だ。

「八木原はしぶとい男だからな。まさか、逮捕されて過去の弱みをべらべら喋るような奴じゃないだろう」

粟島が目を光らせる。もし八木原が警察に昔のことを話せば、五人が一蓮托生で逮捕される。殺人に時効があった時代とは違うのだ。十五年前、甲府で起きた事件が明るみに出れば、彼らは社会的に抹殺され、刑務所行きになる。

「社長はこのまま黙秘を通すつもりです。弁護士を通じて、逃亡の恐れなしと主張させていますから、保釈金を積んで近々保釈を勝ち取るつもりです」

持永の言葉を額面通りに受け取ることはできなかった。事件について黙秘し、捜査に協力的でない被疑者が、保釈されるかどうか怪しいものだ。

「どうしてこんなことに？　坊城さんも行方不明だというし、クーガはいったい何をしたんです？」

曽和は、苛立ちのあまりテーブルを爪の先で叩いた。きれいに調えた爪が傷むのも忘れていた。

「その前に、確かめたいことがあります」

持永が冷ややかな視線をテーブルに着く全員に投げかけた。

「なぜ、社長の企みがクーガに筒抜けになっていたのか。その理由です」

「本当に筒抜けになっていたのかね」

粟島も負けじと冷たい声で応じる。

「ゴルフ場で計画を練った時の会話が漏れていたとしか考えられません。その理由を知りたいのです」

ゴルフ場に坊城以外のメンバーを集めた時、八木原は神経質を通り越して偏執狂的になっていた。携帯端末を身につけさせないだけでなく、探知機を使って全員の身体検査を行い、盗聴されていないか確認していた。マギが八木原の端末に侵入し、会話やスケジュール、メールのやりとりなどが筒抜けになっていたからだ。

「この会話も漏れている可能性があります」

持永の指摘に、まさかと粟島が眉をひそめた。彼自身も、ブラックホーク社の要求を容《い》れて、参加者の携帯端末や通信機器を遠ざけるなど、念入りな準備を怠らなかった。さすがにメンバーの身体検査までは行わなかったが、それは仲間を疑っていないからだろう。八木原は誰ひとり信用しなかった。

「ちょっと失礼」

持永が、ドアの前に無関心そうに直立する妹尾を振り返った。

「盗聴器の探知装置をお持ちですね。お借りできませんか、ほんの少しの間です」

妹尾は即答せず、粟島が頷くのを待って懐から警棒のような装置を取り出した。持永は慣れた様子で装置のスイッチを入れ、テーブルに着いたまま彼らの会話をぼんやり聞いていた宮北につかつかと近づいた。

「立ってください」

「何をする！」

臆病な宮北が、顔を土気色にして立ち上がる。その身体に、持永は文句を言う隙も与えず探知装置を当てて滑らせた。とたんに甲高い電子音が鳴り響き、曽和は驚愕のあまり椅子を後ろに倒しそうになった。

「やはり、あなただったんですね」

宮北が盗聴器を隠し持っていると知って、その場にいる全員が凍りついた。しかし、宮北本人も酸欠になった金魚のように口をぱくぱくと開き、自分の胸を押さえて首を振った。

「誰かがクーガと通じていると、疑っていたんです。あなただったとは、宮北さん」

「違う！　私が盗聴器を持ってきたとでも言うのかね？　まさか、冗談じゃない！」

言葉だけでは飽き足らず、上着を脱いでポケットを片っ端から逆さに振り、それでも何も出てこないとワイシャツまで脱ぎ捨てた。中年男の時ならぬストリップに、曽和は呆れて目を瞠った。

「待て――待ちなさい、宮北君」

下着まで脱ごうとした時、粟島がようやく彼を制止した。

「落ち着きなさい。本当に、身に覚えはないんだな？」

「あるわけないだろう！」

宮北の細い目には涙がうっすら浮かんでいる。それさえも醜悪だった。

「クーガと通じているだと？　この私が、そんな馬鹿な真似をするはずないだろう！」

「わかった。──君、しばらく前に心臓のペースメーカーを埋める手術を受けたな」

「──ああ。受けたよ」

　粟島が何を言いだすのかと、彼らは注目した。

「病院はどこだ？　医者は何という」

　戸惑うように宮北が目を瞬いた。

「私が通っているのは、中央区の篠山《しのやま》クリニックだ。医者の名前も同じ篠山だ」

「いつもそこにかかってるのか？　よく知っている医者か？」

「かかりつけだよ。今まで黙っていたが、半年前に心筋梗塞で死にかけたんだ。手術室の予約がいっぱいで、手術は別の病院を紹介されて受けたが」

　粟島が深いため息をついた。

「君の身体に埋められたのは、ペースメーカーだけではないかもしれんな」

　一瞬きょとんとした宮北の顔に、じわりと汗が滲む。粟島は、宮北の体内に盗聴器が仕掛けられている可能性を指摘したのだ。

　──クーガの奴。

　曽和は腰が抜けたように座り込んだまま、宮北を見つめた。人間の身体の中に、手術で盗聴器を仕込むだと。油断も隙もない連中だ。いったい奴らは、いつからこの五人組を陥れるために準備を進めていたのだろう。自分たちが気づかないうちに、着々と――。

「失礼ですが、中に入っているものをこちらで調べさせていただきましょうか。その方をお連れする間、しばらく席を外しますが」

妹尾が声を掛けた。助け船だと感じたのか、粟島がほっとした顔つきで「頼む」と言うと、彼女は宮北の手を取って身体を支え、脱ぎ捨てた衣類なども集めて、そろそろと外に連れ出した。呆然自失した宮北は、そのまま気絶しそうな顔色だった。

「――これで、情報漏れの原因がわかった。とりあえず、一歩前進だ」

粟島は自分に言い聞かせるように言った。

「坊城はどこにいる？　正直に教えてくれ。持永君、君は何か知っているな」

「見失いました。加賀屋不動産の、立ち上げ当時からの部下を呼び出して金を借りたところまでは確認しましたが、尾行の最中に八木原社長が逮捕されたという急報を受けたため、坊城氏の追跡を諦めました。今どこにおられるのか、私にもわかりません」

ブラックホークの妹尾が退室している間にと考えたのか、持永は簡潔に坊城と八木原の間で起きた諍《いさか》いについて説明した。八木原の娘が、坊城の次男と恋愛関係に陥ったあげく、自殺未遂を起こして、八木原が仇討ちのためクーガと共に坊城も殺そうとしたなどと聞かされると、もはや何を言う気も起こらない。この大切な時期に、奴らは何をしていたのだろう。

「八木原が逮捕されたら、坊城はもう姿を隠す必要がないんじゃないのか」

「今の坊城氏は、家族も会社の部下も、誰ひとりとして信用できないのかもしれません。妻と、会社を継がせるつもりの長男にすら裏切られたと聞かされていたら」

「お気の毒とは思いますが、同情はできませんね。そのせいで、こうして全員を危険に晒《さら》しているんですから」

曽和は思わず吐き捨てたが、粟島が宥めるように手を振るのを見て唇を嚙んだ。

「確かにそうだが、八木原や坊城の責任とも言い切れない。クーガが周到に罠を仕掛けたんだろう。八木原の娘が自殺未遂を起こした件だって、怪しいと思わないかね」

「まあ、それは」

「いいか、曽和さんも持永君もよく聞きたまえ。クーガの狙いが何であれ、弱みを見せてはいけない。過去は過去だ。我々はとっくに過去と決別したはずだ。違うかね？　連中が何を言おうと、捨てておけばいい。襲撃に対する備えは、ブラックホークに頼もう。彼らがいてくれれば安心だ」

曽和は深く頷いた。ブラックホークの料金は馬鹿にならないが、どうせ会社の金だ。クーガはまだ彼女に直接接触してきてはいないが、八木原が逮捕され、坊城が行方不明になった今、次の標的は残された三人——粟島、宮北、そして曽和自身だ。宮北は接触どころか、本人も気づかぬうちに利用されていたようだが、その間抜けぶりがいかにも宮北らしかった。

ノックの音と共にドアが開き、妹尾が再びするりと室内に滑りこんできた。

「宮北様を、私どもの提携先病院にお連れするよう手配いたしました。今日中に検査をすませ、盗聴器が体内に仕掛けられているようでしたら、すぐに手術に取りかかります」

「ありがとう」

ブラックホークとは、そんなことまで柔軟に対応できるのかと、曽和は内心で舌を巻いた。なるほど、粟島が口をきわめて誉めちぎるはずだ。粟島は、海外に出張した際にブラックホーク社の手厚い警護を受け、以来、海外でボディガードを必要とする際には、必ず彼らに頼むのだそうだ。ようやく日本法人が設立されることを喜んでいた。

「君はこれからどうする、持永君」

ふいに粟島が持永に鋭い視線を向けた。持永が、長い吐息と共に肩を落とした。

「私は姿を消します。警察は、社長が誰から拳銃を受け取り、ボディガードをどうやって調達したのか知りたがるでしょう。私が国外に脱出すれば、社長はすべてを私の責任にすることができる」

「それしかないだろうな。その件に関しては、我々は深く尋ねないことにしよう。聞いてしまえば、社会的な責任が生じる」

粟島がもったいぶって告げた。社会的な責任とは、東証一部上場の世界的な電機メーカーの専務らしい言い草だが、聞いて呆れると言いたいところだ。

「それでは、御用がなければ私は先に失礼します」

持永が一礼し、皆の反応を待たず会議室を立ち去った。残されたのは粟島と曽和、そしてボディガードの妹尾だけだ。八木原が逮捕され、坊城は姿を消し、宮北はうかつにも仲間を危険に晒して脱落した。

「――寂しくなったな」

粟島が振り向き、唇の端を吊り上げた。

「これからどうします」

「残念だが、我々はクーガの動きを待つしかない。八木原はクーガを罠にかけようとして失敗した。奴らを侮ってはいけない。これは警察庁にいる知人からの情報だが、警視庁のデータセンターがウイルスに侵入され壊滅的な打撃を受けたのも、クーガのマギの仕業だという見方が強まっているそうだ。奴らが、この日のためにどれだけの準備を進めてきたのか想像もつかん」

データセンターの修復には、ひと月以上かかるという見通しがニュースで流れている。マギが復讐のために、まず警察機能から潰しにかかったのだとすると、侮るどころか空恐ろしい相手だった。

「正直、お金ですむ話なら、私は払いますよ」

曽和があえて口に出したのは、粟島の反応を見るためだった。クーガから直接の接触を受けた八木原は、甲府の研究所から盗んだ論文を返せと言われたそうだ。論文を盗んだ記憶なんて、曽和にはない。無我夢中だった。あの混乱の中で、そんなことができる人間がいたとは信じられなかった。

粟島は物憂い表情で首を傾げた。

「まあ、今はあまり判断を先走らないでおこう。彼らが本音では何を欲しがっているのか、よくわからないからな」

あいかわらず、腹の底を見せない男だ。これ以上、今後の展望について粟島と推測を話し合ったところで無益だろう。話は終わったとみて曽和は立ち上がった。

「研究所から持ち出されたという論文のことですけど、粟島さん」

粟島が、独特の灰色がかった瞳をこちらに向ける。本人が感情を表現したい時には、俳優のように豊かな情感を載せることのできる瞳だった。今は、セルロイドの人形の目のようだ。

「こんな状況になっても口を割らないところを見ると、八木原さんと坊城さんは本当に知らないんでしょう。私もそんなもの、見たことも聞いたこともありません。宮北さんは、そういう目端のきくタイプではないだろうし――そうすると、残ったのは粟島さん、あなただけじゃありませんか？」

粟島が目を瞠り、首を傾げた。

「私も知らんよ。あれはクーガの言いがかりか、あるいは火災で燃えたのを知らないんじゃないかね。そうだとすると、巴の息子も哀れだね」

――マギが哀れか。

粟島に会釈して会議室を出る。ピンヒールの足音を高く響かせ、廊下で待機していたボディガードを連れてエレベーターに乗る間、思い返していたのは十五年前の記憶だった。八木原に首を絞めあげられた巴博士の顔が真っ赤に染まり、飛び出しそうになった目で彼らを睨んだあの顔――夫人の悲鳴と、電話に駆け寄る彼女を後ろから殴りつける宮北。坊城に命令されて、灯油を研究所に撒いた、自分の手が灯油臭かったこと――。

――あれはしかたなかった。やらなければ、私を殺すと坊城の目が語っていた。

ハートフルPR社は、百を超える上場企業を顧客に持つ、全国でも有数のPR会社だ。この十年でひと息にのし上がった。年間の売上高はグループ関連企業を除く単体で、軽く五千億円を超える。企業のイメージ戦略を担う会社のトップが、殺人事件に関わっていたと、もし世間に知られたら――。
　寒気を感じ、曽和は身震いした。今さら言ってもどうにもならないが、あの時、甲府にな
ど同行するのではなかった。
「お待ちください。先に私が出てチェックします」
　いつもの癖で、ドアが開くとせっかちにエレベーターを降りようとした曽和は、ボディガ
ードの円道《えんどう》に制止された。彼はエレベーターに曽和を残し、廊下に出て異常がないことを確
認し、降りてもいいと合図した。
「いちいち厳格なのね。ボディガードをつけるなんて、初めての経験だから」
　円道がにこりと微笑む。温かい微笑だった。あらためて見れば、端整な顔立ちをした青年
だ。仕事柄、容姿の整った男女と仕事をすることも多いが、円道は体格の良さも相まって、
アクション映画の俳優だと言われても不思議はない。
「ボディガードなんて、つけないで生活なさるのが一番ですからね」
　そのボディガード業で飯を食っているくせに、面白いことを言うものだ。
　ホテルのロビーを横切りながら円道が無線で連絡すると、玄関前にブラックホークの警護
車輌が横づけされるのが見えた。このホテルの玄関は、上に長い庇《ひさし》が張り出しており、外部
から狙撃しにくいそうだ。今日の会合のセッティングは、すべて彼らが考えたという。

「たいしたものだわ。そちらの会社は」

　後部座席に乗り込みながら、曽和は感嘆した。車の窓ガラスはすべて防弾仕様だそうだ。これまで、日本の企業リーダーは、身辺の安全にコストをかける必要がほとんどなかった。警察力が強く、個人的な警備が必要になるのは、芸能人や有名スポーツ選手くらいだったものだ。しかし、クーガのように企業を標的にするテロリストが幅をきかせるようになった以上、これからは今まで通りというわけにはいくまい。

「目のつけどころがいいのね。ブラックホーク日本法人のイメージ戦略は、ぜひうちにやらせてもらいたいわね」

　隣の席に滑りこみながら、円道が微笑んだ。気さくだが必要以上に馴《な》れ馴れしくはない、抑制のきいた笑顔だった。

「ありがとうございます。社の上の者にも伝えておきますよ」

　運転席には、やはりブラックホークの制服を着た目つきの鋭い男が座っている。曽和と円道が乗りこんで、しっかりシートベルトを締めたことを確認すると、丁寧に車を出した。社用車の運転手よりも、運転がうまいと冗談交じりに言いかけ、円道の視線が向かいのビルの屋上にじっと当てられているのに気付いた。フランクな笑顔とは打って変わった、厳しい視線だった。

「あの上に誰かいるの？」

円道が振り向き、にやりと笑った。

「心配いりません。もし誰かいたとしても、この車に乗っていれば安全ですよ」

そう言いつつ、円道は無線に向かって曽和には理解不能な数字の羅列を報告し続けている。暗号コードだろう。気がかりになって、曽和も車窓を流れ去るビルの屋上を見上げたが、何も見えなかった。

＊

「連中、少しは賢くなったようだ」

マギがシャツの裾と黒髪を風になびかせ、双眼鏡を覗いて苦笑を浮かべている。その横では、ニードルがだるそうな表情で中腰になり、物騒な呪いの文句を呟いていた。由利は革のジャケットの腰に手を当て、ビルの屋上から油断なく周囲に視線を配った。自分たちがここにいることは誰にも知られていないはずだが、万が一ということもある。彼はマギたちの守護者をもって自任している。

ハートフルＰＲの曽和社長を拉致する隙を窺っていたのだが、ついにその機会が訪れないまま彼らは解散してしまった。

「宮北だったとはな。あいつに盗聴器が仕込んであったなんて、知らなかった」

マギは仲間にも秘密を作る。魔術師などという名前の通り、ひとを驚かせるのが好きなのかもしれない。その盗聴器も発見されたようだ。持永と同様、由利もマギが誰かと通じているのではないかと疑っていた。

「これからどうするんだ。もう、連中の会話を盗聴できないぞ」

「そうだな」

マギは風になぶられながら、平然としている。

「曽和と粟島は、ボディガードを用意したらしいね。ブラックホークというのは、日本法人ができたばかりの外資系だな」

「新入り企業か？　そんな奴らで本当にボディガードが務まるのか」

由利はマギが見下ろす方向を目で追い、唾を吐いた。八木原がクーガ対策に集めたボディガードと拳銃のおかげで、どうやら八木原を刑務所送りにできそうだ。スーパー・ガード法案がこんなに早く通ると知っていれば、八木原にも別のやり方があったかもしれない。

マギは満足しているようだが、由利はこれで良しとは考えていない。クーガのメンバーも、マギが与えてくれる報酬を期待し始めている。マギはいわば山賊のリーダーで、村を襲撃すれば獲物を山分けせねばならない。分捕《ぶんど》って手下に分け与える獲物が多いリーダーほど、部下に大事にされ長生きできる。その理屈を知らないマギではないはずだ。

　とにかく、カネが必要だ。

「隙がない。それに、奴らは武装してる。見た？　ボディガードのジャケットの下に、拳銃のホルスターがあったよ」

「スーパー・ガード法か」

　妙な法律が生まれたものだ。

「ブラックホークはイスラエル資本の警備会社だ。イスラエルは国家を挙げてセキュリティ事業に取り組んでいる。日本法人だろうが何だろうが、舐めてかかると痛い目に遭うぞ」

　ふだんは、自分の好きなこと——狙撃や襲撃やとにかく他人を苛《いじ》めること——以外には興味を示さないニードルが、苦虫を嚙み潰すような顔をしながらも意見を述べたことに、由利は驚いた。こいつ、たまにはまともなことも言えるのか。

「ニードル、ブラックホークを知ってるのか」

「知ってるってほどじゃないがね。連中のやり方を見ただろう。警護用の車輛は防弾で、会合ひとつ持つにしても、狙撃できない部屋を選ぶ。玄関は他の建物から見えない位置にある。クーガに狙撃手がいることを知ってるから、狙撃を恐れているんだ。賭けてもいいが、自宅から会社までの送迎も、毎日ルートを変えてるだろう。こういう依頼内容なら、二十四時間態勢の警備を敷いているかもしれん。連中は警備の弱点を知りつくして、それに対する策も練っているから、ボディガードが交替するタイミングを狙うこともできない。狙撃する隙なんかあるわけがない」

ニードルは心底嫌そうに言った。自分の狙撃の腕が活《い》かせないとわかった時点で、がっかりしたのかもしれない。

八木原の屋敷に侵入しようとした矢先、警察に先を越されたのも、ニードルにとっては失望感が大きかったようだ。おまけに、刑事のひとりが彼をしつこく追いかけ、撃たれかけたらしい。さんざんな目に遭ったと、珍しくぼやいていた。

「警備のやり方に詳しいな、ニードル」

尋ねると、ニードルはすべてに興味を失った薬物依存症患者のような、どんよりと濁った目で振り向き、「これだから素人は」などと呟いて鼻を鳴らし、首を振った。

「なるほど、つまりブラックホークはプロフェッショナルなんだ」

マギがふたりの会話を意に介した様子もなく、面白そうに言った。この青年は、何でも面白がる悪い癖がある。自分の能力に対する自信からくるのかもしれないが、それがいつか過信につながるのではないかと、由利は心配している。

「でも大丈夫だよ、ふたりとも。僕らが相手にするのはブラックホークじゃない。素人の曽和社長だからね」

「何か策があるんだな？」

マギがひょいと肩をすくめた。

「やるだけやってみよう」

ニードルが不遠慮にあくびを漏らす。同時に、マギの携帯端末が電子音で「アメージング・グレース」を奏で始めた。彼の端末がそんな曲を流すのは初めて聞いた。

「逃げるぞ」

マギが微笑と共に端末の警告音を切った。

「警察がここに来る」

その言葉が終わる前に、向こうの角を曲がってくるパトカーの列が見えた。サイレンを切った状態で、三台並んでこちらに向かっているのが不気味だった。

——ブラックホークめ。

由利は舌打ちし、無言で屋上の裏手に走った。新たな敵となったブラックホーク社は、油断も隙もない連中のようだ。彼らがここにいることを察知し、警察に通報したのに違いない。

マギが警察の動きを知る手段を持っているのは驚きだったが、今さら驚くにはあたらないのかもしれない。なにしろ、警察のシステムに壊滅的な打撃を与えた男だ。

「こっちだ」

クーガのトップが自ら動こうというのだから、万が一の場合の逃走経路は複数用意している。このビルは古い建物で、屋上には転落防止の柵もなく、隣の建物との間隔が狭い。それでも、七十センチはある隣との隙間から下を覗くと、めまいを感じるような十階建てだ。手本を見せるため先に飛ぼうとした由利を差し置いて、ニードルが「いよう」と歌うように声を上げながら、いとも楽々と助走をつけて隙間を飛び越えた。

「手を貸そうかい、坊ちゃんたち」

にんまりと笑うニードルを一瞥し、マギがふわりと身体を沈ませ、助走もなしで飛んだと思った時には、もう向こう側に舞い降りていた。顔に落ちかかる黒髪を払いながらゆったりと微笑むマギに、由利は呆れて首を振った。命知らずを仲間に持つのも善《よ》し悪《あ》しだ。

12

——まただ。また逃がした。

ブラックホーク社から、クーガの構成員を見たと通報が入り、パトカーを急行させたのだが、現場周辺に検問を敷いて捜したにもかかわらず、取り逃がしたとの報告が入った。

寒川は、目の前で背筋を伸ばし、取調べ室のパイプ椅子がまるで社長室の肘掛椅子であるかのように、泰然と腰掛けている八木原を見やった。財界のブルドッグと異名を取った男は、逮捕されてから黙秘を通している。なぜ拳銃を隠し持ち、拳銃を持つ男たちを自宅に待機させていたのか、誰を通じて拳銃を手に入れたのか——。

しかし、入手経路はわかってきた。東洋郷工務店の社員たちに事情聴取を重ねるうち、彼らの口から漏れた事実と憶測をつなぎ合わせると、秘書室長の持永という男、古株の社員だが、前身はどうやら暴力団の準構成員だったらしい。社内でも煙たがられる存在だったと、ひそかに教える幹部社員もいた。その持永とは、まったく連絡がつかない。独身者で家族はなし。国外逃亡の恐れがあると見て、空港などに緊急手配をかけ、出国者名簿を確認させている。

内心では、地団太を踏み、取調べ室の灰色の事務机を蹴飛ばしたいところだった。

「——八木原さん」

色の浅黒い、いかめしい顔を見つめて、寒川は机に身を乗り出した。

「あんた、本当に部下思いですね。拳銃をあんたに渡して身を守るように言ったのは、秘書室長の持永さんじゃないですか。あんた、彼をかばってるんだ。彼が国外に脱出するまで、待つつもりですか」

八木原はそ知らぬ顔をしている。警察署にいる間は、クーガに狙われる心配がない。だから落ち着いていられるのだろうか。砺波副社長の怪死といい、本社の銃撃事件といい、東洋郷工務店がクーガに脅迫されていることは間違いない。その理由も、八木原は明かそうとしない。

「何にせよ、こんな形になりましたが、やっと熱海の件が明らかになりそうで、ほっとしているんですよ」

寒川はひと呼吸置いて、八木原の表情を窺った。この男はブルドッグと呼ばれるだけあり、何を言われても顔色ひとつ変えない。いい面魂《つらだましい》だ。

「熱海の保養所に残された車が三台ありましてね。砺波副社長の毛髪や、着衣と同じ繊維が見つかったので、これは砺波さんが乗ってきた車だとわかったものが一台あります。この後部座席から、他の人物の毛髪も見つかりましてね」

写真を一枚、机の上に滑らせた。短い毛髪が一本だけ写っている、妙な写真だ。

「DNA鑑定をしたんですよ。これ、八木原さんの毛髪です」

八木原が、一度だけゆっくり瞬きをした。

「あなたが銃撃事件の現場にいたかどうか——。それは、この毛髪が落ちていたからと言って、証明できません。単に、この車に以前乗ったことがあるのかもしれない。しかしね、八木原さん。この車、登録番号を洗ってみると、ＨＩＢ工務店が所有する車だったんです。先日、八王子で銃声がすると通報があり、銃刀法違反で大勢逮捕者が出た企業ですよ。あなた、どうしてそんな企業の車に乗ったんですかね？」

八木原は、とにかく何を聞かれても反応しないと決めたようだ。寒川は、この男が熱海の現場にいたと今では確信している。考えてみれば、八木原のような男が、現場で指揮を執らずにじっとしていられるはずがない。

黙っている八木原に、寒川はわざとらしくため息をついた。

「いいでしょう。あなたは、自分にはアリバイがあると言うんですね。熱海の銃撃戦の夜、あなたはハートフルＰＲ社の曽和社長と会食していたと言われる。曽和社長の秘書と、あなたの秘書の持永氏もそれを裏付ける証言を行っています。会食の会場になった料亭の女将《おかみ》や仲居さんもです。ですが、料亭のほうは証言として採用されないでしょう」

八木原の眉がかすかに動く。

「なぜなら、女将はあなたの愛人のお姉さんだからです。もし、曽和社長とあなたの間に利害関係の一致が見つかれば、彼女の証言も採用されないでしょうね。あなたのアリバイは、風前の灯《ともしび》です」

「――――」

「あなたの口から合理的な説明を聞くことができるまで、私はこう考える。熱海の夜、あなたは銃撃戦の現場にいた」

寒川は椅子の背に深くもたれ、口をつぐんだ。八木原とふたりで黙りこくっていると、空調のモーターだろうか、静かな機械音が聞こえてくる。それともあれは、単なる耳鳴りだろうか。

「ＨＩＢ工務店の逮捕された契約社員の指紋がいくつか、熱海の車から見つかっています。彼らはそのうち、白状しますよ。あなたが黙秘しても、不利にしかならない」

それとも、ＨＩＢ工務店の連中は何も知らないのだろうか。単なる兵隊だという可能性はある。だから八木原はこんなに落ち着いていられるのだ。

――そうか。

寒川は、ようやくひとつの真実に行きついたと思った。事情を何もかも知っているのは、八木原と持永なのだ。だからこの男は、持永を逃がさなければならない。彼が捕まれば、口を割るかもしれないから。

行方をくらましている持永を、一刻も早く捕まえなければならない。

「いいですか、八木原さん」

八木原に、飴《あめ》を与える気になった。

「私が追いかけているのは、クーガなんです。正直に言えば、あんたたちが何をやっていようと、あまり興味がないんですよ」

それでも八木原は知らん顔を続けている。喋ってしまえよ、とうんざりする気分で寒川は続けた。

「――さっき、都内でクーガを見たという通報がありましてね。残念ながら逃がしたが、クーガの主なメンバーが揃っていたようです。連中がいたのは、都内一流ホテルの正面にある建物の屋上らしい。つまり、奴らは誰かを狙撃するつもりだったんだ。ホテルに出入りする誰かをね。いま、宿泊客名簿と防犯カメラの映像を提供するようホテルと交渉中です」

実はホテル側が映像の提出を渋っており、交渉は難航しているが、それは八木原に明かす必要がない。事件が起きたわけでも、ホテルの客に不審人物がいたわけでもなく、宿泊客名簿や防犯カメラの映像をむやみに警察に提供するのは、顧客のプライバシーを侵害しかねないという、ホテル側の言い分ももっともだった。

現在、その交渉は丹野に任せている。若いが、丹野ならのらりくらりと言いくるめつつ、どうにか相手を説得するのではないかと期待していた。新入りながら奴の働きは目覚ましい。八木原邸の庭に侵入したクーガの狙撃手を粘り強く追いかけて、十キロも走ったというのだから驚く。丹野は、官給のグロックのマガジンが空になるまで撃ち尽くしていた。狙撃手の足を止めようとしたのだろうが、さすがに発射した弾の数が多いので、報告書の提出を求められている。スーパー・ガード法案が通過して、警備会社の武装が認められたわりには、警官の武器使用基準は緩和されていない。

五課に来て間もない丹野が、いきなりそんな無茶をしたことについて、課の連中はあれこれ勝手に解釈を加えているようだ。

(新人の教育を寒川さんなんかに任せたのが、まずかったんじゃないか。どうせ、すぐに本庁に戻る奴だろうが、せっかくの新人が潰されるぞ)

安田が率先して、課内の意見を誘導しているらしい。係長の鹿島は今のところ無言を貫いているので、どう考えているのかは知らないが、丹野はいつ自分の班から外されてもおかしくなかった。

――それはともかく。

「クーガは何を狙っているんですか。あんたは知ってるはずだ」

何十回となく尋ねた質問に、八木原は無反応だった。八木原の邸にいて、逮捕こそされなかったものの事情聴取を受けた加賀屋不動産の坊城社長の息子は、臆病そうに見えたが、残念なことにクーガについて何も知らなかった。事情聴取を終え、いつでも連絡が取れる場所にいるという条件で、早々と釈放した。妙な話だが、坊城社長も行方不明になっているらしく、加賀屋不動産から本社最寄りの警察署が相談を受けている。

「東洋郷工務店の八木原社長、加賀屋不動産の坊城社長、それからパートナー電工の粟島専務、ハートフルＰＲの曽和社長」

寒川は、八木原の反応を見るために、彼らの名前を列挙してみせた。粟島と曽和は、八木原のアリバイを証明したことがある。そして、ハートフルＰＲ社を訪問した際に、寒川たちはブラックホーク社の制服を着た警備員を見かけた。今日、クーガを見たと通報してきたのも、ブラックホーク社だ。これが無関係であるはずがない。

――悪党の関係は、こういうところで明るみに出るもんだ。

八木原は憮然《ぶぜん》として黙っていたが、粟島と曽和の名前が出たことを、面白くないと感じたのはわかった。

「ひょっとして、クーガが脅迫しているのは東洋郷工務店だけではないんですか。四社まとめて脅迫されている？　八木原さん、そういうことですか」

一見して、業務上の関係があるようにも思えない四つの企業だが、寒川など見当もつかない関わりがあるのかもしれない。四社の関係を探ることが先決だ。それが、八木原の重い口を開かせる突破口になるかもしれない。

「――そうだ」

事情聴取の休憩を宣言する前に、ふと思い出した。

「東洋郷工務店と五所建設が、極秘裏に業務提携を進めていたそうですね。今朝の経済新聞がそのニュースをすっぱ抜いて、五所建設はそれを否定するのに懸命ですよ」

この時だけ、八木原の目が憤怒に燃えあがり、歯がきりきりときしみそうだった。社長が銃刀法違反で逮捕されたとあっては、提携話は頓挫するだろう。八木原の心中は煮えくりかえっているはずだ。

留置場の係員を呼んで八木原を連れて行かせ、丹野に電話をかけた。そろそろホテル側との交渉の結果が出た頃だろう。

「どうだ、そっちは」

『今やっと、宿泊客のリストを手に入れました。昨日一日だけでも膨大な数です。防犯カメラの映像は断られました』

「リストだけでも、よくやった。どう言って説得したんだ」

やはり、丹野には優秀な刑事の素質がある。

『クーガが宿泊客を狙って狙撃を試みたのなら、今後もしその誰かが被害者になった場合、ホテルが警察に協力しなかったために捜査が遅れたとして責任を問われると脅しました。しかし、寒川さん。ホテルに来て気付いたんですが、クーガが狙ったのは宿泊客とは限らないかもしれません』

「どういうことだ」

『このホテルには、宴会場や結婚式場、貸し会議室、レストランなどの施設があります。スポーツジムや人間ドック専門のクリニック、プールまであるんです。その利用客をすべて調べるのは難しいとホテル側も言ってます』

寒川は唸った。ホテル側は会場を貸すのみで、結婚式ならともかく、通常のパーティの出席者リストまでは押さえていないだろう。

「丹野、まだホテルにいるんだな。昨日、ホテルの施設を借りた人間の中に、今から言う企業の社員がいなかったか聞いてみてくれ」

思いつきだったが、東洋郷工務店、加賀屋不動産、パートナー電工、ハートフルPRと読み上げると、丹野は寒川の考えを理解したらしく、すぐさまそばにいるらしい誰かに質問を始めた。答えが返ってくるまでが、待ち遠しかった。

『――寒川さん、ビンゴです』

丹野のような若者でも、「ビンゴ」なんて黴の生えた言い方をするのかと思いながら、寒川は期待した。

『昨日、ホテルの会議室をパートナー電工の秘書室が借りています。しかも、五つある会議室をフロアごと占有しています。出入りする人間を他人に見られないようにするためか、あるいはセキュリティを確保するためではないでしょうか』

「ブラックホークだ」

パズルのパーツが、かちりと音をたててはまるのを見た気分だった。

「ブラックホークが警備についていたはずだ。ホテルの人間に聞いてみてくれ。紺色ジャンパーの制服を見かけた人間がいないかどうか。ブラックホークは彼らを警備している間に、クーガの狙撃手に気付いたんだ」

そう考えると、何もかもすっきりと筋が通る。クーガが狙ったのは、パートナー電工の誰かか、会議に招集されたメンバーの誰かに違いない。

『支配人は見てないそうです。他の従業員にも確認して、かけ直します』

丹野がそう告げて通話を終えた。あの紺色の制服と非凡な体格は目立つ。きっとホテルマンの中に、彼らを見覚えている人間がいるだろうと、寒川は確信を持っていた。

――ブラックホーク社を訪問して、昨日の警備について尋ねるか。

会議の場にボディガードとして待機していたのなら、出席者が誰だったか知っているかもしれない。しかし、彼らはおそらく守秘義務を盾にとり回答を拒むだろう。クーガの狙撃手を見たと通報してきた時には、なかなかやるなとブラックホークという警備会社に好感を持ったが、そんなに単純な話ではないようだ。ブラックホークは、警護の邪魔になるクーガを、警察力を借りて排除させようとしただけではないか。

正面からブラックホークにぶつかっても、跳ね返される。

考えたあげく寒川は携帯端末を取り、連絡先の中からひとつを選んだ。

『──寒川さん、久しぶりだね。珍しいじゃないか、そっちから連絡をくれるなんて』

新聞社の社会部にいる東間《とうま》という記者だった。寒川が刑事になってすぐ、記者になった男だ。ある意味、同期だと言ってもいい。

「東間さんなら詳しいんじゃないかと思って、電話してみたんだ」

『どういうことだい』

東間が、髪の薄くなった頭頂部にそっと手を当てるのが見えるような気がした。何かに興味を持った時の彼の癖だ。

「東洋郷工務店の八木原社長が逮捕されたって、知ってるだろう」

『もちろん』

「詳しい事情はまだ話せないが、もし知ってるなら教えてもらいたいことがある」

東洋郷工務店と、加賀屋不動産など三つの企業との間に、どんな関係があるか知らないかと尋ねると、東間は少し待つように言い、端末に指を激しく叩きつけるような、いかにも記者らしいキータッチ音が回線越しに聞こえてきた。

『その四社がすべてからむプロジェクトってことでいいんだね』

「そんなプロジェクトがあるのか」

寒川は色めきたった。

『ちょっと調べただけでもいくつかあるよ。その四社は、新型発電所の建設でたびたび一緒に仕事をしている。何年か前に国内での実証実験が始まった、核融合炉の件だな』

核融合炉、と寒川は口の中で呟いた。どうあがいても、自分の理解が行き届かない分野の話だ。核分裂の仕組みもよく理解できないうちに、旧式の原子力発電所が廃炉に向かっていたというのに、新型発電所の原理など、理解できるわけがない。

「東間さん、これは仮定の話なんだが」

相手が東間なら、少々危ない橋でも渡る価値がある。

「クーガというテロリストの話を聞いたことがあるだろう。もし、奴らがその四社をセットで脅迫するとすれば、どんなネタだと思う」

東間が笑いだした。

『そんなの、ぱっと思いつくのは、談合か贈収賄ぐらいだね』

「――なるほど」

　国有化される新型発電所の建設時には、業者を決めるため入札が行われたはずだ。そこで談合や関係省庁の役人に対して贈賄が行われ、東洋郷工務店などが入札を有利に終えたのだとすれば、クーガが彼らを脅迫するネタになりうる。そもそも、四社が揃って発電所の建設にたびたび参加していること自体、妙な臭いがする。談合などというと、一世紀も昔の古色蒼然とした犯罪のようだが、こういう犯罪はいつまでもなくならないものだ。

『なあ、寒川さん。その四社だけなのか？　同じ工事に、羽田工機もよく参加しているが』

「そんなに？」

『その五社は、ほとんどセットみたいに工事に参加しているよ。今まで怪しい噂も出なかったので、俺たちも特に不思議には思わなかったんだがね。なんなら、公開された入札結果と、プロジェクト概要を送ってやろうか』

「そいつは助かる。ぜひ頼むよ」

　これまで八木原に関連して羽田工機の名前が挙がったことはない。しかし、寒川はその情報もしっかり書きとめた。

「ありがとう、東間さん。悪いが、この件は俺がいいと言うまで――」

『わかってるよ。書かない。ゴーサインが出るまで、口にチャックをしておく』

「ありがとう」

そう言いながら、東間は電話を切ると同時に、談合や贈収賄の有無について裏を取るために動き出すだろう。ただ、寒川がいいと言うまでは書かずにおいてくれるはずだ。最後の一線については、東間を信用していた。

寒川は手帳に下手な図を描き、事件の構図を分析しようとした。

新型発電所建設の入札に際し、談合が行われたとする。クーガはその情報を摑み、八木原たち四社、ないしは五社を恐喝した。目的はカネだ。東洋郷工務店では、最初に砺波副社長が交渉役となったが、彼はクーガの要求を呑まず、暴力を暴力で排除しようと試み、失敗して熱海で殺された。現場には八木原社長もいた。クーガは東洋郷工務店の対応に怒り、見せしめとして本社ビルを銃撃した。その後、八木原社長は、身を守るため武器を準備し、屋敷に立てこもったところ、クーガに襲撃されて催眠ガスを撒かれ、危うく全滅させられるところを寒川らに救われた。

——八王子で何があったのかがはっきりしないので、全体の見取り図としては欠ける部分が多いが、大枠としてはこんなものだろう。

八王子の事件の直後から、坊城社長が行方不明になっている。そして、八木原社長が自宅で立てこもっているところに、なぜか坊城社長の長男、信彦も現れた。信彦は、父親の件で友人の八木原に相談に行ったと事情聴取に答えているが、うのみにはできない。ふたつの事件を結ぶのは、ＨＩＢ工務店だ。どちらの現場にも、彼らがいた。

八木原が逮捕されたため、東洋郷工務店からカネを奪うことを諦めたクーガは、今度はパートナー電工など他の企業に対する恐喝を始め、彼らがホテルの会議室に集合すると知って狙撃を試みた。しかし、パートナー電工の粟島やハートフルＰＲの曽和らが、ブラックホーク社に警備を依頼したため、狙撃に失敗した。会議室の予約を入れたのがパートナー電工の秘書室だったことから考えると、残った彼らのリーダーシップを執っているのは、粟島かもしれない。

「――いけるな」

全体の筋書きとしては通りそうだ。しかし、いくつかまだ小さなトゲのような引っかかりも感じた。例えば、加賀屋不動産の坊城は、なぜ行方不明になっているのだろう。クーガに恐喝されて姿を隠したのだろうか。

もっと違和感を覚えるのは、東洋郷工務店などが談合に関わっていた場合、競売入札妨害罪に問われるのだが、その刑罰は二年以下の懲役であり、通常は執行猶予がつくことが多いという事実だ。ところが拳銃を所持していた場合の罰則は、一年以上、十年以下の懲役となる。こちらは初犯でも実刑判決が出る可能性が高い。どちらの場合も、企業がこうむるイメージダウンは大きいだろうが、談合と拳銃所持とでは、与える印象が違いすぎる。八木原ともあろう男が、その程度の計算をしなかったとは信じられない。

胸ポケットで携帯端末が鳴り始めた。丹野からだった。

『ホテルのドアマンが、ブラックホークの制服を見覚えていました。スーツ姿の人物に付き添うように、数人が出入りするのを目撃したそうです。粟島専務と曽和社長の写真を見せたところ、ブラックホークの社員が付き添っていたのは、このふたりによく似ているが、確信はないとの回答でした』

「やはりな」

それなら、寒川の考えた筋書きに沿う。戻ってくるよう丹野に告げて通話を終えたが、腹の底にいまだに引っかかり、痛みを覚えるトゲを感じ、苛立った。

──俺たちが追っているのは、クーガだ。八木原たちじゃない。

それなのになぜか、八木原たちの後ろ暗い面ばかりが明るみに出る。肝腎《かんじん》のクーガやマギに関しては、いまだに手掛かりも摑めていないというのに。

目的を見失って彷徨《さまよ》っているようだ。

寒川は首を振り、東間が端末に送ってくれた資料を開いた。粟島たちの素行を調査すればクーガに行きつくのなら、今はそうするしかない。

*

ブラックホークのボディガードは、午後十時に曽和を自宅マンションに送り届けた。

「明朝、八時にお迎えに上がります」

曽和が玄関に入るのを見届けると、円道が一日の疲れを感じさせない声でにこやかに告げ、立ち去る。曽和の自宅は、二十四時間セキュリティがつく高級マンションだ。家の中まで警護をつける必要はない。自宅には曽和の夫と五つになる息子がおり、ボディガードが夜も警護するとなれば窮屈に感じるだろうし、その理由を説明しなければならないだろう。

「アンナ、お帰り」

夫の曽和悟郎《ごろう》は、ハートフルPR社の元・敏腕プロデューサーだった。今は退職し、独立してPR映像の配信を行う企業を立ち上げ、活躍している。もちろん、やり手の彼のことだから、ハートフルPR社との関係も十二分に活用しているはずだ。

「ただいま」

曽和は、悟郎の欧米風の大げさなキスとハグを受け入れ、されるままになっていた。

「実は、すぐまた出かけなきゃならないの、あなた」

「どこへ？」

「粟島さんと約束があって」

嘘だったが、アンナが粟島との関係を大事にしていることを、悟郎は知っている。もちろん、男と女の関係なんかじゃないことも、よく知っている。粟島の噂は聞いているからだ。あれだけ女にもてるのに――実は女性にまったく興味がない。そういう面では、アンナは夫に忠実だった。案の定、彼は了承したらしく、小さく頷いた。

「そうか。食事はどうする？」

「仕事先で食べたから大丈夫。遅くなるかもしれないから、先に休んでてちょうだいね」

息子のトウヤはとうに眠っている時刻だった。足音を忍ばせて子ども部屋に向かい、わんぱく盛りのひとり息子が、ベッドの上で無防備におへそを出して熟睡しているのを見ると、笑みがこぼれる。布団をかけてやりながら、まだ柔らかい薄茶色の髪を、トウヤを起こさぬようそっと撫でた。

自分の子が生まれるまで、子どもを可愛いと思ったことなど一度もなかった。甲高い声でキイキイと叫ぶ、耳ざわりで乳臭く、言葉すらまともに通じない獣のような存在だと思っていた。それが、どうだろう。トウヤが生まれると、まだ真っ赤で猿のような顔をしておくるみに包まれていたのに、ひと目で曽和は自分の息子に陥落した。

何があっても、この子を守らねばならない。この子が大人になり、立派な青年になるまで見守らねばならない。自殺未遂で植物状態に陥っているという八木原の娘を思い出し、ぞくりと身震いした。傲岸な八木原を、初めて気の毒に思った。

「それじゃ、行ってくるわね」

仕事用のスーツから、カジュアルなパンツとジャケットに着替えた。鞄《かばん》は持たない。いつも使っている財布も持たず、海外旅行の際に持ち歩くマネークリップに紙幣とカードを挟んで、ジャケットのポケットに放り込む。かなり迷ったが、携帯端末も持たないことにした。端末がないと、裸で歩いているような心細い気分になるのだが、今夜は我慢しなければならない。あとは、自宅の鍵を持っただけだ。

玄関を出て、エレベーターに乗った。地下駐車場には曽和のポルシェがあるが、今夜は乗っていくわけにはいかない。ブラックホークが車にGPS発信機をつけたからだ。携帯端末を持たずにいくのも、こちらが知らない間に位置情報を盗み見られる可能性があるからだった。今夜、曽和が自宅を出ることを、彼らに知られてはならない。そう、マギから厳しく指示されている。指示に逆らえば、家族の生命を保証しないと奴は言う。

――たわごとだ。

そう否定できないのは、八木原と坊城がどうなったか、見たからだ。ボディガードをつければ大丈夫とは言い切れない。現に、ブラックホークに警護を頼んでいても、マギは曽和にメールを送ってきたし、今夜会うための段取りを指定してきた。

——お金ですむ話なら、私は払う。

粟島に告げた言葉は嘘ではない。十五年も昔の話だ。曽和はあの場にいたが、八木原や宮北を止められなかっただけで、巴夫妻を殺してはいない。坊城に命じられ、研究所に火をつけさせられたが、まさか隣の自宅に息子がいて、火災に巻き込まれるなんて思わなかった。マギが生きているということは、息子はちゃんと火災から逃れたわけだし。

(あなたが巴博士の息子だとしたら、あの時私が八木原たちの暴挙を止められなかったことは、本当に申し訳なく思うわ)

マギは自分の映像を送る代わりに、刻々と移り変わる渦のような幾何学模様を画面に表示させていた。曽和の言葉に、相手はしばらく沈黙した。

(——本気でそう思うのなら、誠意を見せるべきじゃないか)

曽和はためらった。

(信じてもらえるかどうかわからないけど、私は巴博士が書いた論文を持っていない。神に誓ってもいい)

(僕は神を信じない。誓いは無力だ)

（でも本当なの。あの時、みんなひどく混乱していた。私たちの誰かが、火災の中から論文を持ち出したなんて、とても信じられない。――私が巴博士に対して、長年罪の意識を抱えてきたことも本当よ）

マギがせせら笑った。

（罪の意識に苦しみながら、着々と出世の階段を駆け上がってきたわけだな。社長）

（空々しく聞こえることはわかってる）

慎重に言葉を選ぶ。相手は悪党だった。砺波を殺し、八木原や坊城を陥れ、社会的に抹殺した奴だ。警察に突き出すのが筋だが、警察を頼ることはできない。逮捕されれば、マギは意趣返しに嬉々として十五年前の事件について話すだろう。警察が捜査すれば、巴博士の事件と曽和たちの関わりが明るみに出るかもしれない。どのみち、みんな終わりだ。そして、マギが本当に両親の仇討ちのつもりでこんな真似をしているのなら、彼にはまだ人間らしい感情が残されているということだ。マギの心を舌先三寸で動かし、カネで片をつけることを承知させねばならない。それこそ、他人の気持ちを動かし、社会を揺さぶるPRを生業としてきた、曽和の腕の見せどころだった。人は真実で生きるのではない。真実らしいもの、己れが信じたいものに頼り生きるのだ。

（聞いてちょうだい、マギ。当時の私たちは、確かに狂っていた。カネの亡者だった。自分たちのプロジェクトのために、本気で魂を売るつもりだった。——だけど、あれから十五年たったの。私にも仲間にも、様々な変化があった。一番大きな変化は、結婚して息子が生まれたこと)

トウヤのすべすべの頬を思い出すと、自然に声が詰まった。これは演技ではない。正直な感情だけが、人の心を揺さぶり動かすのだ。

(今の私には、あなたの怒りも、悲しみも苦しみも、理解できるとは言えないけれど、自分に置き換えて考えることはできる。本当に、心から申し訳ないと思う)

マギは何も言わず、こちらの謝罪を聞いてその重みと真偽を測っているのだと思った。

(あなたは、警察に行って罪を償えと言うかもしれない。あなたの立場なら当然ね。改悛《かいしゅん》したなら、私はそうすべきなんでしょう。十五年前に何が起きたのか、警察で証言するべきよね。——でも、あなたは嘲笑するでしょうけど、私にはできない。夫や息子、私の汚れた手が支えている社員の行く末を考えれば、とてもその勇気が出ない)

(おためごかしはよせ。つまりあんたは、生命と名声の代わりにカネを差し出すと言いたいわけだ)

マギの冷やかな声に、曽和は息を呑みうろたえた。同時に、自分の人生を賭けた熱演が完全に否定され、マギという氷の壁で潰されたようで、わけもなく腹立たしかった。恥ずかしさで顔が熱くなってくる。

(——ええ。そうよ)

(それなら素直にそう言えばいい。こちらも歓迎しようじゃないか。しかし、ただ銀行口座にカネを振り込んで終わりとは思うなよ)

まさにその通りに終わらせようと考えていた曽和は、さらに冷たい汗をかいた。

(さっきの話を、お互い目を見てしようじゃないか。その程度の誠意は見せてもらう)

(もちろん、マギ)

誠意を見せるには、ありったけの勇気をかき集める必要があった。

マンションのエントランスを出る前には、かくべつ周囲に視線を配った。自分が雇ったボディガードが監視していないか気にするなんて、冗談みたいだ。こんなことになるのなら、栗島の勧めに応じてブラックホークの警護など頼むのではなかった。それらしい車輛や、こちらを見つめる人間がいないことを確認し、ようやくエントランスの自動ドアをくぐり抜ける。

「ちょっと出かけるのだけど、お酒を飲む会なので車で行けないの。悪いけど、タクシーをつかまえてくれないかしら」

ドアは自動だが、二十四時間警備を謳《うた》うマンションの玄関前には、顔見知りの警備員が立っていた。曽和の頼みを聞くと白い歯を見せ、歩道を少し出て手を振り、すぐタクシーを停めてくれた。自分では人目に立つ行動をしたくなかったので、曽和はほっとして相手の手のひらにチップを握らせた。

「ありがとう」

「どういたしまして。行ってらっしゃい」

曽和は相手に手を振り返し、後部座席のドアを開けて待つタクシーに乗り込んだ。バックミラー越しに、まだ若い運転手が愛想のいい目でこちらを見ている。

「新宿まで――」

すべてを言い終えないうちにドアがばたんと音を立てて閉まり、タクシーが急発進したので、曽和は座席に横倒しになるところだった。

「何するの、乱暴ね！」

かっとして怒鳴ると、バックミラーに運転手のにたにた笑いが映っていた。

「場所はわかってるよ」

不謹慎なほどぶっきらぼうな口調と荒っぽい運転に、曽和は後部座席に貼りついたまま運転手を見つめた。

「安心しな。あんたを無事に送り届けるよう、マギに命令されている。運転は少々荒っぽいが、生命《いのち》までは取らないよ」

ニワトリが鳴くようにけたたましい笑い声を上げ、運転手は強引に車線を変更した。何度もバックミラーで背後を確認し、スピードを上げた。息を呑むようなドライビングテクニックを駆使し、とうてい無理だと思うような車と車の隙間にまで鼻面を突っ込み、どんどん先へ行く。タクシーの行くところ、クラクションの嵐が起き、慌てた未熟な運転手の中には、仰天して避けようとし車をスリップさせてガードレールに激突させる者までいた。

運転手が何を気にしているのかと、曽和は肩越しにリアウインドウの外を見た。追い越されて後ろに消えていく車の群れと、その隙間を縫って近づこうとし、失敗して背後に遠ざかるオートバイを見た。フルフェイスのヘルメットと、濃紺のジャンパーに見覚えがあった。

「ブラックホークの尾行がついてたんでな。撒いてやった」

運転手は得意そうに鼻をうごめかせたが、スピードを落とす気配はなかった。ブラックホークが尾行していたと聞き、驚いた。

「そんな、彼らは帰ったはずなのに」

「素人みたいな二十四時間警備に任せて、安心してられる連中じゃないんだろ。おせっかいな警備会社だな」

「マンションを出る時、彼らがいないかどうか確認したの」

「笑わせんな。あんたら素人に、プロの尾行が見分けられるもんか」

運転手はせせら笑い、さらにアクセルを踏み込んだ。窓の外を光景が流れ去る速度を見て、曽和は恐怖で座席にぺたりと貼りついた。運転席の男は、小声で楽しくてしかたがないと言いたげに笑い続けている。

――この男はどうかしている。

自分は、とんでもない連中を相手にしたようだ。頼みの綱のブラックホークも、自分から切り捨ててしまった。先ほどのオートバイがまだついてきていないかと振り返ったが、もはや影も形もない。

背筋が冷たくなってきた。

13

パートナー電工の専務執務室は本社ビル三十七階にあり、窓の向こうには大手町から日本橋、京橋方面を望む高層ビル群の照明が、輝いているはずだ。しかし今は、ブラックホーク社の進言により、全面強化ガラス張りの広い窓に、しっかりとベージュ色のブラインドが下ろされている。粟島は、ブラインドの向こうの夜景を想像するしかない。

ボディガードの妹尾は、最初にこの部屋を見た時、早々に窓のない部屋に移るべきだと指示した。狙撃を防ぐためだ。クーガに狙撃手がいると彼らは把握しており、内部が丸見えになるようでは、狙撃してくれと頼んでいるようなものだと厳しい指摘を受けた。とはいえ、このビルの近くに、三十七階の室内を覗きこめる高さのビルはない。妹尾が心配したのは、ヘリコプターなどの移動体から狙撃されることだ。

――よくあれほど気が回るものだ。

結局、窓のない部屋をすぐに用意することはできなかった。探せば地下あたりにあるのかもしれないが、専務が執務するような環境ではない。

コンピュータ上で、決裁を求められている書類に目を通し、電子印鑑を押して次の決裁者に回す間、粟島はかすかに首を振った。執務室には粟島と、秘書の神崎《かんざき》がいる。ドアの脇には妹尾もいるのだが、彼女は入った瞬間からすっかり気配を消しており、その存在を忘れかけているほどだった。彼女はプロで、粟島はプロの仕事が好きだ。

新たに表示されたのは、今月の取締役会への招集通知だった。三日後に迫っている。三名の社外取締役を含む、十六名の取締役と監査役全員に招集がかけられていた。議題は「新体制について」とあっさり書かれているが、この言葉を見ただけで、取締役全員がその意味を理解することだろう。

今回の議案は社長交代だ。

栗島はデスクに肘をついて組んだ両手に顎を乗せた。パートナー電工は、二年連続で巨額の赤字を出し、瀕死《ひんし》の状態であえぐ巨人だ。今年度の業績も芳《かんば》しくなく、このままでは来年春の決算が三度めの大赤字になるのもまず間違いはない。

——こんな時期に、社長交代とはな。

軽いノックの音が聞こえた。ついいつもの癖で、栗島は「どうぞ」と答えそうになる。妹尾が外のボディガードと連絡を取り、慇懃《いんぎん》にドアを開いた。栗島は、社内にテロリストが侵入するとまで考えていないが、念のためドアの外にもうひとりボディガードがいる。念には念を入れるのが彼女の流儀らしい。

「栗島君、ちょっといいかな」

入って来た人物を見て、栗島は驚いた。

「社長。どうなさいました」

「話があるんだ」

社長の財部恒一《たからべこういち》が気弱な微笑みを浮かべる。彼は、今年の春に期待されて現在のポジションに就いた。東大、ハーバードMBAという経営のサラブレッドで、パートナー電工入社後は営業、人事、経営企画といったエリート部門を歩き、まっしぐらに社長職に駆け上がっていった。会社を立て直すために、ハーバード仕込みの辣腕を思う存分に振るうものだと皆が思った。

ところが、彼が社長職に就いたとたん、九十歳になる母親が倒れた。妻が自宅で介護を始めたが、夏には妻が脳卒中を起こして半身不随の状態になった。本心では、ようやく手に入れた機会に自分の知識と経験を生かし、会社の再生に力を尽くしたかったのかもしれないが、家庭の事情がそれを許さなかった。人を雇う選択肢もあっただろう。夏からずっと迷っていたが、財部は社長を退任して母と妻の介護にあたることを決意し、その結果が三日後の取締役会の議題というわけだった。

――やつれたもんだ。

粟島は財部を応接セットに座らせながら、ひそかに観察した。誰もが認めるエリートでありながら、他人に好感を抱かせる朗らかな性格と健康な身体に恵まれ、潑剌《はつらつ》と輝くようだった財部が、ひとまわり萎んだように見える。誰とでもまっすぐ目を見て話していた財部の視線は、このところ膝に落ちがちになった。粟島の五年先輩にあたるが、外見だけならひとまわりも上に見えそうだ。

財部は、ちらりと妹尾を見やった。彼女は、ドア脇の仁王像のように佇立している。室内で起きていることには無関心のようだ。

「──君も大変だな」

ブラックホーク社の警護を受ける理由を、核融合事業について誤解した人物から脅迫を受けたためだと会社には説明している。栗島は工学部を出て技術畑を歩き、ここ二十年は核融合炉事業ひと筋で来た。パートナー電工における事業統括責任者だ。

秘書の神崎が、気をきかせてお茶を用意した。彼女は秘書室の中でも古参で、五十代で子どもがふたりいる。赤い縁の眼鏡をかけ、栗色の髪に緩いパーマを当てたところはとてもそんな年齢には見えないが。

「お話といいますと」

栗島が水を向けると、財部はわずかに俯《うつむ》いた。

「君に断られることはないと思って、今まではっきり確認したことはなかったな。次期社長の件だ。──もちろん、引き受けてくれるだろうね」

何事もなければ栗島が次期社長だということは、社内で暗黙の了解が取れている。経営畑を歩いた財部の次が、技術畑の栗島というのもバランスがいいし、社内の技術部門の士気を高めるだろう。──会社の財務状態が、ここまで悪くなければの話だが。

とても、喜べるような状況ではない。できれば断りたいくらいだ。しかし、断れば次の機会は巡ってこないだろうし、人生に冒険はつきものだ。完全にバランスの取れた良いタイミングで、完璧なディナーが提供されないからといって、残念に思う必要はない。

　粟島が黙って考えこんでいるのを見て、財部は慌てたようだった。

「君なら大丈夫だ。伊藤《いとう》や真鍋《まなべ》たちもいる。財務については、彼らが助けてくれる。心配することはない」

　粟島が自信を失っていると誤解したらしく、財務部長らの名前を出して説得を試みている。

粟島が考えていたのは別のことだった。

財部は、その任に就いてから今まで、リストラには手をつけていなかった。その余裕がなかったと言うべきだろうか。そして、まったく自らの手を汚すことなく、家族の介護という美談と共に姿を消そうとしている。連結子会社を合わせて八万人に上る従業員と、巨額の赤字を抱える会社を、粟島に押し付けて。そんな勝手を許すつもりはなかった。

「社長、たいへん申し上げにくいのですが、もし私がお引き受けしなければならないのでしたら、ひとつだけ条件があります」

　財部が、鼻白んだようにわずかに身体を引いた。

「――君のことだ。厳しい条件だろうな」

　粟島は微笑んだ。彼は、無意味に笑ったりしない。表情も動作もお洒落に装うことも、指先の動きにいたるまで、意味があるのだ。

「こちらの資料をご覧ください」

秘書の神崎に視線を送ると、彼女はすぐ端末をデスクから取ってこちらに渡した。

長いこと、粟島が温めてきた資料が中に入っている。財部が社長職にある間に建策するつもりだったが、タイミングがなかなか訪れなかった。今しかない。

「私の試算では、パートナー電工を立て直すためには、五千人規模のリストラが必要です。それには、早期退職者を募集するなどという迂遠な策ではなく、この際、家電事業部を整理するのが適当ではないかと考えています」

「しかし、あそこはわが社の草創期からの、いわば聖域だからな」

パートナー電工は、戦後の高度成長期に冷蔵庫や洗濯機など、白物家電と呼ばれる分野で頭角を現した企業だ。収益は小さく、足を引っ張る部門になっているが、今でも株式の一部を握る創業者一族が、過剰な愛着を持っている。歴代社長がついに整理の決断を下せなかった部門だった。財部は汗でも染みたかのように、しきりに瞬きをした。その彼を、粟島はじっと見つめた。

「社長、聖域など、この会社には必要ありません。いつかは切り捨てなければ、この会社は立ち直れません」

「──つまり？」

「退任前に、家電事業部の売却と人員整理を発表なさってください。それがお引き受けする条件です」

「売却と言っても」

「あてはあります。台湾のメーカーが、商談に応じると言ってます」

そのひとことで、財部は粟島がどれだけ前からこの案をひそかに練ってきたのか、理解したことだろう。自分がパートナー電工の家電事業部を見捨てた社長として、歴代社長の中で黒い染みのような存在になることにも、気がついただろう。

「──わかった。そちらは引き受けた」

立ち上がり、蹌踉《そうろう》とした足取りで専務執務室を出て行く財部を、粟島は見送らなかった。面倒をひとつも引き受けずに、このまま会社から去れると考えてもらっては困る。人員削減という影の濃い部分は、財部に引き受けてもらう。おかげで、粟島は身軽になったパートナー電工を率いて、良い成績を残すために市場を駆け上がることができそうだ。いくつか腹案もある。

デスクに戻ろうとして、無表情に佇む妹尾に気がつき、魅力的な微笑みを浮かべてみせた。

「──どうかね。社長職というのも、なかなか気が滅入《めい》るような仕事じゃないかね」

妹尾はびくともせずにこちらを見つめた。

「我々の仕事は警護対象者を守ることです。裁くことではありません」

——裁くことか。

その言葉が、暗に妹尾の本心を語っているような気がして、粟島は肩をすくめた。妹尾はさりげなくヘッドセットに手をやった。

「失礼します、専務」

無線連絡が入ったようだ。

「——少し待て。今どこからだ」

ふたことみこと言葉を交わした後、彼女は交信を終えてこちらに生真面目な顔を向けた。

「どうやら、曽和社長がクーガに拉致されたようです」

粟島は目を瞠り、デスクに戻った。

「いったいどうやって？」

曽和が二十四時間張りつかれるのを嫌い、自宅に戻った後はブラックホークの警備を解いていることは聞いている。

「曽和社長は、携帯機器やＧＰＳを自宅に残し、ボディガードを撒こうとされたようです。自宅マンションを出たところで、タクシーに偽装したクーガに連れ去られるのを、ボディガードが目撃しました」

「――なんて馬鹿なことを」

それ以上の言葉が浮かばなかった。

「――警察に通報すべきだと考えますが」

警察と聞いて反射的に粟島の脳裏に浮かんだのは、先日会社に現れたふたりの刑事だった。短く刈り込んだ髪や剃《そ》り残しのある髭はごま塩で、くたびれた印象の初老の男と、いかにも育ちの良さそうな溌剌とした若い男のコンビだった。八木原のアリバイを確認するために来たのだ。

「だめだ、妹尾君。最初に話した通り、何があっても警察は良くない。曽和さんも同じことを言うだろう」

妹尾は一瞬押し黙り、それから頷いた。最初の契約内容にも明記されていることで、彼女はそれに従わざるをえない。

「――わかりました。現在、行方を追うために、円道班が手を尽くしています。動きがあればお知らせします」

妹尾の表情には焦りも苛立ちも見られない。年齢的には三十代後半だろうか。この若さで、と粟島はかすかに賛嘆の念すら覚えた。ブラックホークは、あいかわらずたいしたものだ。

パートナー電工の粟島専務、ハートフルPRの曽和社長、加賀屋不動産の坊城社長、東洋郷工務店の八木原社長、それに羽田工機のX氏だ。

＊

寒川は、端末に表示させた新聞記事や、ネットで集めた彼らのプロフィールなどを眺めて唇の端を下げた。

「おい、丹野。飯でも食いにいくか」

いくら書類を睨んでいても、妙案が浮かぶわけではない。この五つの企業には後ろ暗いつながりがあるはずで、それは談合か贈収賄に絡む犯罪ではないかと新聞記者は言うのだが、何を糸口にして調査すればいいのかもわからない。彼らは既にクーガの脅迫を受けているはずだ。しかし、誰も口を割らない。逮捕されてから、八木原は完全にだんまりを決め込んでいる。東証一部上場企業の社長にしては、腹が据わりすぎているようだ。もっとも、東洋郷は八木原が一代で育て上げた企業だから、並みの覚悟ではないのだろう。

「どこへでもお供しますよ」

丹野がにこやかに書類から顔を上げた。この男はたまに憎らしくなるほど、いかなる時でも爽快な表情をしている。そのくせ、殺された両親のことを話した時のように、時おり深い闇のかけらを覗かせる。

「寒川さん、ちょっと」

丹野と出かけようとしたのを察したのか、係長席から鹿島が手を振った。

「──ちぇ。お預けかな」

ぶらぶらと寒川が係長席に近づくと、鹿島も立ち上がり背後の応接室に招いた。寒川も入ると、珍しくドアを閉めてしまった。どうも、妙な気配だ。

──これは、丹野を他の班に移すって話かな。

安田たちが鹿島を焚きつけているのは、こちらの耳にも入ってくる。

半分諦めながら、ソファに腰を下ろした。

「寒川さん、丹野の件なんだ」

鹿島が、くたびれた鯰みたいに情けない顔をして、腕組みした。安田たち他の部下と、寒川との間で板挟みになっているのだろう。鹿島は黙っているが、かばってくれているのはわかっていた。申し訳なかった。鹿島が、もうあんたに丹野は任せられないというなら、黙って引き下がるつもりだった。

「こんなに短い間で、始末書やら顛末書《てんまつしょ》やら書いた新人は、五課始まって以来だよ」

「――すまんな。俺の指導が悪かった」

「いやあ、そんなことは言ってない」

鹿島が苦笑しながら、薄くなった頭を撫でた。

「あいつ、すごいよな。俺は正直ね、寒川さん。丹野なんか、どうせすぐに本庁に戻る新人なんだから、適当に仕事して寒川さんの仕事ぶりを見て、感心して帰ってくれりゃ、それでいいやと思ってたんだよ」

「――まあ、それは俺も、あんまり期待はしてなかったけどな」

「それがどうだい。クーガの狙撃手を追いかけて十キロ走るわ、始末書も恐れず拳銃撃ちまくるわ、予想外の大活躍じゃないか。まあ、本人のやる気と、結果が今のところ釣り合ってない感じだけどさ」

話の行方が見えなくなり、寒川は鹿島の表情を窺った。

「正直俺はさ、丹野の奴を本庁に返したくないよ」

「――鹿島」

「俺が言って、どうなるもんでもないがな。しかし寒川さん。丹野の奴が来てから、あんたずいぶん生き生きしてるよ」

「そうかな」

「そんなこと言うと、入院してる池上の奴に叱られそうだけどな」

　鹿島が目を細めて笑った。

「――それじゃ、丹野はこれまで通り、俺がこきつかっていいのかい」

「頼んだよ、寒川さん。あいつ、見所があるじゃないか。いつかは本庁に帰るだろうが、あんたの力で一人前にしてやりなよ。現場の実力がある本庁エリートがひとりでも増えれば、俺たちも助かる。外野は気にするな」

　寒川はつい、鹿島と視線を合わせた。彼の真剣な表情を見て、安田らの讒言《ざんげん》に内心怒りを覚えていたらしいこともわかった。

「――了解した。ありがとう」

「いいって」

　鹿島は軽い調子でいなし、先に応接から出ていった。ああいう男だ。内心は熱いくせに、いつもとぼけている。

　応接を出て席に戻ると、丹野は仕事をしながら待っていてくれた。

「どこかで鍋でもつつくか」

　近くにクエ鍋の店ができて、賑わっているのを知っていた。丹野を誘い警視庁を出て、ぶらぶらと日比谷まで行った。日が沈むと夜気が冷たい。薄手のコートが欲しくなる肌寒さだった。鍋にはちょうどいい季節だ。

「テロリストに脅迫されても、警察に通報できないほどの悪事ってのは何だろうな」

「――さあ。談合でも贈収賄でも、体裁を重んじる人には大変な悪事ですから」

「そうかな。相手は本社ビルに銃撃したり、副社長を撃ち殺したりする奴らだ。まっとうな会社員が、稼ぎを増やすためにちょっとしたズルをするのとはレベルが違う」

「その件ですが、砺波副社長を撃った弾は、襲撃者側の弾ではないんじゃないかという話がありましたよね」

熱海の銃撃事件を調べた静岡県警によると、建物や庭木、土などに埋まった銃弾を掘り出し、発射された位置や角度など調べていくと、建物にたてこもった砺波副社長側と、外から襲撃したクーガ側という、二種類の弾筋《たますじ》に分類されたそうだ。砺波副社長の身体に残された銃弾は、建物にたてこもっていた側の銃によって撃たれたものだと、分析された。つまり、分析結果が正しければ、砺波を殺したのはクーガではない。

「俺にはもう、何がなんだかわからん」

並んで歩く丹野が、すれ違う人々を巧みにかわし、しばらく黙りこんだ。

「――八木原社長も、あの持永という秘書も、そうとうワルじゃないでしょうか」

「そいつは間違いないな」

「砺波副社長は、仲間割れして彼らに殺されたのかもしれません」

寒川は丹野の言葉をしばし胸の中で嚙み砕いた。最初はまさかと思ったが、考えるほどそれが妥当な筋のように思えてきた。なにしろ、拳銃を用意してクーガを迎え撃つような連中だ。

「なるほどな」

ため息が漏れる。もしそれが正しかったとしても、八木原たちが自供するのをあてにはできない。証拠を見つけなければいけない。

「寒川さん。あの――」

丹野が何か言いかけて、口をつぐんだ。

「なんだい」

「いや。何でもありません」

静かに目を逸らす丹野を見て、息子のことだと気がついた。今夜も遅くなりそうだ。ちゃんと息子に連絡したのかと問いたいのだろうが、たびたび差し出がましい口をきくのが嫌で、黙ったのだろう。おかしな奴だ。

「――わかったよ。後でちゃんと、電話しておくよ」

丹野が嬉しそうな表情になった。

「なあ、丹野。お前さん、うちの部門で修業を積んだら、さっさと課長だの署長だのになって、所轄を回るつもりかい」

先ほどの鹿島の言葉が気になっていた。丹野のような警察官僚なら、それが標準的な出世街道だ。平成の初め頃までは、警察庁に入庁したエリートは、入ると同時に所轄の係長、というのがお約束になっていた。丹野が微笑して首を振る。

「決めるのは、僕自身ではありませんから」

「――まあ、そうだが」

エリートとは言っても公務員には違いない。丹野の歩む道は彼が決めるわけではなく、今後の警察行政を考える連中が、チェスの駒を動かすように丹野を動かすのだ。

「――お前さんなら、いい刑事になるよ」

ぽろりと言葉がこぼれ出て、寒川は慌てて口を閉じた。寒川は叩き上げの刑事で、相手はこれから警察庁長官になる可能性だってあるエリートだ。馬鹿馬鹿しい。何がいい刑事だ、思い上がるにもほどがある。丹野は返事に困ったようで、視線を逸らして顔をそむけた。無理もない。

「――ありがとうございます」

丹野の答えはひどく礼儀正しかったが、寒川は穴があったら入りたい心境で、無造作に店の看板を指した。

「あれだ。行こう」

あいかわらず丹野は居酒屋が珍しいのか、階段から廊下の隅々にまで視線を走らせている。

そんな丹野を見て、寒川は苦笑した。

携帯端末が、ポケットの中で震えている。

「――どうした」

それが、八木原を留置している所轄署の番号だと気付き、嫌な予感に寒けを感じながら電話に出た。こういう予感はたいてい当たる。丹野は電話が終わるのをおとなしく待っている。

回線の向こうで、所轄の警察官が上ずった声で説明するのを聞くにつれ、寒川は少しずつ両の肩が重くなるのを感じた。

「――いったいどうしたんですか」

通話を終えると、丹野が好奇心を抑え切れなくなったように尋ねた。

「八木原が死んだ」

寒川は不機嫌に吐き出した。

「留置場で、自殺だそうだ」

＊

途中から目隠しされたので、どこに連れて来られたのか曽和にはよくわからなかった。潮の香りがする。海浜地区にいるのだろうか。

マンション前から乗ったタクシーは、曽和が現れるのを待ち伏せしていたのだろう。GPS発信機のついた自家用車を使わず、タクシーに乗れと指示したのはマギだ。約束した面会時刻から逆算すれば、何時頃に曽和が自宅を出るかわかったはずだった。この自分が、テロリストやハッカーに手玉に取られていることが信じられない。しかし、腹立たしいが事実だ。

車が段差を乗り越えるようにがくんと揺れ、しばらく走って停まった。駐車場にでも入ったのだろうか。生まれて初めてハンドルを握った高校生並みに危険な運転をする運転手は、低く口笛を吹きながらエンジンを切り、運転席から降りたようだ。

「降りな」

自分の側のドアが開く音がして、目隠しを外され、曽和はおそるおそる目を開いた。いきなり強烈な照明を浴びる覚悟をしたが、案に相違してあたりは暗かった。運転手が曽和を車から引っ張り出してどこかに消えた。しばらく待つと、天井に光が爆発した。眩しさに曽和は目を瞬いた。

人の気配などまるで感じなかったのに、そこには大勢の黒ずくめの男たちがいた。立ったりしゃがんだり、バイクにまたがったり床に座りこんだりと、思い思いの姿勢でこちらを見つめている。ほとんどの男が唇に薄笑いを浮かべ、肌寒いのに黒革の半袖ジャケットなど着て、肩のタトゥーを見せびらかしている。ざっと二十人。

中央の小柄な青年がマギだということは、言われるまでもなかった。首筋から顎にかけての火傷の痕が、曽和にも一瞬で十五年前の放火を思い出させた。周囲の男たちの中で、マギの存在はひとりだけ浮いていた。真っ黒で獰猛《どうもう》な狼の群れに、若い鹿が放り込まれたようだ。しかも、この鹿が狼を手なずけている。マギの隣には、胸板が厚くひときわたくましい身体つきをした男が付き添っている。王子を守る戦士の風貌で、それだけ見てもマギが組織で勝ち得ているリーダーシップの強固さが知れる。

曽和は逃げ道を探して周囲を見回した。車が入って来たコンクリートの通路は、十数メートル先で行き止まりになっている。シャッターを閉めたらしい。

「――心配いらない。ここから出してもいいと思えば、開けてやるさ」

マギの声は、よく通った。

「まずはカネを払ってもらおうか。カードを出せ」

ポケットに入っているマネークリップの存在を急に意識した。

「——待って」

曽和が制止すると、マギが首を傾げた。

「お金は払う。だけど、これきりだという保証が欲しいの」

曽和の言葉にしんと静まりかえった倉庫が、次の瞬間には爆笑に包まれた。弾けるように笑っていたマギが、笑いすぎて目尻に溜まった涙を拭い、苦笑しながら口を開く。

「どんな保証が欲しいんだ、曽和社長？　僕らは犯罪者だ。犯罪者相手に、何をどう保証しろって？　銀行みたいに印刷した証書でも欲しいっていうのかい？」

恐れていたのは、クーガがこれに味をしめて、たびたび自分を強請ろうとすることだった。一度カネを払えば、二度め以降を断ることはできない。しかし、カネを払わなければ自分は終わる。

「いい加減諦めたらどうだ、曽和さん。クーガは約束を守る。あんたは僕らに賭けるしかない」

曽和がしぶしぶポケットに手を入れると、先ほどの運転手が猫のように素早く目の前に来た。瞳が黄色く光っている。気味の悪い男だ。

「俺が出してやるよ」

男がポケットにひとつひとつ無造作に手を突っ込み、中身をあらためていく。男の手が身体のあちこちをわざと触っているようで、気持ちが悪かった。マギの指示通り、携帯端末すら持ってきていない。マネークリップに挟んだ現金とカード、それから自宅の鍵だけだ。運転手はそれを摑んで手のひらに載せ、マギに見せた。

「これだけだ」

「約束を守ったらしいな」

マギがクリップからカードを外す。近頃ではこれ一枚で、ほとんどどこでも使える電子マネーだ。会社とは関係のない、曽和個人のもので、昔のクレジットカードと銀行のキャッシュカード、プリペイドカードなどがひとつになったものだと思えばいい。曽和はカード会社三社と契約を結び、一枚で数千万円までなら支払いが可能だった。持参したカードは一枚だけだ。

「それじゃ、信用調査をさせてもらうか」

マギがカードリーダーを出し、曽和のカードを通した。リーダーの画面に三千万円少々という、曽和アンナの口座残高であり支払い可能金額でもある数字が表示される。マギの表情が曇った。

「――なんだ。これっぽっちであんたは自分の命を買うつもりなのか」

マギがそう言うことは予想がついた。苦い表情になるのをこらえきれなかったが、曽和はしかたなく口を開いた。

「――そのカードにはクレジット機能もついているの。その三倍の額を支払っても、ローンで決済できる」

その金額は、自分がハートフルPR社で社長として辣腕をふるい始めてから得るようになった年俸の半分ほどにすぎないが、マギはそこまで知っているだろうか。これは曽和の賭けでもあった。お金ですむ話なら払うと栗島に言ったのは、嘘ではなかった。この程度なら、巴博士の息子の口止め料だと思えば我慢できないことはない。

マギは細い眉を撥ね上げた。

「――いいだろう。それじゃ、ぎりぎりまで頂くとしよう」

クーガたちが、金額を入力するマギの手元を舌舐めずりして覗きこみ、歓声を上げた。

「曽和さん、認証を」

カードの本人認証は、暗証番号と手のひら静脈認証のダブルチェックだ。金額が大きいので曽和も心配したが、特に問題もなく支払いは行われ、一億円近い金が電子音と共に消えた。同時に、曽和の口座に残った借金も表示されている。虚しい気分に襲われたが、会社と自分を救うための、正しい選択だったはずだ。いや、正しい選択でなければならなかった。警察に駆けこんで、クーガにカネを奪われたと訴えれば、警察は振込先の口座を調査するだろう。しかし、そんな真似をするつもりはない。

「本当のことを言えば、あんたにはこの程度のカネ、小遣いみたいなもんだろう」

カードを返しながらマギが微笑する。見透かされているようだったが、曽和は本心を隠し、恨めしげにマギを睨んだ。

「まさか。それより、あなたならこんな手間をかけなくても、銀行のコンピュータに侵入して好きなだけ盗めるんじゃないの」

「もちろん、できるよ」

マギは優雅な仕草でカードリーダーをしまった。クーガの男たちは、またたびを与えられた猫のように、マギになついている。それも当然だ。マギは奴らに好きなだけカネをくれてやるのだろう。

「だけど、銀行のオンライン元帳《もとちょう》上で残高を移動させるだけでは、何が起きたか銀行側に気《け》取《ど》られてしまう。彼らのシステムは複雑にできているからね。金を盗んだことすら誰にも気付かれないためには、オンラインやバッチ、すべてのデータベースで整合性を取る必要がある。曽和さんの口座から僕らの口座に金を支払うため、あたかも正当な取引が行われたかのように情報を作りこまなきゃならない。いまだに彼らは過去の情報をバックアップテープに保存しているから、過去のデータとすり合わせると、改竄《かいざん》したことがわかってしまう可能性もある。そこまでやるぐらいなら、あんたを連れてきてカードを受け取ったほうが早いってわけだ。——あんたはシステムに詳しくなさそうだから、こんなことを聞いてもぴんとこないかもしれないけど」

曽和は同意の印に肩をすくめた。彼らのご機嫌を損ねず、さっさと帰らせてもらうことばかり考えていた。ブラックホークは、曽和のタクシーを見失い、途中で追跡を諦めたようだ。しかし、曽和が拉致されたことは知っている。

「ねえ、早く私が帰らないとまずいことになるかもしれない。ブラックホークが、警察に相談したらたいへんなことになる」

クーガに金を払ってまで、事件をもみ消そうとしたのが水の泡だ。

「カネを払う気があったのなら、なぜブラックホークなんか雇ったんだ？」

マギが面白そうに尋ねた。

「こっちに支払う気があると、あなたに伝える手段がなかったの。いきなりズドンと撃たれたら割に合わないわ」

正直に答えたが、マギが薄く笑っている。

「——それじゃ、そろそろ本題に入ろう」

マギの言葉が不吉に響いた。

「あんたに来てもらったのは、カネのためだけではない」

「――お願い、マギ。電話でも話したとおり、私は巴博士の研究について何も知らないの」

「僕が知りたいのは、あの夜何があったかだ」

曽和は戸惑い、マギと仲間たちを見回した。なぜ今さらそんなことを尋ねるのだろう。彼ら五人が巴博士の死に関わりがあることを、マギは知っているんじゃないのか。

「――あなたはてっきり、現場を目撃したのかと思っていた」

マギは白い顔に冷たい微笑を浮かべた。この若者は、陶器の人形のように美しい顔にもなるが、氷のように醒めた顔もできるらしい。

「僕はあの日、研究所の隣にある自宅で寝ていた。火事になるまではね。だから詳しいことは何も知らない。あんたたち五人が博士たちを殺して火をつけたことくらいしか」

それなら、誰がマギに犯人はその五人だと教えたのだろう。知っているのは、死んだ巴夫妻と自分たち五人だけなのに。

――そうか、とひらめいた。危うくマギの罠に引っかかるところだった。彼は、自分に何もかも白状させて、録音するつもりだ。カネを払えば事件のことを忘れると言うが、自供させて曽和からさらに金を搾り取るつもりかもしれない。そして、いよいよ搾る金もないとわかれば、録音と共に警察に突き出すつもりなのでは――。

「馬鹿なことを妄想しているようだね、曽和さん」

マギが意地悪く笑っている。この男は、他人の頭の中を覗くことができるのだろうか。

「何があったのか正直に話すなら、あんたをターゲットから外してもかまわない。あんたが両親を手にかけたのでない限り」

「違う、私じゃない！」

曽和は慌てて首を振った。マギの言葉を信用するつもりはない。相手は犯罪者だし、曽和を恨んで当然なのだ。しかし、曽和は他人の嘘を嗅ぎ取る自分の勘を信じていた。マギは本気で言っている。――少なくとも、今は。

「――なら、話せ」

マギは審判を司る女神のようだった。ごくりと喉を鳴らし、曽和は十五年前の出来事を淀みなく話し始めた。巴博士の研究内容について宮北が噂を聞きこんできて、その研究が自分たちのプロジェクトにどれだけ多大な影響を及ぼすかを考え、彼らがどう動きだしたのか――。

昔、シェヘラザードと呼ばれる娘は、生き長らえるために毎夜王さまにひとつずつ面白い話を物語ったそうだ。今夜、曽和アンナはシェヘラザードになった気分だった。マギという名の魔法使いが、生殺与奪の権利を持つ自分の王だった。

14

寒川が丹野を連れて所轄署に戻ると、署内はじっとりと汗ばむような気持ちの悪い熱っぽさで満ちていた。留置場には、常に監視がいる。今夜は八木原を含め、三名の男性が個別の房に留置されていた。ひとりは酒に酔って傷害事件を起こし、もうひとりは侵入盗の容疑で逮捕されたのだ。

寒川らが到着した時には、救急車が署の裏手に停まり、地下の留置場から担架で八木原が運び出されるところだった。正式な発表はまだだが、どこから嗅ぎつけたのか新聞記者が何人か、しきりにフラッシュを焚いている。

「八木原は、本当に死んだのか」

走り去る救急車を見送り、寒川は手近にいた警察官を捕まえて尋ねた。シーツの間から覗く肌は土気色で、生気が感じられなかった。つい数時間前まで、寒川はあの男を尋問していたのだ。手ごわい相手で、質問にはほとんど答えず、脅してもすかしても、泣き落としにも理屈にも反応を見せない曲者《くせもの》だった。強い目の光が、いかにも「財界のブルドッグ」と異名をとる男らしかった。

――あの男が自殺しただと。

二十代前半らしい制服警官は、眉をひそめて首を横に振った。しかつめらしい表情を作ろうとしているが、内心の興奮が見て取れる。

「発見した時には息がなかったそうです。念のため病院に送り、蘇生措置をするそうですが」

「何があった」

外にいる記者たちに、まだ聞かれたくない。声を殺して尋ねる。

「ワイシャツを脱いで、首に袖を強く巻き付けていたそうです。監視は八木原が眠っていると思っていたんですが、気がついたら死んでいたとか」

寒川は舌打ちして、警官を去らせた。丹野が用心深く近づいてくる。留置場での自殺は、過去にも発生している。自殺を予防するため紐《ひも》状のものはベルトですら身につけさせないし、食器も、凶器になりうるようなものは使わせない。しかし、被疑者が本心から死のうとした時、それを止める手立てはない。

「俺たちが目を離した隙に死ぬとはな」

「――こんな事態になり、会社や自分の未来を悲観したんでしょうか」

慌ただしく走り抜けていく警官がいる。こっそり〈刑事部屋〉に近づこうとする記者を、制服警官が丁寧に、だが断固として阻止する。どこかで気持ち良く飲んでいたところを呼び出されたのか、厳しい表情だが真っ赤な顔をして戻ってくる幹部もいる。留置場における被疑者の監視態勢に問題がなかったか、調査が入ることは間違いない。幹部の責任問題に発展するかもしれない。

「まさか。財界のブルドッグと言われた八木原だぞ。そう簡単に、自殺するほど悲観してたまるか」

ついてこいと丹野に合図して、留置場のある地下に降りていった。途中で所轄の警官に制止された。柔道をやっているのか、肩幅の広い肉厚な身体つきの警官だった。

「俺たちは、八木原を取り調べていた公安第五課だ。なんでこんなことになったのか、話を聞く権利がある」

「今は無理です。自分は、現場を保存するよう上に命じられています」

男の肩越しに留置場を覗く。個別の房には、今夜八木原以外にもふたり、入っていたはずだ。白いペンキで塗られた檻《おり》のなかに、それらしい人影は見えなかった。そのかわり、八木原の房には制服警官と鑑識の腕章をつけた警官たちがぎゅうぎゅうになるまで入っている。現場の状況を調べているのだろう。

「他の被疑者はどうした」

「三階の取調べ室に移動させて、そっちで寝かせるようにしました。この状態では、眠るどころではないでしょうから」

「そっちにも監視をつけているだろうな」

「もちろんです」

それだけ聞くと、寒川はいま降りてきた階段を上り始めた。丹野がおとなしく従う。

「他の被疑者がどうかしたんですか？」

他のことには察しがいいくせに、丹野も鈍いことを言うものだ。

「八木原が死んだ時に、物音を聞いてるかもしれないだろう」

ふたりの被疑者を叩き起こしてでも、事情を聞くつもりだった。人道的見地から、被疑者の事情聴取は夜十時までと時間帯が決められているが、明日の朝まで待つ気はない。階段を駆け上がり、取調べ室に近づく前に、ふたたび制服警官に阻まれた。

「申し訳ありませんが、今夜は誰も近づけないように指示を受けていますから」

「俺たちは公安第五課だ。誰の命令だか知らないが、こちらには話を聞く理由がある」

「朝八時以降にしてください」

寒川の不機嫌な顔にも、相手は揺るがず首を横に振った。取調べ室にも監視役の警官がいるのだろう。無理やり押し通っても、話を聞くことができるとは思えない。寒川は制服警官の顔をじっと見つめた。えらの張った顎や、丸い獅子鼻《ししばな》に特徴があり、記憶に残りやすい顔立ちだった。

「――わかった。後悔するなよ」

制服警官が居心地悪そうに身じろぎしたが、寒川はすぐに踵《きびす》を返した。

「どうするつもりですか、寒川さん」

丹野は見えないリードに引かれる子犬のように、目を丸くして寒川の行く先々についてくる。尋ねた声は、こんな非常事態になってもどこか茫洋としていた。

「秘書の持永は、見つかると思うか」

丹野は答えをためらったようだった。

――見つかるわけがない。

この事件からは、どぶのような腐臭が漂ってくる。最初から最後まで何かがおかしい。警視庁のコンピュータシステムが完全にダウンした。前代未聞の事態だ。自分たちは犯人のクラッカーを追いかければ追いかけるほど、なぜか財界の闇に足を踏み入れている。おまけに八木原が自殺するなんて、丹野に告げた通り寒川には信じられなかった。

――八木原は殺されたな。

口封じだ。八木原が取調べで都合の悪いことを喋らないよう、殺したのだ。警察署の留置場の中まで、クーガの力が及んでいるのだろうか。それとも——。

自分の想像のおぞましさに、寒川は怖気《おぞけ》をふるった。

「俺たちは、持永が逮捕されるよう祈ったほうがいいな。もし逮捕されたら、連絡が来た瞬間に奴の身柄を俺たちが確保すべきだ。誰かに殺されないうちにな」

「寒川さんは、誰が八木原を殺したと思っているんですか？」

丹野が不思議そうに尋ねる。正直に答えるべきかどうか迷ったが、寒川は肩をすくめた。

「——問題は、本当の敵が何者なのか、俺たちがよく知らないことかもしれんな」

「どういうことです？」

寒川は丹野を睨み、さっさと歩きだした。

「たまには自分で考えろ、若いの。そこに乗っかってる形のいいカボチャには、中身が詰まってるんだろうが」

頭をかきながら丹野が小走りについてくる。

「すみません。もうひとつだけ、聞いても良ければ——。これからいったいどこに行くんです？　鍋をつつきに行くわけではなさそうですよね」

鍋には未練があったが、今夜はそれどころではなさそうだ。

「丹野、お前はここで帰れ。あとは明日にしよう」

「寒川さんはどうするんです」

　――俺も帰ると、気楽に嘘をつける人間なら良かったのだが。

「俺は少し寄るところがある。お前は帰ったほうがいい」

　ふと考えた。

　これ以上、若くて将来性のある丹野を、事件に深入りさせないほうがいいかもしれない。刑事として育ててやりたいのは山々だが、この事件はいくらなんでも危険すぎる。

　寒川は、自分がこの新米刑事を、いつの間にかずいぶん気に入っていることに気がついた。

　丹野が目を瞬いた。

「嫌ですよ。事件に関係することなら、僕もお供します」

　意外と強情な若いのだ。しかし、そこがこの男のいいところかもしれない。

　寒川はため息をつき、頷いた。

＊

「あの女、本当に逃がしてやるのか」

倉庫街にも秋の気配が侵入している。バイクにまたがり、革の手袋をはめようとしているマギの背中に、由利は声をかけた。冷凍食品を扱う会社が倒産して、今は使われていない倉庫に、マギは曽和を置き去りにしようとしている。すぐに逃げだして、彼らの後をつけたりできないように、曽和の両足と両腕をロープで縛りあげてはいるが、時間をかければロープが切れるように、わざわざ小さなやすりまで与えていた。ご親切なことだ。もっとも、現在は管財人の管理下にあり、資産整理の対象になっている倉庫に人が来るあてはないから、このまま閉じ込めて放置すれば、あの女が凍死するか餓死するのは間違いない。マギは曽和に生き延びるチャンスを与えてやったのだ。

「もらうべきものはもらった」

マギがフルフェイスのヘルメットをかぶり、こちらを振り向いた。ヘルメットのせいで、表情は読めない。

「彼女は、充分みじめな思いをしたはずだ」

由利はそれ以上何も言わず、自分のオートバイにまたがった。――みじめな思いか。当然、したはずだし、これからもっとするはずだ。口にくわえたやすりでロープを切り、痺れて動かない手足をさすりながら、真っ暗な倉庫の中を手探りで出口を求めて歩き回ることになるだろう。どうにかシャッターを開けることができたとしても、この時刻、海浜地区のこの周辺に、車や人が通りかかることはない。橋を渡って旧海岸通りのほうまで歩けば、運良くタクシーを拾えるかもしれないが、その前に小銭を稼ごうとうろついている少年たちに捕まるかもしれない。マギは曽和のポケットに入っていた現金など目もくれなかったが、少年たちなら目の色を変えるはずだ。曽和は近くにある交番に駆け込むこともできない。

――しかし、その程度の復讐でマギは気がすむというのか。

何といっても、曽和はまだ生きている。曽和の証言が本当なら、奴らはマギの両親を殺したらしい。しかも家に火をつけ、マギから庇護者《ひごしゃ》も家も希望も、何もかも奪った。

自分ならとても気がすまない。カネを奪い、当時の話を聞き出したとしても、自分なら少なくとも、あの取り澄ました女王面をブーツの踵で踏みにじってやらねば、腹の虫がおさまらない。

「育ちのいい坊ちゃんは、違うねえ」

ニードルが、タクシーの運転手に化けるためのスーツを脱ぎ捨てて、革の上下に着替えながらニタニタと笑う。細身だが、鍛えた身体つきだ。

「俺なら、あいつの真珠みたいな歯をペンチで一本ずつ引っこ抜いてやるな。ついでに、べらべらとよく動くめんどくさい舌も。女は無口なのがいちばんだからな」

ニードルならやりかねない。たぶん、それ以上のこともやるに決まっている。マギが右手を上げ、由利とニードル以外の仲間に向かって振った。

「みんなは先に行け。ふたりは残れ。カネはもう、それぞれの口座に分散した。明日まで好きに遊ぶといい」

弾けるような歓声と共に、クーガのメンバーがオートバイのエンジンをかける。とたんに、静まりかえっていた海浜地区に、エンジンの轟音が響いた。単純な彼らにとって、マギは気前が良くてうるさいことを言わない、最高のリーダーだ。カネはもちろんのこと、ちょっとした気晴らしも与えてくれる。

仲間のバイクが次々に走り去るのを横目に眺め、マギはヘルメットを脱いだ。月明かりに照らされた色白の顔には、困った奴らだと言いたげな、かすかな苦笑が浮かんでいる。

「ふたりとも、何が気に入らないんだ？」

由利は、心ならずもニードルと顔を見合わせた。どう見てもイカれた男のニードルと、ひとくくりに扱われるとは思わなかった。

「気に入らないなんて言ってないぜ、俺は。ああ、こいつだな？　フラッシュの奴は、いつでも世の中のすべてが気に入らないって、しかめっ面をしてるじゃないか。こいつはこういう面なんだよ。我慢しろ」

ニードルが、変装に使った地味なネクタイで、スーツをまとめて縛っている。恨みでもありそうな縛り方で、よっぽどスーツを着たくなかったらしい。由利は、手を上げてニードルの軽口をとどめた。

「――気に入らないのは、あんたの本心が読めないことだ。曽和からカネを巻き上げた手口は、さすがだった。しかし、あんたが言った通り、あの女にとってあの程度のカネははした金に違いない。八木原を完全に破滅させたあんたが、曽和についてはなぜこの程度で気がすむのか不思議なんだ」

「堅いこと言うなよ、フラッシュ。マギがそれでいいって言うんなら、俺たちが口を出す筋合いじゃない」

ニードルがにやにやと言葉を続ける。この狙撃の名人は、とにかく自分の本心とは逆のことを口に出したがるのだと、由利も最近になってようやくわかってきた。

マギがため息をついた。

「これは僕の個人的な問題だ、フラッシュ」

「同時に、俺たちの問題でもある」

由利は頑なに言い募った。マギは個人的な復讐のつもりかもしれないが、失敗すれば自分たちだって一蓮托生だ。

「――関与の度合いによるのさ」

いきなりマギが言ったので、理解が遅れた。十五年前の事件に対する関与の度合いによって、それぞれへの罰に手心を加えているという意味らしい。

「曽和は事件への関与が低いと？」

「さっきの話を聞いただろう。巴博士を殺したのは八木原だった。夫人を殺したのは宮北。そしてことが終わった後に、隠蔽工作を指揮したのは坊城。あとのふたりは、坊城に指示されるまま動いただけだ。命まで取る必要はない」

「あいつの話を信じるのか？　命が惜しくて、でたらめを喋っただけかもしれないぞ」

刑務所に入っている間に、由利が身体の芯から学んだことがあるとすれば、人間は嘘をつく生き物だということだった。同室だった頭が禿《は》げあがった五十代の男は、いもしない妻と娘の話をえんえんと由利に語って聞かせた。くだらない窃盗事件で刑に服している男は、自分が大泥棒であるかのように話を脚色していた。そう、あれは彼らにとって嘘ですらなかった。わびしい人生に彩《いろどり》と味付けを加えるための、ちょっとした脚色にすぎない。命がかかった瀬戸際で、曽和が正直に過去を語ったとは思えなかった。

「いいんだよ、あれで」

マギがさらりと呟く。

「良かったよ、博士を殺したのが八木原で。そうでなければ、さすがの僕もあの男が気の毒になったかもしれない――ならなかったかもしれないけど」

マギは軽くオートバイのシートに腰を預け、唇を歪めた。由利はふと、疑問を感じた。

「なあマギ、俺たちに隠していることがあるんじゃないか」

「隠す？」

マギの細面の顔に、一瞬だけ強い苛立ちがよぎった。強情で、かつ傲慢なサイバー空間の魔術師の影が、ちらりと覗く。

「それじゃ君たちは、僕について何もかも知る権利があるとでも言いたいのか？　それはまた、ずいぶんと勝手な思い上がりだな」

「そう怒るなよ、マギ」

ニードルが、のどかな声で宥めた。最初のうちは演技だと思っていたが、彼にとっては持って生まれた声らしい。田舎で育った朴訥《ぼくとつ》な青年の声だ。カネで他人を始末する狙撃手になる前は、警察官だったともいう。この男、どんな人生を送ってきたのだろうか。

「俺たちはひとつの狭い部屋にいて、その部屋にはでっかいスズメバチの巣があるわけだ。お前が箒《ほうき》の先でスズメバチの巣をつつきまわそうとしているのに、俺たちが黙って見ていることはできないよな。こっちも刺されたくないからな」

マギは、しばしニードルを見つめ、肩をすくめた。

「君たちの好奇心にも、困ったものだな」

由利は不本意ながらも、ニードルに感謝した。それにしても、好奇心ときたか。

「大丈夫。僕は君たちを裏切らない。クーガは僕の宝、僕の希望だ」

マギの整った横顔を見つめ、由利はその表情に何が隠されているのか知ろうとした。難しかった。

*

携帯端末が鳴り始めた。公衆電話からの発信と表示されているので、粟島は出るのをためらった。相手が何者かもわからないのに、電話に出るのは危険だ。妹尾がすぐに様子を悟り、近づいてくる。

「さしつかえなければ、私が代わりに」

「ああ、頼む」

粟島は執務室の椅子の背に深々ともたれ、妹尾が端末を操作するのを見守った。社長交代をともなう取締役会が三日後に迫り、しかもその主役を自分が務めねばならないというのに、自宅に戻って休む余裕はない。日付が変わったが、開発部門長ら粟島の腹心の部下たちが、慌ただしく出たり入ったりしている。まだ公になったわけではないが、財部の勇退は予想されており、粟島社長の誕生も期待されているのだ。彼らも情報収集に余念がないというところか。

「――曽和社長です。クーガに解放され、公衆電話からこちらにかけておられるようです。お出になりますか」

慎重に相手と会話していた妹尾が尋ねた。

「曽和さんだと？」

粟島は顔をしかめた。自分がこんな大切な時期にあるというのに、彼女は何をしているのだろう。曽和だけではない。八木原にしても坊城にしても、十五年前の亡霊に悩まされるにもほどがある。適切な手を打つこともできず、曽和などブラックホークを教えてやったのに、自分からそれを無駄にしてしまった。自分は、身辺をきれいにしておかねばならないのだ。

「どこにいるんだ？」

「田町近くの倉庫街だそうです。助けを求めておられるようです。今から円道班に向かわせますが、よろしいでしょうか」

辛抱強く妹尾が言った。

「そうしてくれ。彼女の勝手で引き起こしたことだが、救出してやってくれるとありがたい」

栗島は、電話に出る気にもなれずに、疲れた目を閉じて頭を椅子のヘッドレストに預け、指先で眉のあたりを軽く揉《も》んだ。曽和にはもう、ほとほと愛想がつきた。

「もちろんです。大切なお客様です」

妹尾の態度は、どっしりと重みのある鋼鉄を思わせる。皮肉な雰囲気などみじんもない。信頼感を醸成し、何があっても彼らや彼女らと共にいれば安全だと感じさせてくれる。もちろん実力も兼ね備えている。

――部下がみな、これほどの連中なら良かったのだが。

栗島自身の配下をひとりずつ思い浮かべ、メールをうちながらため息をつきたくなった時、再び携帯端末が鳴った。妹尾が反応しかけたが、栗島は画面に表示された名前を見て、彼女を制止した。

「大丈夫だ。私が出る」

妹尾が頷き、ドアの脇に下がる。

「――栗島だ。報告書を受け取ったが、あんな書き方では頭の堅い取締役連中を説得できるとは思えないな。書きなおせ」

電話の相手は、しどろもどろになりながら言い訳を重ねている。時間が足りないだの、データが不足しているだの、栗島が眉をひそめる言葉ばかりだった。

「いいか、君。データを取る時間は、十年もあれば充分だったはずだ。今さら何を言っている。取締役会は三日後と決まった。必ずその日までに報告書を間に合わせろ」

それ以上、相手に何か言う隙を与えず通話を終える。データが不足しているというのは本当だろうか。取締役会での発表よりも、論文発表を先に検討すべきだったのだろうか。

——いや、もう遅い。決めたことだ。

三日後のパートナー電工取締役会で、粟島は長年温めてきた計画を実行に移すつもりだった。天下を取るのだ。

*

はだしの足裏に鋭いものが刺さり、曽和は小さく悲鳴を上げて傷を確かめた。砕けた歩道の敷石の上を歩いてしまったらしい。革靴を持ち去ったクーガに呪いの言葉を吐きながら、彼女は踵に突き刺さった石を抜きとった。

時計も盗《と》られたので時刻がわからないが、とうに日付は変わったはずだ。人気《ひとけ》のない倉庫街を抜け、寒さに凍え、縛られていた手足の痛みに耐えながらゆっくり芝浦方面に向かっていた。

先ほど、廃墟のように荒れた倉庫の前を通り過ぎる時に、それだけ新品のような公衆電話を見つけた。利用する人間がいるとは思えないが、災害対策用で予算がおりたのだろう。設置された理由はともかくとして、曽和はありがたくそれに小銭を投入し、記憶していた粟島の携帯に電話をかけた。ブラックホークの警護を故意に振りきって出てきた。なんと説明しようかと内心ではびくびくしていたが、電話に出たのは粟島でなく妹尾で、曽和の無事を聞くと心から喜び、場所を聞くとすぐに円道に迎えに行かせると言った。ボディガードという職業意識からだけでなく、本心から曽和の無事を喜んでいると感じた。たった数日、身近に接しただけの相手なのに。

電話を切り、田町駅の方角に向かって歩き続けた。少しでも明るい場所に出たほうが安全だという、妹尾の言葉に従うことにした。クーガが戻ってきたら――、クーガでなくとも、他人の懐を狙うおかしな連中に見つかったらどうしようと不安だ。自分はひよわな人間だ。それは潔く認めるしかない。

――なんという夜だったのだろう。

四十数年生きてきて、これほど自分の無力さを感じたことはない。マギは、言葉を尽くした曽和の説得にも、心を動かされた様子を見せなかった。自分の人生を全否定された気がした。マギの前に跪《ひざまず》き、頭《こうべ》を垂れ、這いつくばって慈悲を請いながら十五年前の事件について、洗いざらい告白した。語りのテクニックを弄《ろう》する暇もない、恥ずかしいくらい率直で正直な告白だった。マギはあの告白を録音していたのではないか。考えただけでも目の前が暗くなるが、それとは裏腹に心が少し軽くなったのはなぜだろう。巴夫妻の死の真相を、やっと他人に明かすことができたからだろうか。あるいは、これでクーガの魔手から逃れられるかもしれないという、その安堵《あんど》からだろうか。

もうすぐ田町の明かりが見えてくる。

オートバイの音が近づいてきた。円道が捜しに来たのだろう。これで帰れる。

なぜ自分の心がこれほど軽やかになったのか理解した。自由になったからだ。巴博士の現場にいた五人の間の、互いを監視しあうような不自由さから、今夜ようやく解放されたのだ。靴が奪われ、はだしで冷たい敷石を踏んでいることすら、自由の象徴のようだった。

もう、粟島たちと行動するのはよそう。彼らはどのみち、クーガに骨までしゃぶりつくされるに違いない。自分と同じだ。八木原のように刑務所行きになり、坊城のように家族とも別れて行方不明になり、こつこつ築き上げた信用や地位やカネ、すべてを奪われて地獄の鍋で煮え立つシチューの中に、ぽいぽいと投げ込まれる。粟島だって、いつまで涼しい顔をしていられることやら。

会社を辞めるのもいいかもしれない、と曽和はこれまで一度として夢想したこともないことを考えた。マギに大金を奪われたものの、自分の資産はそれだけではない。大企業の社長という地位にしがみつこうとするから、クーガのような奴に狙われるのだ。自分はまだ若いが、ほとんどの人々が一生かけて手に入れるものを既に手に入れた。あとは余生と思いさだめて、家族でのんびり過ごしてもかまわない。自分がそう誘えば、夫の悟郎も賛成してくれるだろう。悟郎は以前から、海外でのプロデューサー業務にも興味を示していた。日本にこだわる必要もない。まだ物価の安い海外に移住しようか。ニュージーランドあたりなら安全だというし、暮らしやすいとも聞いている。何よりも、息子の安全が大切だ。これ以上、クーガのような卑しい連中に狙われてはたまらない。

エンジンの爆音がこちらに近づいてきた。

「円道さん！　こっちよ！」

ひとつ目小僧のようなオートバイのヘッドライトが目に入り、曽和は両手を振った。ずっと暗がりを歩いてきた彼女の目に、そのライトはフラッシュのように眩しすぎた。そのせいで、気がつくまで時間が必要だった。ライトの向こうで男が黒い物体を握り、こちらに向かって狙いをつけていることに。

「──円道さん？」

曽和はまだ唇にほのかな笑みを浮かべていた。解放の喜びの残滓《ざんし》だった。

次の瞬間、バックファイアのような音が轟き、曽和の身体は歩道から吹き飛んで、背後のブロック塀に叩きつけられた。曽和は、まだ少し戸惑っていた。何か言おうとしたが、胸に力が入らず声にはならなかった。痛むというより、衝撃ですべてが麻痺していた。背中も、胸も、頭の中も。

「――――」

エンドウ。

男がエンジンを停め、オートバイから降りてこちらに近づいてきた。黒ずくめの男はヘルメットをかぶり、円道よりもひとまわりほっそりしていた。右手に握ったものを突き出し、二度、引き金を引いた。

――トウヤ。

二十年も企業のＰＲ戦略を練り続けた曽和アンナが最後に思い浮かべたのは、五歳の息子の顔だけだった。

15

「なんだい、こんな時刻にふたり揃って」

公安第五課一係長の鹿島は、日付が変わろうという時刻の部下の自宅訪問に、渋い顔をした。娘が大学受験で遅くまで勉強している。しかも同じ屋根の下に、介護が必要な鹿島の父親も同居しており、奥さんがなにかとたいへんらしい。気がねするので自宅には上がらず、玄関口での立ち話にした。頭髪がすっかり薄くなった鹿島は、ホームウェアにガウンを羽織っていても、どことなく寒そうに見える。

「八木原社長が『自殺』したって、聞いたかい」

「寒川さん、その件か。聞いたよ」

隣近所は一般の会社員が住んでいる。鹿島は「声を下げろ」と目配せした。どこに他人の耳があるかわからない。

「現場を保全する必要があるんだ。それから、関係者の事情聴取を、所轄でなくうちが担当したい」

「そりゃまた、どうして」

鹿島が驚いたようにこちらを見る。

「――証拠を隠滅される恐れがある」

「何の証拠だって」

思わず口にして、彼はようやく自分たちがかなり危険な領域に足を踏み入れようとしていることに気付いたようだ。寒川が懸念していることを話すと、青白い顔のまま、ゆっくり首を横に振った。

「いいか、寒川さん。その件は、内部規定に沿って調査される。あんたは余計な心配をしなくていいんだから」

公安第五課の係長は切れ者でなくては務まらないが、ずっとこの件に関わってきた寒川には、それだけでは物足りなかった。

「この件はそれじゃダメなんだ、係長」

「──よせ、寒川さん。それでいいじゃないか。危ない橋を渡るのはよせ」

鹿島が事情を知っているとは思わなかったが、保身に走ろうとしている臭いはした。八木原が、自殺なんかするわけがない。殺されたのだ。警備と監視が厳しいはずの留置場で、殺人が起きたのだ。

──所轄の警察官の中に、八木原殺害に手を貸した人間がいる。

警察官が直接手を下したとは、寒川も考えたくない。しかし、留置場には昨夜、他の被疑者がふたりいた。なぜ、彼らと話したいという寒川を、所轄の警察官が止めたのか。彼らは誰が八木原を殺したか、知っているのではないか。あるいは、ふたりのどちらかが殺害の実行犯なのではないか。

——証拠はない。

誰がなぜ、八木原の口を封じる必要があったのか。何人の警察官が、協力したのだろう。ひとりやふたりではない。それはもう、組織的な犯行とでも言うべきものだ。

「鹿島。それでいいと、本気で思うのかい」

鹿島は目を光らせ、寒川の肩を叩いた。

「あんたの考えすぎだよ、寒川さん。俺たちが追うのはクーガだ。ありもしない、想像の産物なんか追いかけるんじゃない」

——想像の産物か。

「——頼む、寒川さん。あんたのためを思って言うんだ」

鹿島の目が真剣だった。この男は、何か知っているのかもしれない。他のことなら、率先して捜査のために危ない橋を渡る男だ。それが、これほど恐れている。

それ以上、説得する材料もなく、彼の家を離れた。不発に終わった寒川の告発について、丹野は特に何も言わなかった。

「悪かったな。遅くまで付き合わせて」

「僕が無理についてきたんですから」

丹野は鷹揚《おうよう》に答える。彼も、寒川の考えすぎだと思っているのだろうか。

「どうも、気持ちが悪いんだ。理屈がすっきりと通らないことが多すぎて」

「――自殺、だと思いますよ」

意外にも、丹野が静かに口を開いた。

「八木原みたいに剛直な男でも、心に隙が生まれれば、自殺することはあるんだと」

「お前はそう考えるのか」

「はい」

不思議な男だ。どう見ても育ちのいい坊ちゃんなのに、時々妙にうがったことを言う。

丹野の携帯端末が鳴った。彼は端末をちらりと見て、はにかんだように「もう帰ります」

と言った。

――彼女からかな。

自分は結婚しないと思う、などと言っていたが、そんな発言が飛び出したのも、まさにいま、恋愛の最中《さなか》にいるからかもしれない。寒川にはむしろ、微笑ましく思えた。

丹野とは、タクシー乗り場で別れた。もう地下鉄も動いていない。

八木原の件は、「綿密な調査を経て」自殺として処理され、所轄の留置場の監視態勢に不備があったとして、責任者が何人か処分を受けるのかもしれない。それで、全ては闇に葬られる――。

マンションに帰宅すると家のなかは真っ暗で、息子の泰典はもう寝たのだろうと思った。ロフトに上がる階段の明かりも消えている。

寒川は缶詰を肴《さかな》に、コップ酒を開けた。酔って、ふて寝したい気分だった。熱海の事件が解決に近づいたと思えばこれだ。クーガとマギに迫る材料になると考えていた八木原が、あっさり死んでしまった。

壁に掛けたモニターで、ネットのニュース速報を次々に読み上げさせた。丹野のように、携帯端末でこまめに情報収集をするのは苦手だ。だいたい、目が疲れる。八木原の自殺も報じられている。都心で発生した強盗事件。米国と中国の首脳会談。新たな冷戦——。

階段がぎしりときしんだので、振り返った。泰典が眠そうな顔で階段の下に立っていた。

「なんだ。起きてたのか」

「ゲームしてた」

のっそりと台所に行き、冷蔵庫から牛乳を出してグラスに注ぐ。小学生の頃は、身長がクラスで下から二番め以上になったことがないほど小柄な少年だったが、中学生になったとたん、急に身長が伸びはじめた。今では身長だけなら寒川にも迫る勢いだ。

「早く寝ろよ」

「晶子叔母さんが、母さんの命日はどうするのか聞いておいてくれって」

泰典の言葉に、寒川はグラスを呷る手を止めた。――もう命日か。

去年の今頃も、同じことを考えた気がする。妻の輝美《てるみ》は、高速道路を運転中に道路の陥没による玉突き事故に巻き込まれ、亡くなった。まだ泰典が小学校の五年生だった頃だ。それから二年になる。

「今年は三回忌だったな」

「父さんが忙しいようなら、叔母さんが手配してくれるって」

早くに母親を亡くしたせいか、泰典はませた話し方をする。寒川の妹の晶子が、いろいろと世話を焼いてくれるので助かっている。

「そうだな。悪いが、晶子叔母さんに任せようかな」

「電話しといてね」

牛乳を飲み終えて、泰典はさっさとロフトに上がっていった。その背中に、早く寝ろよ、ともう一度寒川は声をかけた。

輝美が巻き込まれた事故は、道路の老朽化による陥没がきっかけになって起きた。大型トラックがスリップし、後続車輛が巻き込まれて五台、追突した。

――要するに、国の衰えが彼女を殺した。

寒川はそう考えている。

寒川が思うのは、どうすれば息子に、この先ごく普通に、まともに生きていける、暮らしやすい社会を残してやれるのかということばかりだ。答えはまだ出ない。

流れてきた新たなニュース速報に、寒川ははっと顔を上げた。

『午前一時半ごろ、田町周辺の道路で、女性の射殺遺体が見つかりました。この女性は、ハートフルPR社の曽和アンナ社長と見られ——』

また、新たな犠牲者が出たようだ。


ブロック塀に飛んだ血は、茶色く変色し始めている。

寒川は、鑑識の腕章をつけた警察官らが、周辺を通行止めにして、アスファルトの上を舐めるように写真撮影し、証拠物件を集めるのを眺めた。彼らが使うルーペやピンセットが、朝の光を受けてきらりと輝く。

午前一時半頃、田町駅から徒歩七分のこの場所で、ハートフルPR社の曽和社長の遺体が発見された。自宅を出た時と同じ、カジュアルなジャケットとサブリナパンツを身につけていたが、靴と時計がなかった。上着のポケットにはマネークリップに挟んだ現金とカードが残っていた。強盗にしては妙だ。額と肩、腹の三か所を撃たれ、ほぼ即死と見られている。弾は三八口径。発見者は、曽和の警護を担当していたブラックホーク社のボディガードだ。ただし、曽和との契約は、会社から自宅に送り届けるまでとなっており、事件が発生したのは契約時間外だった。曽和は、ボディガードに自宅まで送らせた後、パートナー電工の粟島専務に会うと言ってひとりで自宅を出た。その数時間後に、公衆電話から粟島に助けを求め、粟島から指示を受けたブラックホークが駆け付けるまでに誰かに殺された、という。

寒川は、現場周辺に張り巡らされた黄色いテープと、その外側にびっしりと集まって現場検証を見守っているマスコミ関係者や野次馬を見回した。

八木原のアリバイを確認した時、曽和本人は決して刑事ふたりに会おうとしなかった。写真を見たことはあったが、いかにも明敏そうな女性社長の趣《おもむき》があったはずだ。こんな死に方をするとは本人も思わなかっただろう。

曽和が助けを求める電話をかけたのが、午前一時頃とされている。その頃、この一帯は人通りが絶え、ぽつりぽつりと灯る街灯が、アスファルトを照らしていたはずだ。そんな寂しい場所で、曽和は何をしていたのか。夫には、粟島に会うと話したそうだ。粟島は、警察の問い合わせに、そんな約束はなかったと答えた。

「昨夜、八木原と曽和が死んだ。坊城は行方不明。残ったのは粟島と――羽田工機の誰か、か」

寒川が呟くと、丹野が後ろで黙って指先に息を吹きかけた。寒いらしい。田町の駅で合流した時、少し眠そうに見えた。昨日はちゃんと恋人と会えたのかな、と余計なことを考えた。凍えながらふたりで現場検証を眺めていると、携帯端末が鳴った。

「——なんだ」

公安第五課の事務方からだと知って、返事がぶっきらぼうになる。用件も気に入らなかった。短い言葉を交わして切ると、丹野がもの問いたげにこちらを見た。

「東洋郷工務店の持永が見つかった」

「あの秘書室長ですか。危ない感じの」

丹野の言い方に、あやうく頷きそうになる。寒川も、持永にはいい印象を持っていない。ビジネスマンの顔の裏に、やくざな心根を隠し持つように見えた。

「そうだ。ただし、もう危なくないらしいがな。——東京湾で、遺体で発見された」

——持永まで殺されるとは。

これで、東洋郷工務店関連の事件は、真相解明が困難になる。

「犯人はクーガでしょうか」

丹野の質問には答えず、寒川はポケットから飴を出して口に放り込んだ。やりきれない気分をまぎらわすつもりだった。

「曽和を殺したのはクーガだと思うか」

丹野が驚いたようにこちらを見る。

「それ以外に、考えられますか」

寒川は首を振った。昨夜はいい刑事になれると思ったが、やはり丹野は経験が足りない。

「この事件は、もっと複雑だ。裏がある」

連中が脅迫していたのは間違いない。砺波副社長の死、八木原が武装していたこと、ホテルを狙撃しようとしたこと、曽和と粟島がブラックホーク社の警護をつけたこと。何もかも、脅迫の存在を示唆《しさ》している。しかし、クーガには警察に捕まった八木原を殺す理由がない。八木原は彼らに抵抗して逮捕された。クーガはそれを、彼らに逆らう者の末路として喧伝《けんでん》できるはずだ。

——八木原や曽和が、クーガに脅迫されたと証言してくれていれば。

そうすれば、クーガの犯罪を明るみに出すことができたのに。しかし、そうなった時、自分は彼らの命を守ることができただろうか。

「曽和の口座から、昨夜一億円近くの金が引き落とされたらしい。金はこまかく分散され、複数の口座を経由して引き出された」

「大金を取って、あげくのはてに殺したんですか。クーガらしいですね」

首を振ってため息をつく丹野に、現実を教えてやるべきなのか、素直な好青年のまま放っておいてやるべきなのか、迷った。どのみちこいつは、一定の期間が過ぎればエリート警察官僚として、デスクワークに戻るのだ。

「世の中はお前が思うほど、きれいなもんじゃない。クーガのような犯罪組織が、一度カネを受け取っただけで満足すると思うか。たったの一億だぞ」

たったの一億という言葉に、丹野が目を白黒させる。

「曽和個人から一億取れるなら、会社からはもっと搾り取れる。そう考えるのが自然じゃないか？」

「つまり、クーガが曽和を殺すはずがないと、寒川さんは言われるんですか」

「当たり前だ。大事な金づるだからな」

細く長く、生かしてカネを搾り取る。クーガならそう考える。寒川は周辺を見回した。

「曽和が電話をかけた公衆電話は、向こうだな」

丹野は黙ってついてくる。

曽和の遺体は、手足に縛られた痕があった。自宅を出た後の足取りは不明だ。携帯端末などをすべて自宅に置いてきたらしく、位置情報を取れなかった。自家用車にはブラックホークがＧＰＳ端末を付けてあったそうだが、彼女はあえてタクシーで移動した。

──自分の居場所を隠した。

おそらくそれは、誰かと会うためだ。

「──誰と会った？」

「えっ？」

われ知らず漏れた言葉を、丹野に聞き咎められた。

──考えろ、考えろ、考えろ。

もちろん、会ったのはクーガだ。クーガと取引しようとした。仲間を出し抜いて、取引したのかもしれない。だから、ブラックホークから姿をくらます必要があった。

「この公衆電話か」

曽和が殺された現場と公衆電話は、徒歩数分の距離だった。

「寒川さん、いったいどうしたんですか」

心細げな丹野を無視して、寒川は周囲の倉庫群を眺めた。

営業時間になり、各社のシャッターが開き、コンテナやパレットを積んだリフトが走り回っている。オーライ、オーライ、と言いながらリフトを誘導する作業員の姿も見える。

寒川は黙って歩きだした。

「──寒川さん！」

「いいからついてこい」

自分でも何を探しているのかわからない。ただ、曽和は倉庫街から逃げてきたのだと考えた。暗いほうから明るいほうへ。彼女は縛られていた。靴もなかった。異様な風体だっただろう。クーガが縛ったのか。何のために——尋問、あるいは拷問して、曽和からカネを奪うためか。場所が必要だったはずだ。誰にも見られない場所が。

見回すうち、シャッターが半分開きかけた倉庫を見つけた。人の気配はなく、中は真っ暗だった。寒川はその倉庫に近づき、シャッターに触れないよう外から声をかけた。

「——すいません！　誰かいますか」

返事はない。今は使われていないらしい。

——ここだ。曽和はここに閉じ込められ、逃げだしたのだ。

「丹野、鑑識を呼んでこい！」

「えっ、はい！」

丹野が息をはずませた。

「早く！」

曽和の指紋が残っている可能性がある。あるいは、クーガの指紋や、他の証拠なども。駆けだしていく丹野には目もくれず、寒川は空洞のような倉庫を見上げた。

携帯端末に表示された名前を見て、栗島は眉間に皺を寄せた。

＊

（羽田工機　宮北）

宮北の奴、今さら何の用だというのか。身体に盗聴器を埋め込まれていることがわかった日、彼はブラックホーク社の用意した病院に入り、装置を取り外したと聞いている。その後どうなったのか、聞くのを忘れていた。宮北が、栗島にとってどうでもいい男だという証拠でもある。

栗島は昨日から会社に缶詰で、一睡もせず取締役会に向けて準備をしていた。秘書の神崎や腹心の部下たちも、昨夜は会社に泊まり込んだ。みんな疲れきった顔をしているが、妹尾だけは泰然としている。この状況が続くようなら、交代要員を用意するそうだ。

早朝には警察から電話があり、曽和が殺される直前に、栗島の携帯に電話をかけたことについて尋ねられた。曽和から助けを求められ、ブラックホーク社に救援を頼んだとありのままに答えたが、これから警官が来ると言っている。——そんな時に、宮北は。

「栗島だ」

電話を取らないでおこうかとも考えたが、気の小さい宮北が、自分に見捨てられたと思えば血迷って何をするかわからない。

『粟島さん、宮北です』

「ああ。もう退院したのか」

『聞きましたか、曽和さんが』

宮北の声は上ずっている。

「気の毒にな。これから警察が来る」

粟島はそっけなく答えた。

『警察が？』

「殺される前、私に電話で助けを求めてきた。その話だろう」

『それじゃ——それじゃ、例の件とは関わりないんですね』

宮北が声をひそめて尋ねたので、舌打ちしそうになった。電話で話すべきことではない。

「申し訳ないが、今はいろいろと立てこんでいるんだ。手術はうまくいったのか」

宮北が入院した病院は、豊洲にある。クーガと取引する可能性のない、信頼のおける病院だと言われた。日本法人を立ち上げて間もなく、そういった病院を確保するとはブラックホークらしい。

『盗聴器を外してもらいました。まだ病院にいますが、今日中に退院します』

宮北は、何かに耐えるかのようにしばし沈黙し、ゆっくり言葉を続けた。

『会社に辞表を提出するつもりです』

宮北が万年財務部長を卒業しようと関心はなかった。そうかと冷淡に答えて、彼の口調が気になった。宮北のような小心者は、思い詰めるとろくでもないことをする。

「──どうして急に？」

『まだ殺されたくないんです』

粟島は携帯端末を耳に当て、目を細めた。

「──わからんな。誰かに脅されたのか？」

『八木原さんが死に、曽和さんが殺されたんですよ。坊城さんは行方不明だ。あとは粟島さんと私だけじゃないですか。マギですよ！　巴の息子は、全員始末するまで、諦めないつもりなんだ。もう充分だ。会社を辞めて、身辺を整理したら警察に行くつもりです。何もかも話すんです、十五年前のことを』

頭の芯が、すっと冷えた。恐れていたことが、現実になりかけている。

「待ちなさい。君は少し、冷静さを欠いているようだ」

妹尾が注目している。なんでもない、と手を振ってみせた。

『前々から考えていたんですよ。今でもずっと、夢に見るんです。あの日、八木原さんが巴博士を殺した時だ。奥さんが悲鳴を上げて電話に駆け寄った、あの時だよ。私は彼女を止めたくて、とっさに手近なものを振り上げて、彼女にぶつけた。どうしてあんな真似をしたのか、自分でもよくわからない。——怖かった。ただもう怖くて、その場をしのぎたくて、目をつむって花瓶を振り下ろしたんだ』

宮北はどこから電話をかけているのだろう。他人に聞かれるような場所でなければいいが、今の彼の精神状態では、そんなことにも気が回らないかもしれない。

「君は神経質になっているな。直接会って話したほうがいいだろう。退院したら、うちに来ないか。話を聞くよ」

『あんたは、自分に迷惑がかかるのを恐れているだけだろう。十五年前に、こうするべきだったんだ。坊城の口車に乗らず、警察に行って洗いざらい話すべきだったんだ。私たちの人生はすっかり変わってしまっただろうが、少なくともこんなに辛い十五年を過ごさずにいられたはずだ』

「君、この十五年がそれほど辛かったというのか？　一流企業の管理職として、気ままにふるまってきたくせに、今さらそんなことを？」

粟島はわざとせせら笑った。

「悪いが、今の君は自己嫌悪に陶酔しているようにしか見えないね」

宮北が沈黙した。この男は他人の意見に左右されやすい。だから、万年財務部長なのだ。仕事は手堅いが、確固たる自分の意志を持つリーダーにはなれない。

「よく考えるんだな。君には家族がいる。息子さんの将来を考えてみたのかね」

宮北のすすり泣きが聞こえた。所詮《しょせん》、彼の決意などこの程度のものだ。

「話し合おう。後で連絡する」

宮北は何も言わなかった。秘書の神崎が、受話器を片手にこちらを見ているのに気づき、通話を切った。負け犬の処置は、後で考える。

「警察の方がお見えです」

「ここに通してくれ」

来客を案内するため、神崎が専務執務室を出ていく。妹尾が無線で指示を出した。部屋の外にいるボディガードに、警察官の訪問を知らせたのだ。

また携帯端末が鳴った。社長交代が近いとはいえ、こうひっきりなしに鳴るようでは仕事にならない。かけてきた相手を見て、粟島は再び顔をしかめた。

「粟島だ」

応答する声も低くなる。相手は緊張のあまりしどろもどろで、粟島を苛立たせた。

「それで、君はどうしたいと言うんだ」

相手の返答に、髪の毛が逆立ちそうになる。

「馬鹿なことを言うな！　あと二日しかないんだ。今まで何をやっていた？　誰もが納得する報告書を提出しろ！　私がそこに行って、陣頭指揮を執らなきゃならんのか？」

力まかせに通信を切る。こんなふうに怒鳴ったことなどなかった。これまで調子のいい報告しか上げてこなかった連中が、正式な評価を受けると言われたとたんに、がらりと態度を変えて慎重になるのは、ままあることだ。彼らにも言い分はある。本来なら、あと数年は猶予があるはずだった。時期が早まったのは、財部社長の家庭の事情のせいだ。

粟島は、専務執務室を見回した。自分の「城」だ。ここで警察を迎え撃つと考えると、今まで当たり前のように使ってきた部屋が、急に頼もしく思えた。

——馬鹿なことを。

こんな日には、自分のような人間ですら感傷的になるらしい。

ノックの音を聞き、妹尾が扉を開いた。私服刑事がふたり入ってくる。彼らには見覚えがあった。以前、八木原のアリバイを尋ねてきた刑事たちだ。いかにも老練そうな刑事と、学校を出たばかりのひよっこに見える刑事のペアだった。

「ずいぶん、警戒されているんですね。警察手帳を見せたんですが、ドアの外で身体検査を受けましたよ」

　年配の寒川と名乗る刑事が、苦情をこぼした。妹尾の制服についた、ブラックホークのワッペンを盗み見たようだ。

「失礼があったなら私からお詫びします。彼らは私の安全を確保してくれているので」

　粟島は、刑事たちを応接セットに座らせた。若いほうの刑事が手帳を開き、茫洋としたまなざしを室内に注いでいる。

「明後日、取締役会がありましてね。準備で昨夜は帰れなかったもので、こんな格好ですみません。刑事さんたちのご用向きは、曽和さんのことでしょう」

　多忙だとほのめかしたつもりだったが、彼らはそれに反応しなかった。

「曽和さんが亡くなる前、粟島さんの携帯に電話をかけましたね。公衆電話からです」

　沈痛な表情で頷きながら、粟島は心の底で曽和を呪っていた。クーガと勝手に取引したあげく、よりによって自分に電話をかけるとは、曽和も焼きが回ったものだ。黙って殺されれば良かったのだ。

「曽和社長は、ブラックホーク社の警護を頼んでいたのに、警護を振り切ってひとりで出かけたそうです。粟島さんも、彼らの警護を受けていますね」

　寒川刑事が妹尾を指差した。

「私が曽和さんに勧めたんです」

　粟島は正直に応じた。

「ほう。粟島さんは、なぜ彼らの警護を受けているんですか？」

「それは、今の私の状況によります」

　一瞬、答えをためらってみせる。

「――刑事さん、これは内々にしてください。実は、二日後の取締役会で、私は当社の代表取締役に就任する予定です」

　寒川が、ほうと呟いて目を細めた。粟島を値踏みするような目つきだった。

「数日前に、私の携帯に脅迫電話がかかってきました。私は二十年近く、核融合プラント部門に携わっています。そのプラントの安全性に関する、根拠のない誹謗《ひぼう》中傷を受けたんです。殺してやると言われました」

「粟島さんの仕事に関する脅迫なんですね」

「そうです。時期が時期ですから、裏があるのかもしれません。万全を期して、彼らに来てもらうことにしたんです」

　携帯への脅迫電話については、神崎に言い含め、公衆電話から電話をかけさせた。嘘をつくなら用意周到でなければならない。調べればばれるような嘘をつくのは愚かだ。

「警察に届けを出されていないようですが」

「脅迫と言っても、電話が一度きりでしたからね。警察がまともに取り合ってくれるという自信はありませんでしたし、それに――」

言い淀むと、寒川が興味を引かれた様子で顎を上げた。

「それに？」

「――失礼ですが、警視庁のコンピュータシステムが、使用不能になっているという報道があったばかりでしょう。警察に届けても、どこまで助けを得られるか不安でね」

寒川は鼻白んだように「確かにね」と呟いて頷いた。

「なぜ曽和さんにも警護を受けろと勧めたんですか。彼女も危険を感じていたんですか」

「具体的な話は聞きませんでしたが、悪質ないたずら電話に悩まされていると言ってました。実害はないとのことでしたが、不安を感じているようでしたので、紹介したんです」

「曽和さんは、クーガに脅迫されているとは言わなかったんですか、あなたに」

「クーガ？」

初めて聞く顔で驚いてみせる。刑事たちは、クーガと曽和の事件を結びつけたらしい。寒川が白髪頭を掻《か》き、かすかに笑った。

「栗島さん、お芝居はやめましょうや。あなたを脅したのも、クーガでしょうが。奴らは何をネタに脅迫したんですか？　それを聞かれると話しにくいですか？」

　粟島は微笑んだ。

「クーガについては聞いていますよ。曽和さんを殺したのは、クーガなんですか」

「今のところ、それ以外の手掛かりがありませんのでね」

　寒川がソファから身を乗り出した。

「クーガは昨夜、曽和社長を拉致しました。監禁場所も判明しています。指紋がべたべた残っていて、その中のいくつかは曽和さんのものでした。クーガのものもあるかもしれませんん」

「そうですか。なんとか、曽和さんの仇を討ってください。お願いしますよ」

「粟島さんと曽和さんは、ずいぶん親しかったようですね」

　表情に困り、曖昧に首を傾げた。

「長年の仕事仲間でしたからね。なぜです？」

「曽和さんは、携帯端末を自宅に置いていたんです。公衆電話からかけた時、自宅には旦那さんがいたのに、なぜあなたに電話したんですか？　自宅の番号は覚えていても、友人の番号までは覚えてないのが普通でしょう。仕事仲間の番号なんて、いちいち記憶していますか？」

予想もしない質問だった。最初は本心から驚いたが、刑事が自分と曽和の間に、深い関係があったのではないかとでも疑っているらしいことに気付いた。馬鹿馬鹿しい。曽和が本当に連絡したかったのは、ブラックホークに違いない。助けを求めたかったのだ。しかし、彼らの番号までは記憶していなかった。

「――自宅にかけると、家族に心配をかけるからじゃないかと思っていましたが、そうだな……言われてみれば、よく私の番号を覚えていたものだ」

「よほど親しくされていたんでしょう」

「たまにゴルフをする仲ではありますがね。長い付き合いだったし、彼女はずば抜けて記憶力が良かったから、覚えていたんでしょう」

寒川が頷き、視線をテーブルに落とした。

「クーガが脅迫したのは、東洋郷工務店の八木原社長。加賀屋不動産の坊城社長。ハートフルPRの曽和社長。羽田工機の誰か。そして、あなただ」

断言する寒川の口調に、粟島は背中に粟が生じた。八木原と坊城、それに曽和を結びつけるのはまだ理解できる。そこになぜ、羽田工機まで入ってくるのか。この刑事は、どこまで勘付いているのだろう。

「八木原社長も、昨夜留置場で亡くなりました」

「自殺したそうですね。気の毒に——もちろん、彼ともよく会いましたよ。ブルドッグなどと言われてましたが、気のいい男でね」

八木原の死は、ニュースで今朝から流れている。ここで彼との付き合いを自己申告したほうがいい。

寒川が、ふうと吐息を漏らした。

「クーガにどんな弱みを握られたのか知りませんがね。警察に何もかも話して、任せてもらえませんかね。我々はクーガを追っているんです。警視庁のシステムを潰したのも連中です。このまま、放っておくつもりはありません。大金を払ってボディガードを雇うのもいいが、あなたが脅迫被害を届けてくれれば、こちらも手の出しようがあるんです」

冴えない中年親父に見えるが、寒川という刑事は、丁寧な捜査で着実に真相に迫るタイプのようだった。プロの仕事ぶりだ。粟島はプロの仕事を愛しているが、この件で折れるわけにはいかなかった。

「ご忠告感謝しますよ、刑事さん」

粟島はにっこり笑った。

「もし私がクーガに脅迫されたら、真っ先にあなたに相談しましょう。約束します」

寒川が、疑り深い視線をこちらに注いだ。刑事は他人の嘘を見抜くのが上手だという。粟島の言葉に嘘がないと感じたのだろう。立ち上がった。

「いいですか、粟島さん。曽和さんは昨夜、クーガに監禁されていたらしい。クーガは彼女の口座から一億円奪って解放した。解放したということは、クーガにとって彼女は脅威ではなかったんです。曽和さんは逃げる途中で、公衆電話からあなたに電話をかけている。クーガに追われていたはずはない。その直後、幹線道路を歩いていて射殺されたんですよ。――おかしくありませんか」

粟島は寒川の目を見上げた。

「――どういう意味です」

「曽和さんを拉致したのはクーガです。しかし、殺したのはクーガじゃない」

「誰が殺したと？」

寒川は肩をすくめた。

「曽和さんの居場所を知っていた人物です」

粟島は慎重に相手を見据えた。

「――ほう。それではまるで、私が犯人だと言われているようだ」

「そうなんですか？」

粟島は冷やかに刑事を見つめた。

「思い出したことがあれば、連絡してください。お忙しいところ、お邪魔しました」

刑事たちが出ていくと、怒りがこみ上げてきた。年配の刑事が、粟島を陥落させる気で来たのは間違いない。関係者を結びつけてみせたのはなかなかだったが、ただの推理で証拠はない。ドアの前にいる妹尾を見た。

「妹尾君。どうしても行かねばならない場所ができたんだ。これからすぐなんだが」

妹尾がしばし考え、頷く。

「場所を教えていただければ、警護のプランを考えます」

「頼むよ」

ブラックホークは頼りになる。粟島は音声入力を使わずにタイピングでメールを書きながら、米国視察旅行中にブラックホーク社の警護を受けたことを思い返した。パートナー電工のカリフォルニア工場を閉鎖した直後で、リストラされた工員と家族が、粟島の渡米スケジュールを知って到着直後から空港に押しかけ、抗議のデモを行った。現地法人が安全を期して、ブラックホーク社と契約したのだ。

米国ブラックホークは、粟島の警護のみならず、工場閉鎖に関する広報活動にも助言を与え、早期の鎮静化に力を貸してくれた。安全と安心は、ただでは手に入らない。そして、安心がもたらす快適さに、粟島は惚れこんだ。

ふと、妹尾がこちらを見つめていることに気がついた。

「――どうしたね？」

「お邪魔をして申し訳ありません。先ほど、警察の方が言われたことが気にかかります」

「さっきの刑事さん？」

「クーガについてです」

妹尾の声は低く、落ち着いている。

「私たちは、警護のためのリスク評価を行いました。もし、クーガから具体的な脅迫を受けておられるのであれば、お話しいただかねば正確な評価ができません」

「あれは刑事さんの邪推だよ」

粟島は肩をすくめた。

「私はクーガの脅迫など受けていない。心配しなくていい」

「今後、受ける可能性もありませんね？」

妹尾の問いに、わずかな間、言葉を選びかねた。妹尾の双眸《そうぼう》はブラックダイヤモンドのように深い光があり、こちらの心の奥底まで見透かすようだ。

「――今後、脅迫を受ける心配もないよ」

粟島の答えに頷く。

「承知しました。ならば問題ありません」

端末に視線を戻しながら、粟島は額に冷や汗が滲むのを感じた。今まで意識しなかったが、ブラックホークは自分にとって諸刃《もろは》の剣《つるぎ》になるかもしれない。

16

病院の会計窓口で妻の郁美《いくみ》が料金を支払うのを待ちながら、宮北は今後のことをぼんやり考えていた。

左の脇腹が、引きつるように時々痛む。自分の身体に埋め込まれたのが心臓のペースメーカーだけではなく、盗聴器つきだったと知った時には愕然とした。

「あなた、タクシーを呼びますよ」

「あ……、ああ」

ボストンバッグを抱えた郁美が、てきぱきと指示する。彼女は宮北よりふたつ年上で、大学のテニスサークルの先輩だった。宮北はやめてしまったが、彼女は今でも週に二回、スクールに通って汗を流している。スリムな体型で宮北より十歳は若く見える。自分はでっぷり肥えていたが、心臓病になって食事制限がついたせいで、今ではむしろげっそりしている。

宮北は、そろそろとロビーのソファから立ち上がった。もう傷をかばう必要はないと医者に言われているのだが、つい気になる。胸の内で反芻していたのは、粟島との会話だった。

(息子さんの将来を考えてみたのかね)

あいつは、他人の弱みを突くことにかけては天才的だ。会社を辞め、警察に駆け込んで自首することを本気で考えていた宮北は、そのひと言で萎《な》えた。息子は大学院で経済学の研究を続けている。来年はＭＢＡを目指すつもりらしい。宮北が警察に行き、十五年前の罪を告白すれば――。

――だめだ。

殺人に時効はない。巴夫妻の事件は洗いざらい検証される。関係者は既に八木原と曽和が亡くなっており、坊城も行方不明で、そのこと自体が不穏な影を投げかけるだろう。勝気な妻は、きっと宮北を絞め殺す。

「あなた、どうなさったの。早く」

病院の玄関から郁美が呼んでいる。宮北はロビーを横切り、玄関を出た。黒塗りの高級車が停まり、長身の運転手が後部ドアを開けて待っている。自分を待っているのだとは思わず、宮北はタクシーを探した。

「宮北様でいらっしゃいますね」

運転手に慇懃に話しかけられ、慌てた。

「――そうだが」

「粟島の使いで参りました。宮北様をお招きするように言われております」

運転手は体格が良く、ボディガードも兼ねているのだろうと思った。整った顔立ちなのに、鼻がかすかに曲がっているのは、ボクシングの経験があるのかもしれない。ブラックホークなどという、海外の警備会社をひいきにする粟島らしい。

「今日は遠慮するよ。病院帰りで粟島さんのお宅にお邪魔するなんて失礼だ」

興味津々で見守る郁美の視線を意識して、宮北は断った。

「そうおっしゃらず、奥様もどうかご一緒に。宮北様をお連れした後、奥様はご自宅にお送りいたしますので」

羽田工機では、社用車を割り当てられるのは役員以上だ。万年財務部長と揶揄《やゆ》される宮北に、その資格はない。次期社長と目される粟島なら、好きに社用車を使えるのだろう。淡い嫉妬が、宮北の心臓を焦がした。

「どうする。乗っていくか？」

「そうね。せっかくだし、粟島さんとお話があるんでしょう？」

車内が見えないミラーグラスと、丁重な運転手つきの車に、郁美は関心があるようだ。宮北は内心でため息をつき、車に乗り込んだ。ふたりを乗せて、車はスムーズに走りだした。栗島の自宅は八重洲のタワーマンションだ。すぐ近くだった。

――栗島の奴、私を懐柔する気だな。

宮北が警察に飛び込んで、洗いざらい告白することを恐れているのだ。当然、栗島も警察に事情を聞かれることになるだろう。奴は知らぬ存ぜぬで通すだろうが、殺人事件に絡んで、大企業の次期社長候補の名前が挙がるだけでもスキャンダルだ。

少なくとも今は、栗島より自分が優位に立っている。そう感じて、宮北は生まれて初めて覚えた優越感に頬を緩ませた。

「ミニバーを用意しております。どうぞ召し上がってください」

運転手がバックミラー越しに、視線を投げかける。郁美は好奇心が旺盛な性質で、言われてミニバーに目をやったが、はしたないと思ったのか、そこで冷えているアルコール類やペリエを取ろうとはしなかった。宮北は興を覚えて、妻には発泡ワインのミニボトルを、自分は術後なのでペリエを取った。

「まだ家に帰らせてもらえないらしいからね。このくらいは大目に見てもらおう」

「あら――そうね」

冷えたワインに口をつけ、郁美が目を細める。栗島のことだから、上等のワインを用意しているはずだ。揺れる車内で液体を手にしているのが面倒になったのか、郁美がいっきにボトルを空けた。

「冷えてて美味しいわ」

「それは良かった」

窓に目をやり、宮北はそこに見える光景に目を疑った。港区方面に向かっているのではないか。栗島のマンションは目と鼻の先なのに。

「君。道が違うんじゃないか」

運転手が口を開くより先に、郁美の手からボトルが床に転がり落ちた。見ると、彼女は座席にもたれ、ぐっすり眠り込んでいる。

「郁美！」

多少のワインくらいで、こんなふうに眠ってしまう女ではない。慌てて肩を揺り動かしたが、ぴくりともしない。

「君！　車を停めろ！」

この車は何かおかしい。しかし、彼女を見捨てていくわけにはいかなかった。

「目的地はもうすぐです、宮北様」

運転手が慇懃に告げる。

「お前は誰だ！　粟島の使いというのは嘘だろう！」

こんな時には、自分の貧弱な体格や病気だらけの身体や、格闘技のひとつも習ってこなかった人生を呪うしかない。運転席の男と争えば、一発殴られただけでダウンするだろう。そう感じたので、車が脇道に入り、歩道に寄せて停まろうとすると逆に驚いた。ただし、宮北を降ろすためではなかった。

その青年は、素早く助手席に乗り込んできた。ほっそりした身体に、色白な顔と、肩までの黒髪の持ち主だった。首から顎にかけて走る赤い火傷の痕に、宮北は息を呑んだ。

「出して、フラッシュ」

青年が短く告げると、運転手は黙って車を走らせた。青年が後ろを振り返る。その手に小型の拳銃が握られているのを見た。

「やっと会えましたね。宮北さん」

――マギだ。

天才ハッカーにして企業を恐喝する犯罪者、テロリスト集団クーガのトップ、そして――巴博士の息子。

この十五年、悪夢を生み続けてきた事件が、影のように宮北を覆い尽くそうとしている。

残る手掛かりは、粟島ひとりだった。

クーガの脅迫を受けていないと主張していたし、他人の嘘を見破ることにかけては自信のある寒川にも、粟島が嘘をついているようには感じられなかった。それでも、粟島は何か隠している。

——羽田工機の関係者が誰なのか、特定できればな。

粟島は手ごわい男のようだ。クーガが接触するのは間違いないと思うが、保険の意味でも、もうひとりの人物がわかれば良かったのだが。

パートナー電工の本社ビル玄関を見通せる場所に車を停め、時おり後ろから猛烈にクラクションを鳴らされながら、丹野を待った。粟島に割り当てられた社用車のナンバーを、調べさせているのだ。

携帯端末が震えている。

『システムセンターの藤井です。寒川さん、情報管理システムの一部が復旧しましたよ』

「本当か」

復旧にはひと月かかると聞いていた。藤井の声はくたびれきって、ぞんざいな感じだったが、完全復旧のめどが立ったためか、かすかな高揚も感じられた。

『使用頻度が高い、指紋検索システムを先に復旧させたんです』

電話の向こうで紙を繰《く》る音がした。

『寒川さんから問い合わせのあった指紋を調べてみました』

クーガのフラッシュと呼ばれるメンバーが、大久保のメキシコ料理店に居候していた。ドアノブなどから指紋を採取し、鑑識に回しておいたのだ。

『ふたり分の指紋が見つかりました。ひとつは手のサイズから見て、女性のものでしょう。メキシコ人女性が住んでいると言われていたので、外国人登録のデータベースとマッチングしたところ、該当する女性が見つかりました。もうひとりは、犯罪者データベースに登録されています』

「なんだって。本当か」

クーガに身を置く人間なら、前科があってもおかしくない。そう期待した寒川の勘は、間違っていなかった。

『名前は由利数馬。元プロボクサーで、喧嘩相手を殴り殺して懲役刑を受けました。刑期をつとめあげて出所しています』

ユーリと呼んでいたという、女主人の証言を思い出す。間違いない。由利数馬が、クーガのフラッシュだ。

「そいつの詳しい情報を送ってくれ。なるべく急ぎで頼む」

藤井はぶつぶつ言ったが、自分の仕事に満足感も持ったようで、まんざらでもない様子で通話を切った。

丹野がビルを出て走ってくる。運転席に滑りこんだ。

「わかったか、ナンバー」

「守衛さんに無理を言って、聞き出しました。ただし、粟島が今乗っているブラックホーク社の車のナンバーです」

けろりと言ってメモを差し出す丹野に苦笑する。刑事としては半人前だが、他人をたらしこむのがうまい。

——惜しいな。

今後も自分に預けてもらえるなら、じっくり仕込んでやる。少なくとも、自分よりはずっとマシな刑事になれるだろう。

「もうすぐ出てきますよ、粟島専務」

「なんだと」

「駐車場にブラックホークの運転手が降りてきて、準備を始めたんです。きっと専務の外出です」

「おい、さっさとエンジンをかけろ」

「本当に追うんですか？　粟島専務には、行動確認をするほどの容疑もないですが——」

粟島が問題なのではない。クーガが粟島と接触する可能性があるのだ。

「いいから言う通りにしろ。何のためにナンバーを控えてきたんだ、この馬鹿！」

丹野が首をすくめてエンジンスイッチに手を伸ばした。できるんだか抜けてるんだか、よくわからない男だ。死に物狂いで追う、なんとしても事件にくらいつくという情熱に欠ける。坊ちゃん育ちのエリートの弱みなのだろうか。そのくせ、クーガの狙撃手を追った時には、拳銃で応戦しながらしぶとく追跡したくせに。

「きっと、尾行がバレますよ。向こうはボディガードが運転してるんですから」

丹野は緊張した様子で、間に三台の乗用車を挟んだ。確かに、ブラックホークのボディガードは尾行に気付くだろう。車輌一台で追尾するのは、無理がある。二日後に社長就任を控えた男なら、どこに向かうか考えた。

「首都高に乗るようですが」

「こっちも乗っちまえ」

丹野が舌打ちした。

「こんな時、GPSを使えればいいのに」

被疑者や参考人の居場所を、GPSの発信機で追跡したいという声は古くからある。丹野はデジタル世代だ。

「粟島専務の車に、GPSか盗聴器をつけてくれれば良かったですね」

「おいおい、本気か。物騒なことを言うな」

丹野の悔しげな言葉に、ふと、居酒屋で必ず室内を執拗に観察する彼の癖を思い出した。もの珍しくてやっているのだとばかり考えていたが、ひょっとすると、盗聴器が仕掛けられていないか確認していたのだろうか。ぼんやりしているようで、用心深いのかもしれない。

寒川は携帯端末を取り出し、パートナー電工の拠点一覧を検索してみた。本社、支社、工場、国内の関係会社だけでも、ゆうに百を超えてしまう。どこかで尾行を撒かれるに違いないと覚悟していたが、首都高に乗った前のリムジンは、安定した運転でそんな気配を見せない。

「慎重にな」

緊張が頂点に達したのか、丹野は無言で頷いた。前の車が中央自動車道に入るのを見て、寒川は頭の中に地図を置き、パートナー電工の拠点一覧と照らし合わせた。

「八王子、町田——山梨にも工場があるな」

午後四時を過ぎ、日差しが陰ってきている。こんな時刻から粟島がどこに向かうのか、いよいよ怪しみ始めていた。

＊

「周辺の安全を確認するまで、車内でお待ちください」

車を降りようとした粟島は、妹尾に押しとどめられた。彼女は、急に東京を離れて甲府に来ることに難色を示していた。粟島が、どうしても行く必要があると主張したので、円道班も呼び寄せ、途中で合流した。

山梨県甲府市にある、フェイスフル研究所という、パートナー電工の関連会社だ。ブナの森に隠れた静謐《せいひつ》な土地に、コンクリート塀と有刺鉄線で囲った広い敷地がある。敷地の広さのわりに、地上の施設は二階建てで、田舎の小学校を思わせる小作りな建物だ。関係者しか知らないことだが、地上よりずっと地下が広い。

施設の玄関に、慌てた様子の白衣の男性がふたり、飛び出してきた。

「ご存じの方ですか」

「研究所長の春日《かすが》だ。もうひとりは知らない」

ふたりが車に駆け寄るより早く、妹尾が後部座席から滑り降りた。

「専務は車内にいてください」

ふたりに、周辺の安全確認を行っていると説明している。春日たちは、ぽかんとして聞いている。しばらくして、妹尾が車の後部ドアを開けてくれた。

「お待たせしました。どうぞ」

「やれやれ。もういいのかね」

「狙撃可能なポイントを確認し、監視をつけました。建物の中のほうが安全です」

妹尾の指示で、全員があたふたと研究施設に入る。大げさなと笑うわけにはいかない。実際、ホテルで会合を開いた時に、クーガが狙撃しようとしていたというのだから。クーガの脅迫を受けていないという粟島の説明を、妹尾が信用しないのも当然だ。

清潔だが無味乾燥なロビーに入り、エレベーターを待つ。研究所の主要な施設は、すべて地下にある。

「粟島専務。まさかお見えになるとは――」

春日が土気色の顔で、怖気《おじけ》づいたように口ごもった。ずっと研究所にこもって仕事をしており、太陽の光を浴びる機会もない。我々はもぐらのような生き物です、と以前会った時に自嘲していたものだ。

「大切な時に、君たちがしっかりしてくれないから様子を見に来たんだ。取締役会は明後日だぞ。どうなってるんだ」

日頃、部下に声を荒らげたりしない粟島だが、さすがに苛立ちを隠せない。

「実験室レベルでの核融合反応は間違いなく起きています。報告書はお手元にお届けした通りですが――」

春日の言い訳がましい言葉を手で遮る。

「あのレベルの報告書では、実用化について問題視されるのは間違いない。なぜもっと数字を出して、直接的な表現を使わない？　あんな報告書で取締役会の参加者を説得しろというのか？」

「つまり、熱効率が悪すぎるんですよ！」

突然、鳥の鳴き声のように甲高い声がそばで喚《わめ》き立てたので、粟島は身を引いた。

「なんだ、彼は」

「――うちの研究員の中郡《なかごおり》です」

春日が紹介する。中郡は痩せたニワトリを思わせる骨ばった顔立ちで、鳥が餌をつつくようにせわしなく首を前後させながら、甲高い声で喚き続けた。

「現在の研究では、熱効率は十パーセントにも満たない数字です。こんな状態では、大金をつぎ込んで危険な中性子をばらまいたあげくに、長い時間をかけてぬるいお湯を沸かすことしかできません。数字を挙げれば、それが明らかになるので出せないんです！」

エレベーターの扉が開いたが、粟島は絶句して中郡と春日の顔を見比べた。彼の言葉の意味は理解できたが、心が理解を拒んでいる。

「――なんだって？」

「難しい話じゃないんですよ！　要するに、入力と出力のエネルギー量の問題です。必要なエネルギーを作るために、それより多くのエネルギーを使わなければならないんです！　今すぐ実用化なんて、とても無理です！」

見たこともない研究員の喚き声に、粟島は小さく後ずさった。

「――春日。この男をどこかにやってくれ」

「夢ばかり見ないで現実を見てください！　常温核融合技術は、いつかブレークスルーが起きて、実用化できる日が来るかもしれません。しかし、それは今じゃないです！」

春日が慌てて中郡の肩を摑み、下がらせようとしたが、中郡は頰を紅潮させて春日を振り払った。その無礼な態度を見て、さすがの粟島も頭に血が上った。

「君らは今まで何をやっていた？　十五年だぞ。その間、研究はうまくいっていると言い続け、開発研究費を食い続けたな。それが今さら、実用化できないだと——」

「粟島専務、実用化できないと言ってるわけではありません。今すぐ実用化するのは無理だということです」

腹が据わったのか春日が説明する。

「同じことだ！　君は私を騙していた」

「騙したわけじゃありません。研究の方向は正しいんです。我々のやり方で、実際に常温核融合が観測されています」

「我々のやり方」と春日が不遜《ふそん》にも口にしたことに粟島は苛立った。こいつらは正気だろうか。それは彼らのやり方ではない。粟島が渡した、巴博士のアイデアだ。

「実用化できないなら同じだ」

「粟島専務、どうか——」

落ち着かせようと必死の春日にかまわず、中郡が真っ赤な顔に眼鏡をかけ直した。

「辞めたという最初の開発者を呼び戻せば良かったんです。あの研究論文には足りないところがある。わざと肝心なところを隠したのに違いないんだ。触媒だけの問題じゃなく、まだ何かあるんですよ。情報を小出しにするつもりだったのかな。あるいは、あの論文が捏造——嘘っぱちだったかです。その開発者がいれば、話はもっと簡単に進んだはずなんだ」

共に永久に失われたということだ。

その言葉が意味することに、愕然とした。それが本当なら、研究の主要な部分は巴博士と共に永久に失われたということだ。

それとも――巴博士の研究が不完全だったのか。その後に起きた一連の事件を思い、一瞬、目の前が暗くなりかけた。妹尾の腕が素早く伸び、無言で身体を支えてくれた。

「車に戻りますか」

「――そうだな」

妹尾はまるでこちらの心を読むかのようだ。

「粟島専務！」

追おうとする春日を、妹尾が制止した。

「落ち着かれてから、お話しされたほうが良いでしょう」

粟島は彼らを無視して車に戻り、後部座席に乗り込んだ。すぐに妹尾が追いついた。

「本社に戻りますか」

「そうだな」

粟島は上の空だった。妹尾は運転席の男に指示を出した。円道たちを乗せた車が先導する。

自分は十五年もの間、春日らに欺かれていたのだろうか。粟島自身も、元は理系の研究者だ。パートナー電工が開発した核融合装置の研究を長年続けてきた。核物理の専門家ではなく、装置工学が専門なのだが、春日らの提出する報告書を理解することはできる。彼らが、常温核融合反応を研究室で実現したことは間違いない。しかし、その事実に目をくらまされていたことも、間違いではないようだ。中郡はうまいことを言った。夢ばかり見て、現実を見ていないのだという指摘は、ある意味正しい。己れの欲に目がくらんだのだ。

――今すぐ世界を救うヒーローになり損ねただけじゃないか。

シートにもたれた粟島は、笑おうとして失敗した。

巴博士は偏屈だったが、私欲とは無縁だった。彼が求めたのは科学の真理と一番乗りの名誉だけで、自分の研究を誰にでも自由に、見返りを求めず提供するつもりだった。世界をエネルギー不足から解放する、神になりたかったのかもしれない。だから、邪魔になったのだ。もし、博士が世俗的な欲望に興味を持つ人間なら、金や女や酒で、懐柔できたかもしれない。彼は、懐柔できる相手ではなかった。

八木原たちは、ごく単純に、自分の事業と組織内での地位を守るために巴博士を説得するつもりだった。

――世界を制するのは、エネルギーと水だ。それに情報がともなえば怖いものはない。

粟島の世代は、この国がじわじわと衰退するのを、半透明のゼリー状の物質を透かしてぼんやり眺めているような「気分」を共有してきた。高度経済成長はとうに昔物語になり、超高齢化社会と少子化がセットで語られ、デフレスパイラルに雇用の不安定化に格差社会の到来と、周りの空間がゆっくり縮んでいくような息苦しさを味わってきたのだ。まだほとんどの人が過去の遺産を含む豊かな生活を享受していたので、気付かなかっただけだ。

晴れ間の見えない重苦しさを払拭《ふっしょく》したくて、好んで国外との摩擦を起こそうとする連中もいたが、幸い大きな国際紛争にはならぬまま現在に至った。ただ、足元がずぶずぶと沈んでいっただけだ。

巴博士の研究を完成させれば、無尽蔵の、安全でクリーンなエネルギーを、現在よりずっと安価に提供できるようになる。もはやCO_2の排出に悩まされることもない。夢の技術だった。そして、その技術を持つのはパートナー電工だけだ。

――なんと素晴らしい夢だったろう。

窓の外は夜に覆われている。ブナの白い木肌が、月と星の光を映してぼうっと輝く。栗島は現実主義者で、世界の英雄になる夢が破れたところで、それで世界が終わったと信じるほど愚かでもない。

携帯端末が震えていた。秘書の神崎からだ。

『専務、先ほど警察からお電話がありました。加賀屋不動産の坊城様と、羽田工機の宮北様が、亡くなられたそうです』

「坊城と宮北が？」

――やっと。

そうか、とひとことですまそうとし、それはいくらなんでもと思い返して尋ねた。

「坊城はずっと行方不明だったはずだが、宮北はどうした？」

『坊城様は、東北で遺体が見つかったそうです。申し上げにくいのですが、宮北様は、病院を出た直後に射殺されたようです』

粟島は目を閉じて沈黙した。微笑が浮かびそうになるのを我慢する。電話の向こうで、神崎がそれぞれの会社へのお悔やみについて尋ねている。こまかいことは、彼女の判断に任せるつもりだった。

「警察から私宛に連絡があったのか？　ひょっとして、今朝も来た例の刑事たちか」

『いえ、別の方です。坊城様と宮北様の携帯端末に、専務のお名前と番号があったので連絡してこられたようです』

曽和といい、ふたりといい、死ぬ時にまでこちらに迷惑をかけて死んでいく奴らだ。

「弔電などは君に任せる。よろしく頼むよ」

通話を切ると、妹尾が奇妙な表情でこちらを見た。

「──大変失礼ですが、宮北様が亡くなられたのですか──」

彼女が困惑するのも当然だ。宮北の身体に盗聴器が埋め込まれていることがわかり、病院を紹介したのはブラックホーク社だった。粟島は頷き、ため息をついた。

「病院を出た直後に射殺されたそうだ」

「犯人は何者ですか」

クーガだろう、と言いかけてやめた。神崎は犯人について何も言わなかったし、自分も尋ねなかった。

「──まだわからないんじゃないか」

自分の胸に広がる安堵を顔に出さないよう、注意しなければならなかった。

十五年前の放火・殺人事件について、真相を知る人間は、自分以外誰もいなくなった。これでようやく、身辺がきれいになったのだと感じた。

「──後ろ、ずっとついてきていますね」

運転席の男が言ったので粟島は戸惑った。妹尾は振り向きもせず首を振った。

「刑事だ。害はない」

「刑事というのは、今朝がた来たふたりかね」

「そうです。本社ビルを出た時からずっと、尾行しています」

妹尾は泰然として答えた。彼女が本心では何を考えているのか、知りたいものだ。

「——どうした」

ふいに、妹尾がマイクに言った。先導車の円道たちとやりとりしているらしい。

「わかった。相手の数はわかるか」

短いやりとりのうちに、妹尾の表情が珍しく厳しくなる。

「どうしたのかね」

「この先でクーガが待ち伏せしているようです。しかし、このまま突っ切りましょう。相手はオートバイです。こちらは完全防弾仕様車で、後ろには警察のお供もいる」

「クーガの待ち伏せ？」

妹尾が拳銃を抜いた。

「専務は伏せてください」

粟島は衝撃にそなえて身体を縮めて待った。

＊

「おい、なんだあれは」

寒川は助手席で目を瞠った。

栗島専務を乗せたリムジンは、先導車輛とともに、甲府の研究所を出てまっすぐ中央道に向かっている。彼らの前にオートバイの集団が現れ、追い抜かせまいとするかのように、危険な蛇行を始めたのだ。

「クーガだ！」
十五、六台もいるだろうか。黒塗りの大型バイクにヘルメット、革のツナギやジャンパーを着た、黒ずくめの男たちが乗っている。あれが本当にクーガなら、警察関係者がまともに遭遇した初めてのケースになるかもしれない。寒川は夢中で携帯端末を出し、写真を撮影した。この暗さで、走行中の車からの写真だ。うまく撮れている自信はないが、バイクのナンバーから持ち主が割れるかもしれない。顔が見えればと思ったが、そううまくはいかなかった。
「遅れるなよ、丹野！　くらいついていけ！」

丹野は必死の形相でハンドルを握っている。近隣警察署の応援を呼ぶべきだった。ブラックホーク社が警護しているとはいえ、二台の車はバイクに走行の邪魔をされ、スピードを出せずにいる。舌打ちして、寒川は電話をかけようとした。

「ダメです、寒川さん」

「なに？」

「応援を呼んではいけません」

何を言いだすのかと振り向き、驚いた。丹野の右手に握られた拳銃の筒先が、こちらを向いている。

「丹野？」

「端末を僕の膝に投げてください」

左手一本でハンドルを握り、視線は前方に据えたまま、丹野が命令した。粘り強いがとぼけた印象の新米キャリアとは、別人のように鋭い横顔だった。

「お前、いったい何を――」

銃口がわずかに上がる。頭を狙ったのだと気付いて、寒川は顔が強張《こわば》った。

――こいつ、本気か。

「早く！」

端末を渡さなければ、本当に撃つつもりだ。

「僕に手を近づけないでください。そっちから端末を投げるんです」

用心深い奴だ。隙を見て銃を奪おうと狙っていたが、しぶしぶ端末を丹野の膝に投げた。

小型の端末はいったん彼の腿《もも》で弾み、足元に滑り落ちた。割れなかっただけでもありがたい。

「丹野、回転灯を出してサイレンを鳴らせ。このままだと、粟島が殺《や》られるぞ」

丹野は無言で、回転灯を出す気配はなかった。前方では、二台の車がクーガの隙を窺って飛び出した。前の車が、飛び出す際に斜め前方のバイクを引っかけたようだ。バイクの下敷きになった男のそばを、二台めの車が走り過ぎる。バイクの集団が、猛然と二台の車を追い始めた。

寒川はナビゲーターの画面を読み、クーガがリムジンを近くのスポーツ公園に追いこもうと試みていることに気付いた。二台の車とバイクの集団は、もつれるように後先になりながら脇の道に入っていく。丹野も無言で彼らを追いかける。

「おい、丹野！」

丹野の横顔を見た。エリートのお坊ちゃんだと思っていた端整な顔に、汗が光っている。丹野の目が硬質な光を帯びている。この男は、自分が知っている丹野ではない。警察庁のエリート官僚だと？　とんでもない。これは悪党の目つきだ。

「粟島を殺させるな！」

「少し黙っててください」

対向車のヘッドライトが眩しく光った。丹野は対向車を無視してハンドルを切り、強引にクーガと粟島たちを追った。けたたましいクラクションが背後に消える。寒川の身体は、助手席に貼りついている。丹野の目には、スピードに酔い暴力の気配に興奮したような、凶暴な光が浮かんでいる。寒川は、自分に向けられている銃が、警視庁から支給されたグロックではなく、ＳＩＧザウアーだと気がついた。曽和を撃った銃と同じ口径だ。

――こいつなのか？

まさか、そんなはずはない。しかし、曽和が撃たれたのは、寒川が丹野と別れた後だった。あの時、丹野にメールが届いた。あれは何かの連絡だったのか？　考えすぎだ。同じ口径の銃など山ほどある。

彼らはスポーツ公園の駐車場に向かっていた。この時刻、既に公園の施設は閉まっている。プラスチックの鎖を引きちぎり、閉園の看板を撥ね飛ばして、粟島の車とクーガは公園に進入していく。

丹野が途中で車を停めた。

「降りてください」

「なんだと」

「早く！」

反撃の機会を窺ったが、無理だった。寒川が助手席から降りると、丹野も運転席から滑り降りた。

「説明してくれ。どういうことだ」

「車の前に来てください」

ぴたりと銃口を向けたまま、丹野が首を横に倒した。説明する気はないと言いたげだ。寒川は誤って撃たれないよう、ゆっくりと車の前に進み出た。

「『世の中はお前が思うほど、きれいなもんじゃない』。あなたが言ったんですよ」

確かに言った、と寒川は丹野の顔を凝視しながら思った。

この男は、事件が起きるとすぐ警察庁の先輩職員らに電話をかけ、情報を収集していた。育ちが良く、いい学校を出て顔が広いからだとばかり考えていた。しかし、いくらなんでも学校を出て警察に入ったばかりの新人が、課長クラスに電話一本で情報をもらえるなんて、普通ではありえない。

──普通じゃなかったのだ。

「お前は世の中よりマシだと思っていた」

丹野が苛立ったような顔をした。引き金に指をかけ、しばらく浅い呼吸を繰り返した。

「くそっ」

短く悪態をつき、彼は銃口を下げた。寒川は、安堵して一歩前に踏みだした。

「丹野！」

丹野の身体がぐっと沈む。避けられず、飛びかかってきた身体を両腕で受け止める。側頭部に痛みが走り、たたらを踏んで車のボンネットに倒れ込んだ。銃把《じゅうは》で殴られた。丹野は念を入れて、首筋も強く打ちすえた。

車から落ちて路上に伸びた。丹野は無言でこちらの様子を窺っている。ふいに、近づく気配がして首筋に冷たい指を当てられた。寒川は痛みで飛び上がり、呻いた。生きているかどうか、確かめたらしい。

「——寒川さんがいけないんだ。追ってはいけないことに、首を突っ込むから」

丹野が呟き、後ずさった。何かのふんぎりがついたかのように、ぱっと走りだす。遠ざかる足音を耳にして、寒川は意識を失った。

＊

粟島が指呼《しこ》の間《かん》にいるというのに、マギは少しも嬉しそうではない。

由利は、爆音を鳴らしてリムジンの周囲を駆け回りながら、マギの横顔を観察した。やっと停車させた二台の車には、粟島とボディガードが乗っている。ブラックホークのボディガードたちは、クーガの誘導から無理に脱出せず、公園に誘いこまれた。スーパー・ガード法案通過に合わせて、日本法人を設立した海外の警備会社だという。防弾仕様の警護車輌と装備に自信を持っているのだろうか。それとも、警察や自社の応援を待っているのか。反撃される恐れが高いので、おいそれと手が出せない。

「銃をしまえ！」

　マギがクーガの面々に指示した。

「マギ？」

「いいから僕に任せろ！」

　粟島とボディガードは、どれほど挑発されても車を降りようとしない。

　マギがリムジンの後部座席のそばにバイクを横づけしたので、ひやりとした。

「よせ！　撃たれるぞ」

　マギはヘルメットをはぎ取り、ポニーテールの髪を肩に落とした。

「危なっかしいな、うちの大将は」

　いつの間にかニードルが横に来て、バイクにまたがったまま、いつでも撃てるようライフルの銃口を下げている。エンジン音が夜の公園の駐車場に響く。街灯がたよりなく周辺を照らしているが、他の車輌や人の気配はない。

「粟島さん。こんな予定じゃなかったが、約束のものを受け取りに来た」

マギの高らかな宣言に、ニードルが口笛を吹いた。車の内部は静まりかえっている。

「あんた、裏切るかもしれないからな。渡してくれれば、すぐに立ち去る。お互い、面倒は避けたいだろう」

車からの反応はない。窓やドアを開ければ撃たれると恐れていてもおかしくない。

「マギ。別の手を――」

考えたらどうだ、と言おうとした。後部座席の窓ガラスが下がり、隙間ができた。マギが手を伸ばして何かを受け取った。彼の表情はクールで、唇だけかすかに笑みを浮かべていた。あれが例の、研究論文だろうか。

車の中から、誰かがマギに話しかけたようだ。マギの表情が曇った。

次の瞬間、突然の銃声に、由利は姿勢を低くして臨戦態勢に入った。ニードルがバイクから転がり落ちた。

「ニードル！」

現場は大混乱だった。リムジンは、銃声を聞くとすぐさま窓を閉め、車を出した。マギの制止も聞かず、逆上したクーガの誰かが車に銃弾を叩きこむ。彼らがニードルを撃ったと思いこんだのかもしれない。特別防弾仕様の車は、弾の嵐にもびくともしない。

ニードルは左肩を手で押さえ、呻いている。落ちた衝撃で、ヘルメットが飛んだ。

「みんな、よせ！　撃ったのは、そいつらじゃない！」

銃声は由利の背後から聞こえた。背後の敵がもう一度撃った。植え込みの陰に火花が見えた。迷わず弾を撃ち込んだ。手ごたえはなかったが、ひとまず静かになった。

「後ろに乗れ」

この怪我では、ひとりで乗れまい。後ろに乗せるためニードルを引っ張り上げた。

「ちきしょう。あいつ、許さねえ」

ニードルが血を浴びた顔を歪ませた。いつも余裕たっぷりで、道化のふりをするニードルが、珍しく本気で怒っている。

「何者だ、あれは」

「いいから肩貸しな」

ライフルの筒を由利の肩に載せ、右手だけで狙いをつけ、植え込みに隠れている男を撃つ。火薬の臭いが、由利の鼻先に漂った。手ごたえはあったようだ。

「くそ、痛《いて》え！」

ライフルを下ろすと左肩に響いたらしく、ニードルが小さく呻く。無茶をする奴だ。粟島を乗せたリムジンは、騒ぎに乗じて逃げだした。

「追うな！　こちらも離脱する！」

マギが手を上げて叫んだ。その声で、フライパンに入れたトウモロコシのように弾けていたクーガの集団が、ようやく静まった。

「フラッシュ！　先導を」

ニードルを後ろに乗せ、先行する。茂みのあたりを窺ったが、倒れた男の革靴が見えただけだった。ニードルがそちらに唾を吐いた。マギがバイクを寄せてきた。

「論文を手に入れたのか？」

「手に入れた」

「カネになりそうか？」

マギが戸惑ったような複雑な顔を見せ、それからさっぱりした様子で笑いだした。

「ならないようだ」

――ならないのか。

「ふん」

鼻を鳴らし、由利も少し笑った。カネは充分に曽和から奪った。マギが両親の仇を討ち、父親の論文を取り返したのなら、良しとするべきなのかもしれない。

「良かったな。親父さんの論文、戻って」

バイクの騒音に負けないように怒鳴る。

「――フラッシュ」

マギがいたずらっぽくこちらを見て、エンジン音に負けまいと大声を出す。

「巴博士が僕の父だなんて、誰が言った？」

公園の入り口に、もう一台の車が停まっている。今夜ずっと、粟島の車を尾行していた車だ。陰に誰かひそんでいるのが見えたが、こちらに危害を加える様子はなかった。写真を撮っていたようだが、見逃すことにした。ニードルが元気なら、嬉々として撃っただろう。

「巴博士の息子は、火災で死んだ」

マギはそれだけ言って、スピードを上げた。ヘルメットはどこかへやってしまったようだ。

＊

警察官になってから初めてだった。足が小刻みに震えている。

若い頃には機動隊に配属されたこともある。腕っ節にも、それなりに自信があった。この震えは歳のせいではあるまい。ブラックホークの警護車輛が二台走り抜けた後、黒ずくめのバイクが次々に走っていった。ヘルメットをかぶっていないのがふたりいた。ひとりはポニーテールの頭を堂々とさらし、昂然《こうぜん》とバイクを駆っていた。喉元の赤いスカーフが、黒ずくめのなかで目立っていた。もうひとりは、どうやら撃たれたようだ。血色の悪い顔を、運転する男の肩にもたせかけてぐったりしている。先ほど、何度か銃声が聞こえた。寒川は車の陰に隠れ、息を殺して彼らを見送るしかなかった。携帯端末が車内に落ちていることに気付いて、拾って一枚だけ写真を撮った。うまく撮れたかどうか、心もとない。

寒川でさえ、あれほど強烈な暴力の臭いを嗅ぐのは久々だった。新しい時代に入ったのだと、彼らは全身で示しているように思えた。

バイクの騒音が遠ざかると、よろめきながら立ち上がり、公園の奥に向かった。裏切られたとはいえ、丹野の無事が気になる。

「丹野！」

どこかで咳が聞こえた。用心しながらそちらに向かうと、暗い植え込みの陰に倒れた背広姿が目に入った。

「おい、丹野！　大丈夫か！」

シャツの腹が真っ赤に染まっている。喉の奥から苦しい息が漏れた。丹野の顔は真っ赤に汚れている。明るい所で目にしていたら、凄惨すぎる光景だっただろう。

「すぐ救急車を呼ぶ。待ってろ」

携帯端末で電話をかけようとした。丹野の手が、ズボンの裾を掴んだ。

「――寒川さん」

「後で聞く」

「僕もね、少しは」

血まみれの顔の中で、唇が笑うようにめくれた。

「――考えたんです。刑事もいいなって」

「馬鹿いうな」

胸をかきむしりたい気分だった。

「黙ってろ。すぐ助ける」

丹野が咳き込むと、ぱっと血が散った。血のついた手で、丹野はしがみつくように寒川の腕を握った。

「――あの男」

「なんだと？」

「敵です。警察官だった」

「何の話だ」

丹野が撃ったのは、蒼白な顔色の男だと思った。あれは八木原の邸を訪問した際に、庭から逃げた男――ニードルではないか。丹野はあの男をひとりで追跡したのだ。今夜、丹野が寒川を邪慳《じゃけん》に振りはらってでも追おうとしたのは、あの男だったのか。

「僕はあいつを、始末しなければ」

話が混乱している。始末とは何の話だ。元警察官がクーガの構成員になったからといって、丹野個人の問題ではない。

「後で聞く」

しっかりしろ、お前は警察官だぞと肩を叩いて励ましたかった。たとえ、今日の彼の挙動がどんなに不審でも。彼の背後に、なんらかの不正を働く組織の存在が臭っていても。

「寒川さん」

丹野がぶるっと身体を震わせた。握り締めていた小さな金属片を、震える手で寒川に押し付けた。寒川が受け取ると、安心したのかにやりと笑った。

「息子さん、大事に」

「当たり前だ、何を言ってる」

「近付いちゃ、だめだ」

コロサレル、と丹野の唇が動いたような気がした。それきり、丹野は動かなくなった。開いた目から、溶けだすように輝きが失《う》せていくのを、寒川は呆然と見つめた。

「――丹野。おい！」

丹野の唇はもう言葉を発しない。

世界の何かが変わろうとしている。

17

——これでやっと、終わったのか。

粟島の身体の震えは、なかなかおさまらなかった。本社ではなく、八重洲のマンションに戻るよう妹尾に頼んだ。約束を果たした今、マギが自分を狙う理由はない。

——解放される。

長年にわたり緊張を強《し》いられてきた。巴夫妻の殺害事件に関わったからではない。巴博士の研究の成果を、自分と研究所のメンバーだけで隠してきたからだ。しかし、もう隠す必要はない。巴博士の研究内容を知る四人は死んだ。公開しても、文句を言われる恐れはない。あの時、巴博士の研究内容を盗んだ人間が自分だけだったことも、マギが確認した。研究の実用化にはまだ時間がかかるようだが、それはまた別の話だ。

携帯端末が鳴った。発信者の表示を見て、粟島は驚いた。どんな相手でも掌《たなごころ》に包んで言いくるめる自信のある粟島だが、その男だけは別だった。

「──はい」

『君のマンションに来ている』

多忙な男が自ら来たという裏に、何があるのか推測すると不安になった。

「では後ほど」

このまま妹尾たちをマンションに通すわけにはいかない。粟島の自宅に来ているところを他人に見られれば、あの男は激怒するだろう。

「妹尾君。本当に助かったよ。ありがとう」

「いいえ。これが我々の仕事です」

クーガに囲まれた時、粟島はマギと直接話をさせてくれるよう頼んだ。マギのやり方は威圧的だが、自分に何を求めているのかはわかっている。──論文だ。他の四人を問い詰めて、彼らが巴博士の研究内容を持っていないことを確かめさせるかわり、報酬は論文の返却だと、最初にマギとの間で取り決めを交わしていた。

脅迫電話を理由に警護を頼まれたブラックホークの妹尾が、粟島とマギの会話を不審に思ったとしても、何も言わなかった。

粟島がブラックホークを雇ったのは、仲間に怪しまれないようにするためだった。妹尾ほどの人物なら、そのことにも気付いているかもしれない。

「――もう何も起きないと思う。これですべて終わった」

栗島が言わんとすることを、妹尾は察したようだ。

「では、これで契約終了ですね」

「そうだな。ご苦労だった。身辺警護は今夜、マンションの玄関に帰るまででいい」

「承知しました。こちらの書類に終了のサインをお願いいたします」

妹尾が差し出した書類に、終了条件と終了の日付、署名を書き入れた。

「ありがとう。また機会があれば、ぜひとも君たちに頼むよ」

「よろしくお願いします」

妹尾が珍しく微笑んだ。車は、八重洲のマンションのエントランス前に到着しつつあった。先導していた円道が、先に去るにあたり、車窓を開放して中から敬礼した。栗島もにこやかに手を振り返した。

「お部屋までお送りしましょう」

「いや、ここでいいよ。本当にありがとう」

妹尾がさっと車を出てドアを開ける。降りながら、ここ数日の安心感と、いくばくかの息苦しさが、これで消えるのだと思った。

「それでは、ここで失礼します」

妹尾が頭を下げ、車に乗り込む。彼らが走り去るのを見届けた。マンションのエントランスに入る。エレベーターに乗るには、暗証番号が必要だ。そう言えば、あの男はどうやって粟島のフロアまで上がったのだろう。

——いや。彼ならその程度は朝飯前に違いない。なにしろ優秀な警察官僚なのだから。

携帯端末がまた、鳴り始めた。あの男からだ。待ちくたびれたという苦情だろうか。端末を耳に当て、エレベーターの暗証番号を打ち込んだ時、背後に気配を感じた。

『粟島。君の役目は終わった。もう君を守れない。自分の罪を償いたまえ』

携帯端末から、あの男の冷静な声が聞こえた。愕然とした。

「なんだと。今さら何を言ってる。八木原も曽和も持永も、みんな君たちが始末をつけてくれたじゃないか」

『もちろん、君が役に立つ間は』

僕らは助けあわねばならないから、とあの男が呟くように言った。

「粟島ァ！」

振り返る間もない。誰かが身体ごと背中にぶつかり、腰のあたりに鋭い痛みを覚えた。相手は、粟島の腰に突き立てた短刀を、えぐるように何度も上下させた。火がついたように、背中が熱い。上等のフランネルの生地を使って仕立てたスーツが、噴き出す血でぐっしょり濡れた。

「坊城——」

死んだはずじゃなかったのか、と言おうとして、喉から溢れ出た血に声を失った。そうか、警察からの電話というのは偽の情報だったのだ。宮北も生きているのかもしれない。誰がそんな嘘を、何のために自分に吹き込んだのか——。

「クーガに聞いたぜ。お前が俺たちみんな、消そうとした張本人だってな」

返り血を防ぐレインコートを脱ぎ捨てながら、坊城がうそぶく。エレベーターの扉が開き、空っぽのかごに粟島は倒れ込んだ。大理石の冷たい床が頰を打つ。坊城の高笑いが聞こえた。

「死にやがれ！」

マギ、と呟こうとして、粟島は溢れた血にむせた。利用したつもりだったが——。

突然、いくつかの点がつながって大きな一枚の絵になり、全体像を理解できた。あの男が自分の部屋にいるというのは嘘に違いない。坊城たちが死んだと告げて油断させ、ブラックホークを遠ざけ、自分を殺させるための罠だったのだ。

馬鹿な、と粟島は唇を震わせた。自分はこれから、パートナー電工の社長として辣腕をふるうはずだった。これからが本番だったのだ。なぜ自分の役目が終わったなどと、あの男は言うのだろう。八木原も持永も曽和も、みんな始末してくれたではないか。奴らが生きていると、いつか巴博士の事件が明るみに出て、五つの優良企業がトップから崩壊し、日本経済を大混乱に陥れる。秘密を握るものは少ないほどいい。あの男は――あの男だけは、自分の味方ではなかったのか。常温核融合という奇跡的な技術の核心を握る自分だけは、彼らの仲間だったはずだ。

「何を、言うんだ」

粟島は呻いた。

『君は私欲に走りすぎた。それが理由だ』

――血が、血が足りない。

身体が急速に冷えて意識が遠のく。粟島は携帯端末に向かって弱々しく声を出した。

「須藤《すどう》、きさま――」

エレベーターの扉が閉まる。通話はとうに切れ、ツーツーと虚しい電子音が響いている。

あの男もいずれ、似たような最期を迎えるだろう。それだけが慰めだ。

*

冴えない鼠色《ねずみいろ》のジャンパーを着た宮北が、背中を丸めて背後を窺うと、こそこそと桜田門の警視庁本部に入っていくのが見えた。自首して、十五年前の罪を償う気になったのだ。決断するまで、家族の将来を考えて延々と迷ったようだが、マギは無理強いしなかった。宮北がその気になるとようやく、警視庁まで送ってやった。

「償うとはいえ、奴の残り時間は短いと思うけどね。高血圧に肥満がたたって心臓も血管もボロボロ。半年前の心筋梗塞で心を入れかえたらしいけど、遅いよ」

マギが助手席の窓から見送りながら、冷たい口調で言った。

「どこからそんな情報を仕入れたんだ?」

由利はハンドルを握り尋ねた。じき、信号が青に変わる。白いものがフロントガラスに舞い降りて溶けた。寒いと思えば、初雪らしい。マギがにやにやした。

「フラッシュ、僕が誰だか忘れたのか? これでも電子の魔術師なんだけど」

なるほど、病院か。マギなら、誰かの情報を集めようと本気になれば、電子カルテのシステムに侵入するくらい簡単だろう。

「なあおい、マギ。今回の件、他の奴らはともかく、フラッシュと俺には少しくらい説明しても、バチは当たらないはずだぜ!」

肩の弾傷がまだ回復していないニードルが、後部座席で腕を吊り、楽な姿勢を取りながら喚いた。顔色は悪いが意気軒昂だ。傷が癒えるまで外出できず、クーガのメンバーと行動を共にしていたこともあり、ストレスを溜めていたのだろう。

甲府で会った日の夜、粟島はマンションのエレベーターで刺殺された。これで、宮北と坊城以外はみんな死んだことになる。まだ捕まっていないが、粟島のマンションの防犯カメラには坊城が映っていた。ブラックホークとの契約を解除した直後の事件だったそうだ。契約解除の状況判断が適切だったかどうか、パートナー電工が法廷で争うものと当初は見られたが、結局そうならなかった。公表はされなかったが、粟島の側に過失があったとみなされたようだ。つまり、本当のことを公表すると、粟島とクーガの取引が明らかになると考えたのだろう。

「そうだね。ふたりには話しておいたほうがいいと僕も思う」

「マギは、巴博士と血縁関係がないんだな？」

「僕は博士の息子と友達だった。健太郎《けんたろう》って子でね。研究所つきのお屋敷なんて、小学生には最高の遊び場じゃないか？」

「火傷の痕を見て、てっきり――」

マギが首筋に指で触れ、唇を歪めた。

「火事の時、僕も巴家にいて、健太郎と遊んでいたんだ。あいつは両親を捜しに研究所に入ろうとして逃げ遅れ、僕はまっしぐらに逃げた。そういうこと。巴夫妻と息子の焼死体が発見されたって、警察が発表しただろう。警察が嘘をつく意味はないよ」

そして、巴博士の身近にいた少年が、天才ハッカーに育った。

「僕は巴博士の研究について、健太郎から聞いてた。子どもだったから、常温核融合の何がどう画期的で重要なのか、よくわからなかったけどね。僕はひとりだけ火事から逃げだしたことが恥ずかしくて、その場にいたことを警察にも言わなかった。だけど、巴博士の遺族を、ずっと観察してた」

「どうして？」

「火事の後も、博士の研究内容について、まったく報道されないので不審に思ったんだ。誰かが盗んだんじゃないかって。それに、健太郎を殺した奴を知りたかったからさ」

巴博士には弟がいた。マギは博士の弟が事件に関与したのではないかと疑った。自宅に盗聴器や監視カメラをつけたり、コンピュータにスパイウェアを送り込んだりして、監視した。

「もう忘れかけていたんだけど、半年ほど前にその盗聴器のひとつが突然、ある言葉に反応したんだ。犯人から手紙が来たってね」

「それが宮北からだったのか？」

「その時にはまだわからなかったけどね。奴は半年前、心筋梗塞からかろうじて生還し、十五年前の罪が自分を殺そうとしているんじゃないかと怖くなったそうだ。――宮北の心理は測りがたい。犯人として自分も含む五人の名前を挙げ、巴夫妻を殺したと告白しているくせに、手紙を出した自分の正体を知られないように、わざわざ紙を使って、あらゆる手段で追跡不可能にしていたんだ。告白はしたかったが、逮捕されたくなかったのかな。博士の弟は警察にその手紙を見せたが、警察は相手にしなかった。相手が五人とも名士だったからかもね。僕はその手紙を、カメラを使って撮影し、手に入れた」

マギは微笑を含み、羽田空港に行くからモノレールの浜松町駅に向かえと言った。

「空港？」

「僕はしばらく、海外に行くつもりだ。いろいろ調べたいことがある」

面食らった。マギが海外に向かうなんて初耳だ。こいつはパスポートを持っているのか。

「クーガはどうするつもりだ」

「僕がいなくても、フラッシュがいればなんとかなるさ。クーガを、組織として確立させておいてほしい。派手にやるんだ」

マギが調べ上げた、後ろ暗い事情を抱えた企業のリストもある。しばらくそれで食いつなげと言うなら、クーガのメンバーを充分に満足させられるだろう。脅迫や強請りたかりなら、マギよりこちらのほうが先輩だ。

「その間にニードルは、顔を変えたほうがいいんじゃないか。どうやら、妙なのに追われているようだし」

マギが肩越しに声をかけると、ニードルが腕をかばいながら失笑した。

「顔を変える？」

「地方のいい整形外科医を紹介するよ。しばらく東京を離れて、別人になって戻るといい」

「ふん、そいつはいいかもな。どうせなら年増にモテそうな、色男にしてもらいたいね」

ニードルを襲撃した刑事が何者だったのか、なぜ狙われるのか、ニードル自身も説明しなかった。刑事は、確かにニードルを殺そうとしていた。元警察官としか聞いていないが、ニードルも謎が多い。

「なあマギ。お前なら、手紙に書かれてた五人を隅々まで調べたんだろう」

話を逸らすつもりか、ニードルがもぞもぞと動きながら尋ねた。

「調べたよ。五人のうちで告白の手紙を書きそうなのは、宮北だった。そろそろ命運つきそうだったから」

「それで、あいつに盗聴器を？」

「面白い話が聞けるんじゃないかと思ってね。同時に粟島にも接触したんだ。研究を奪ったのは粟島だとあたりをつけたから。あの男だけが、理系の研究職出身だったんだよ。つまり、巴博士の研究の値打ちが本当にわかるのは、あいつだけだった」

「粟島は、策に溺れそうな男だったな——」

「そうだね。粟島は、巴博士の論文を僕に返すかわり、他の四人を始末してほしいともちかけた。巴博士の研究内容を盗んだのが、自分だけだということも確かめたかった」

「研究を独り占めしたかったのか」

どっちが悪党だかわからない。

「粟島が言うには、研究を継続しても、うまくいかなかったようだけどね」

マギはポケットから小さなデータカードをつまみだしてみせ、大切そうにしまった。中身について、まだ諦めていないらしい。

「しかし、お前に論文を返せば、博士の研究内容を知っているのは粟島だけじゃなくなる」

「クーガのボスなんかに、核融合のなんたるかなんて、理解できるわけがないと思ってたからじゃない？」

マギが喉の奥で小さく笑う。意地の悪い笑顔だった。

「それじゃお前は、四人を始末するために俺たちをスカウトしたのか？」

「まさか、違うよ」

マギはゆっくり首を振り、微笑んだ。

「僕は、真相を知りたかっただけなんだ。宮北や粟島は嘘をついているかもしれない。だから、ひとりひとり確認した。でも、殺しは断った。殺しを請け負って自分や仲間の手を汚すなんて、僕の流儀に反するから。彼らを殺す機会なんて、いくらでもあったじゃないか。それに、もう少しで殺されるところだった宮北を、助けてやっただろう？」

確かに、ニードルを仲間に引き入れたくせに、誰かを殺せとは言わなかった。ニードルが人を殺したのは、彼を狙って撃とうとした警察官と、八木原の屋敷の警備員だけだ。退院した宮北が狙われると察知して、先回りして車に乗せたのもマギの指示だ。

「なら、曽和は誰に撃たれたんだ」

解放したと見せて、ひそかにマギが殺したんじゃないかと由利は疑っていたのだ。その程度には、マギは用心深い。

「粟島が別の誰かを雇ったんだろう。奴は、自分も狙われていると他の連中にアピールするために、ブラックホークを雇った。そして、他の四人を消すために暗殺者も雇ったんだ。証拠はないけど」

「最悪だな」

由利は首を振った。マギの説明でも納得できないことは多い。曽和を殺したのはプロの仕事だった。粟島のような普通の人間が、マギのように向こうから接触してくる悪党以外に、暗殺者など見つけられるものだろうか。

「なあ、マギ。坊城の息子が八木原の娘とできたのは、偶然なのか？」

由利の質問に、マギは微笑した。

——怖い微笑だ。

もちろん、偶然のはずがない。マギが全てお膳立てしたのだ。

八木原と坊城が憎みあうよう持ちかけ、坊城が居場所を失って逃げるよう仕組んだ。そのうえで、粟島の企みについて教えれば、坊城が粟島に復讐するのは予想できたはずだ。

——お釈迦《しゃか》さまの手のひらのうえで、奴らは踊っていたわけか。

「なあ、マギ。お前は、何のためにこんなことをするんだ？」

てっきり、両親を殺した相手に復讐しているのだと思っていた。幼くして死んだ友達のために、そこまでできるものだろうか。由利の脳裏にふと、十代の頃、親友と呼びライバルとも呼んだ男が浮かぶ。ずいぶん遠く離れてしまったものだが、自分はあいつのために危険な橋を渡るだろうか。

「言ったじゃないか、フラッシュ」

マギの横顔が、薄く笑った。

「僕は絶望の声が聞きたいんだ」

――絶望の声か。

幼い頃に友達と呼んだ少年が、目の前で火に焼かれる光景を想像した。小さな手と、恐怖にすくむ足と、澄んだ目が見えた。そんなものを見てしまった子どもは、何かに取りつかれるのかもしれない。

「それは、お前を救うのか」

そんな言葉が口をついて出た。マギが振り向く。若い男なのに、時おり五十も六十も年上のような、老成した目を見せる。

「救わない。でも前に進む力をくれる」

天才と呼ばれるこの若いハッカーは、希望の光には頼らない。ただ絶望の声を聞き、何かに追われるように、逃げるように、前に進み続ける。

「僕は魔術師だからね。魔法をかけようと思うんだ、この世界に」

「魔法?」

「大きなものや強いもの、輝くように美しいもの。そんなものが、僕は大嫌いだ」

喉の奥で小さく笑う。

確かにマギはまともではない。しかし、その気持ちは由利もよく知っていた。権力や権威を憎む気持ちに似ている。小さなものと弱いものを足蹴《あしげ》にする、権力だ。

「僕はね、少しは僕らが生きやすい世界にするつもりなんだ。この世界を」

マギは歌うように言った。

——そんな世界はどこにもない。

由利はハンドルに力を込めた。生きやすい世界なんてどこにもない。自分たちはこの世界で、生き抜くためにひたすら戦うしかないのだ。珍しく、マギは間違っていると思った。

ひらひらと大きなぼたん雪が、彼らの視界を遮るように舞い落ちる。バックミラーに目をやると、傷が痛むのかニードルが苦しげに眉根を寄せ、目を閉じて眠っているようだった。

*

——初雪か。

警視庁の本部ビルを出た寒川は、切りつけるように襲ってきた寒さに震えた。

先ほど、行方不明になっていた羽田工機の宮北財務部長が、警視庁に自首してきたところだ。十五年前の殺人事件に、自分を含む五人が関わったと告白した。クーガがその情報をネタにして彼らを脅迫したことも、少しずつ話しだしている。事件の全貌が、これでようやく明らかになりそうだ。

しかし、宮北の自首は遅すぎた。八木原、曽和、粟島が死に、坊城は粟島を刺して行方不明だ。いずれ坊城も死体で発見されるような気が、寒川にはしている。

――連中がここまで隠すからにはただごとではないと思ったが、まさか殺人だったとは。

宮北は、クーガのマギが巴博士の息子だと証言している。なんだか信じがたいのだが、これはマギの古風な仇討ちだったのだろうか。

八木原のように自殺に見せかけて殺されることを恐れ、寒川は宮北の自首について緘口令《かんこうれい》を敷かせ、身辺を警護させるよう頼んだ。残念ながら、宮北の事件に自分が直接関わることはできない。彼を守りきれるかどうかも、正直なところわからない。

――クーガが連中を破滅させたのか。

宮北の自首で、一連の事件の背景が見えた。クーガが彼らを脅迫したという証言も取れた。しかし、事件が解決したような気はしない。クーガを逮捕できなかったからではない。

――ますます、闇が深くなった。

携帯端末に鎖を通し、先に小さなメダルを留めた。丹野が息を引き取る間際、自分に押し付けたものだ。

――丹野。

たった数日間、行動を共にしただけの若者だった。それがどうだろう。自分の価値観を木《こ》っ端《ぱ》みじんにし、あっという間に去ってしまった。――向こう側の世界へ。

丹野が寒川を銃で脅して殴り倒し、クーガの構成員を撃ち殺そうとしたことは不問にふされた。彼は、血気にはやるあまり単身クーガを確保しようとし、返り討ちにあったことになっていた。丹野が持っていた銃は、官給の拳銃だったとされた。寒川に突きつけたオートマチックは、あの後どうなったのか寒川も知らない。

ただ、寒川は現場に落ちていた薬莢をひとつ、ひそかにくすねておいた。丹野が撃った銃の薬莢だ。全てがうやむやになる予感があったからかもしれない。

鑑識に調べさせると、それは曽和社長を撃った銃に間違いなかった。信じたくないことだったが――丹野が曽和を殺したのだ。

あのはにかむような微笑、飄々とした態度、育ちの良さそうな風貌。何もかもが嘘だったのか。係長の鹿島も自分も、すっかり騙されていたのだろうか。

(寒川さん。考えてもしかたのないことは、あるんじゃないか)

あれから鹿島は妙に腰が引けている。どうやら、定年より前に退職する気になったようだ。何があったのか、寒川にも話してくれないが、鹿島は彼なりに、丹野の奇妙な死にざまと、寒川が調べ上げたことを闇に葬るまいと上層部に働きかけ、そして破れたようだ。デスクの私物をひとりで少しずつ片づけている鹿島の目には、いっきに十年も老けたような諦観が滲んでいた。

寒川は携帯端末を取り出し、メダルに視線を落とした。警察の紋章である「朝日影《あさひかげ》」に似ていなくもないが、細かい部分が違う。何の意味があるのか知らないが、丹野が自分に託しただけで充分だ。奴は、死の間際に何かを伝えようとしたのだ。

——これまで、自分の仕事の意義を疑ったことなどなかった。

だが、それは間違っていたようだ。

思いがけず身近な場所に、巨大な敵がいる。それを丹野が教えてくれた。

(息子さん、大事に)

あの言葉は、このまま捜査を続ければ、寒川の家族にまで危害が及ぶかもしれないという、警告だったのだと今は考えている。寒川の捜査は、誰にも好意的に迎えられていない。

結局、鹿島が前に言ったことが正しいのだろうか。自分に関わりのないことは、気づいても見て見ぬふりをする。そうして、自分と家族の安全を確保する。

——自分に、それができるだろうか。

泰典の幼い顔つきと、そのわりに大人びた口調が脳裏によみがえる。あの子だけは、何があっても守らねばならない。

——自分の正義を泥に埋めてでも。

寒川は、冷えた手のひらに息を吹きかけ、歩きだした。寒々しいビル街に、重たげな灰色の空から雪が降りつづいている。

元の自分に戻ることは二度とない。

文庫版あとがき

お待たせいたしました。

ブラックホーク三部作——と作者がひそかに呼んでいる——の第二部、『ゼロデイ』が文庫になりました。

第一部『標的』（幻冬舎文庫、単行本原題『特殊警備隊ブラックホーク』）は、超VIPを専門に警護する警備会社ブラックホークにヘッドハンティングされた、新人の最上光一が、仲間とともにあまたの事件に遭遇するうち、プロのボディガードとして自分を鍛え上げていく物語でした。

第二部は、『標的』においてブラックホークの天敵として登場した、テロリスト集団空牙《クーガ》と、彼らに対抗するため警視庁が設立した公安第五課との闘いを描く物語です。『標的』ではすでに施行されていた「スーパー・ガード法案」が、議会で審議されている、そんな時期でもあります。

いわば、『標的』が三部作の「表&光」だとすれば、『ゼロデイ』はその「裏&影」――。どちらから読んでくださっても物語は成立しますが、印象は変わるはずです。

なぜなら、「表」であり「光」であるはずの『標的』に隠されていた「影」が、『ゼロデイ』において明らかになるからです。どちらを物語の入り口にするかは、読者の好みと運しだいなのです、うふふふふふ（コワイ）。

さて、『ゼロデイ』は『標的』と同じ、現在より十数年くらい先の、ちょっぴりダークな未来を舞台にしています。経済が停滞し、格差は拡大、人の心の影も濃くなっている未来の東京。犯罪の数も増加し、警視庁では捜査をコンピュータシステム（人工知能）に頼る割合が多くなり、「足で稼ぐ」タイプの刑事は絶滅寸前です。

そこへ、テロリスト集団クーガのリーダーで、スーパーハッカーでもある魔術師《マギ》の策略により、警視庁の「システム」が全面ダウン。必然的に、警察機能が瀕死の状態となりました。クーガは、この機会に大きな犯罪を計画しているらしい。

そんななか、警視庁公安第五課の自称ロートル、寒川刑事と、警察庁から出向してきたばかりの新米エリート刑事の丹野がコンビを組み、クーガに立ち向かうのでした。なにしろ寒川刑事は、若い時分には「現場百回」と言われ続けて育ち、いまでも捜査資料を紙に印刷しないと読むことができない、古いタイプの警察官なのです。

もともと「システム」に頼らない捜査を続けてきた刑事ですから、「システム」の全面ダウンなどどこ吹く風とばかり、地道なやり方で仕事を続け、新人の丹野を彼の捜査手法に巻き込んでいきます。また丹野も、ひょうひょうとした好青年ながら、寒川の仕事ぶりにしっかり食いついてきます。

クーガが脅迫するのは、わが国の優良企業ばかり――のはずが、狙われた五つの企業の幹部らの行動が、クーガのさらに上をいく怪しさ。彼らはいったい、何を企んでいるのか――。『標的』をすでに読んでくださった方には、懐かしのあの人と、あの人と、あの人たちが『ゼロデイ』にも登場しますよ、と囁いておきましょう。

話は変わりますが、私は子どものころ、小説だけではなく漫画も好きで、少女漫画はもちろんのこと、少年向けのアクション漫画をいくつか、好んで読みました。なかでも、新谷かおる氏の『エリア88』『ファントム無頼』や望月三起也氏の『ワイルド7』など、オートバイや戦闘機といった乗り物を使った活劇にあこがれたものです。エリハチなんか、自制心をなくした状態で放っておくと、シンがサキがミッキーがマッコイじいさんがと、何時間でも語ります（つい先日も、酔った勢いで、ちょっとやらかしました）。

ブラックホーク三部作は、私の中で、その延長線上にある世界です。当初は一冊で終わるはずだったのですが――愛が二冊分、むにゅっとはみ出しました。ゴメンナサイ。

「表&光」、「裏&影」ときて、第三部はその両側がついに混合し、化学変化を起こします。

ただいま第三部を始動するため、準備を進めているところです！

ぜひ、クーガのエキセントリックで複雑な面々を、ブラックホークのメンバーたちとともに、可愛がってやってください。

また近いうちに、お会いいたしましょう！

参考文献

『常温核融合スキャンダル――迷走科学の顚末』ガリー・A・トーブス著、朝日新聞社刊この作品は二〇一五年三月小社より刊行されたものです。

幻冬舎文庫

●最新刊
狂信者
江上　剛

フリーライターをしている恋人の慎平が高年収に魅せられ入社した投資会社の、年金基金の運用実態に疑念を抱く新聞記者の美保。彼女が突き止めた驚くべき真相とは？　迫真のクライムノベル！

●最新刊
それを愛とは呼ばず
桜木紫乃

妻を失った上に会社を追われた五十四歳の男と、タレントになる夢に破れた二十九歳の女。孤独な二人をつなぐものは、「愛」だったのか、それとも――。美しくも不穏な傑作サスペンス長編。

●最新刊
ゴールデン・ブラッド GOLDEN BLOOD
内藤　了

都内で自爆テロが発生した。消防士の圭吾は多くの命を救うが同日、妹が不審な死を遂げる。真相を追う圭吾の目の前で連続して発生する変死事件。真犯人は誰なのか。慟哭必至の医療ミステリ。

●最新刊
禁忌
浜田文人

元刑事で今は人材派遣会社の調査員として働く星村真一。彼があるホステスの自殺の真相を探るなか、何者かに襲われて……。何故女は死ななければならなかったのか？　傑作ハードボイルド小説。

●最新刊
雨に泣いてる
真山　仁

巨大地震の被災地に赴いたベテラン記者・大嶽は、究極の状況下で取材中、地元で尊敬される男が凶悪事件と関わりがある可能性に気づく……。読む者すべての胸を打ち、揺さぶる衝撃のミステリ！

ゼロデイ

警視庁《けいしちょう》公安《こうあん》第五課《だいごか》

福田和代《ふくだかずよ》

平成29年10月10日　初版発行

発行人——石原正康
編集人——袖山満一子
発行所——株式会社幻冬舎
〒151-0051東京都渋谷区千駄ヶ谷4-9-7
電話　03(5411)6222(営業)
　　　03(5411)6211(編集)
振替00120-8-767643
印刷・製本—中央精版印刷株式会社
装丁者——高橋雅之

幻冬舎文庫

ISBN978-4-344-42662-7　C0193　　ふ-26-2

幻冬舎ホームページアドレス　http://www.gentosha.co.jp/
この本に関するご意見・ご感想をメールでお寄せいただく場合は、
comment@gentosha.co.jpまで。